U0143270

『十四五』国家重点图书出版规划项目
国家社会科学基金重大项目『中国近代日记文献叙录、整理与研究』（项目编号：18ZDA259）阶段性研究成果

中国近现代稀见史料丛刊【第十辑】

张剑　徐雁平　彭国忠　主编

徐迪惠日记　象洞山房文诗稿

（清）徐迪惠　著

王景　整理

本辑执行主编　张剑

凤凰出版社

图书在版编目（CIP）数据

徐迪惠日记　象洞山房文诗稿 / (清) 徐迪惠著 ; 王景整理. -- 南京 : 凤凰出版社, 2023.9
（中国近现代稀见史料丛刊. 第十辑）
ISBN 978-7-5506-3896-9

Ⅰ. ①徐… Ⅱ. ①徐… ②王… Ⅲ. ①日记—作品集—中国—清代 Ⅳ. ①I264.9

中国国家版本馆CIP数据核字(2023)第162891号

书　　名	徐迪惠日记　象洞山房文诗稿
著　　者	(清)徐迪惠 著　王　景 整理
责任编辑	徐珊珊
装帧设计	姜　嵩
责任监制	程明娇
出版发行	凤凰出版社(原江苏古籍出版社) 发行部电话025-83223462
出版社地址	江苏省南京市中央路165号,邮编:210009
照　　排	南京凯建文化发展有限公司
印　　刷	江苏凤凰通达印刷有限公司 江苏省南京市六合区冶山镇,邮编:211523
开　　本	880毫米×1230毫米　1/32
印　　张	8.875
字　　数	231千字
版　　次	2023年9月第1版
印　　次	2023年9月第1次印刷
标准书号	ISBN 978-7-5506-3896-9
定　　价	88.00元

(本书凡印装错误可向承印厂调换,电话:025-57572508)

袁行霈先生题辞

「音实难知，知实难逢，逢其知音，千载其一乎！」（《文心雕龙·知音》）今读新编稀见史料丛刊，真有治学知音之感矣。

傅璇琮谨书

二〇一二年

傅璇琮先生题辞

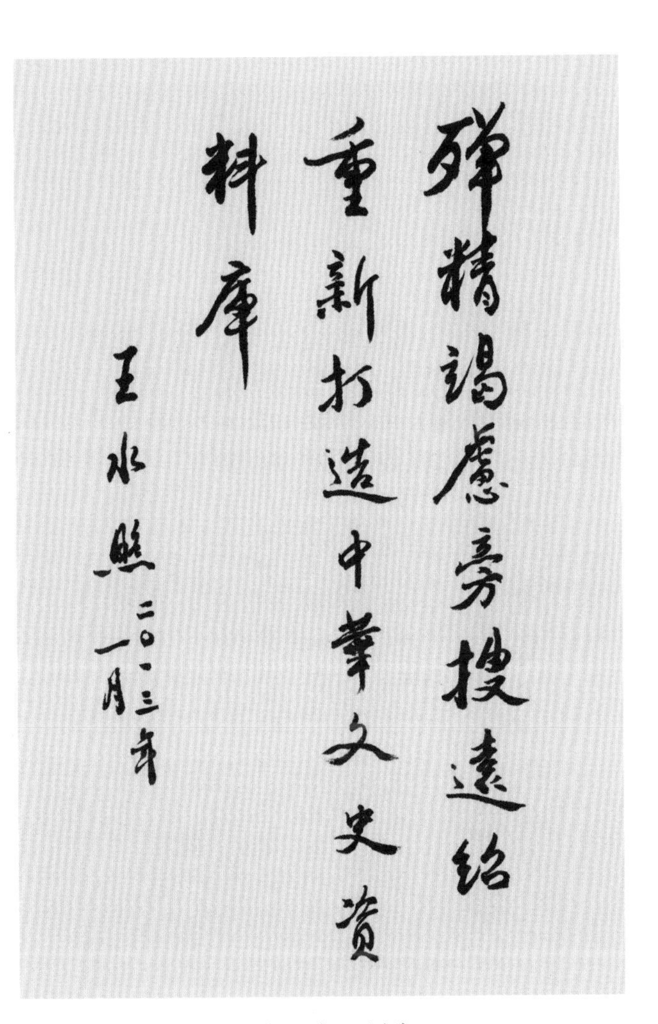

王水照先生题辞

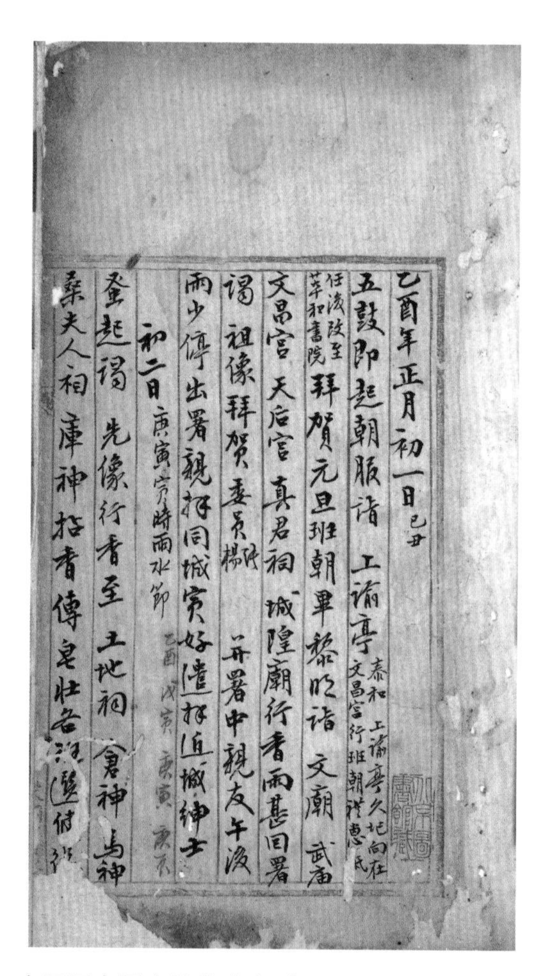
乙酉年正月初一日 己丑
五鼓即起朝服詣 上諭亭 泰和上諭亭久圮向在文昌宫行班朝禮惠氏
任淺陂至萃和書院 拜賀元旦班朝畢黎明詣 文廟 武廟
文昌宫 天后宫 真君祠 城隍廟行香雨甚回署
謁 祖像拜賀 妻張楊氏 一弁署中親友午後
雨少停出署親拜同城寅好遍拜直墩紳士
初二日 庚寅 穷時雨水節 乙酉 戊寅 庚寅 庚辰
蚤起謁 先像行香至 土地祠 倉神 馬神
桑夫人祠 庫神拈香傳皂壯各[illegible]

中国国家图书馆藏稿本《徐迪惠日记》书影一

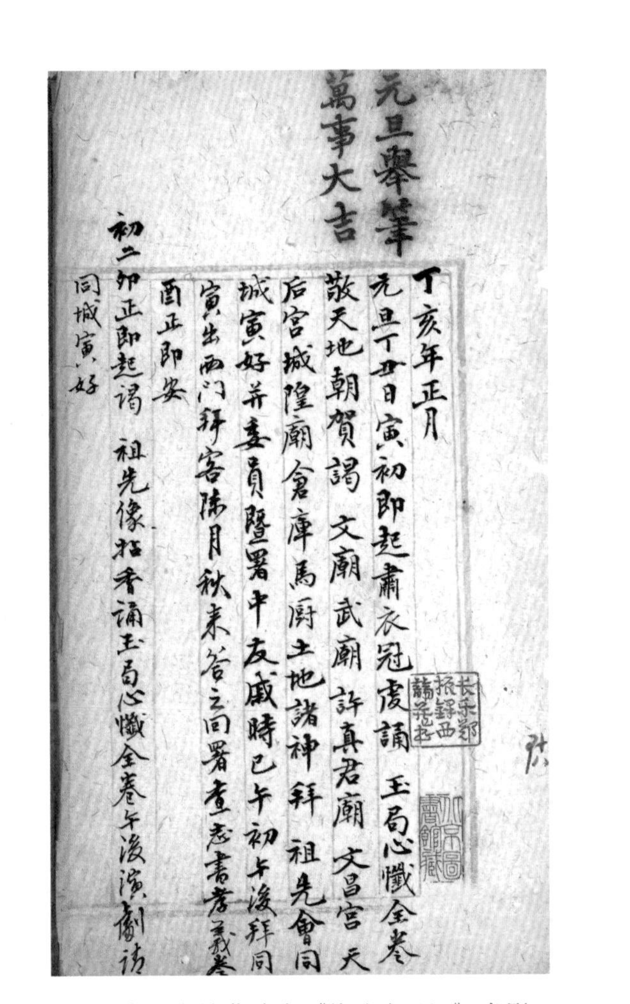
元旦舉筆
萬事大吉

丁亥年正月

元旦丁丑日寅初即起肅衣冠虔誦 玉局心懺全卷

敬天地朝賀謁 文廟武廟許真君廟文昌宮天

后宫城隍廟倉庫馬廏土地諸神拜 祖先會同

城寅好并妻貴暨署中友戚時巳午初午後拜同

寅出西门拜客陳月秋来答之同署查志書考義卷

酉正即安

初二卯正即起謁 祖先像拈香誦玉局心懺全卷午後演劇訪

同城寅好

中国国家图书馆藏稿本《徐迪惠日记》书影二

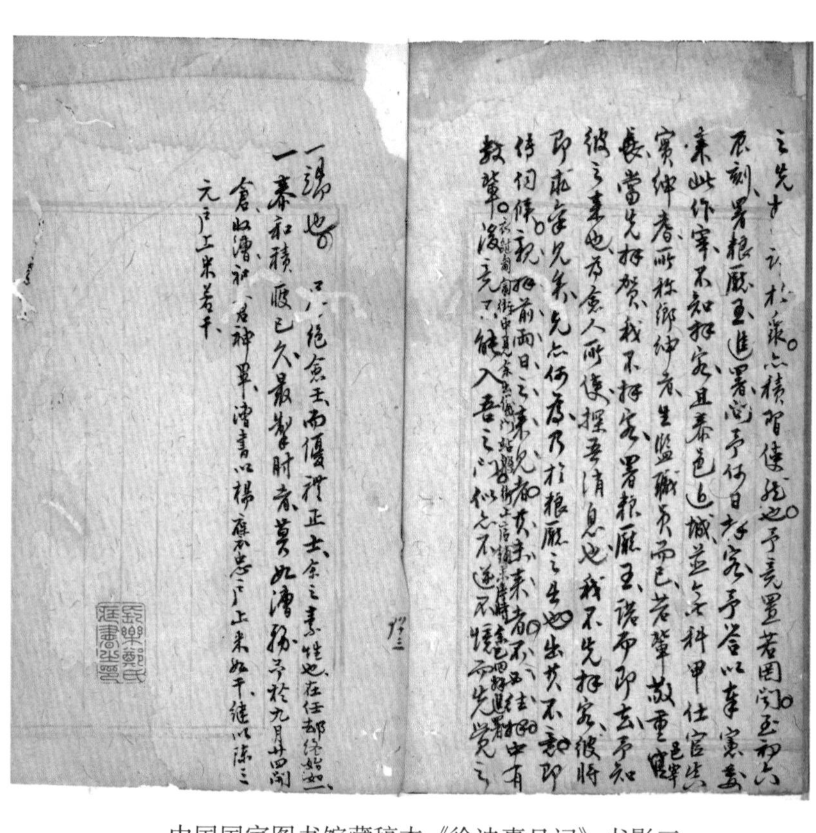

中国国家图书馆藏稿本《徐迪惠日记》书影三

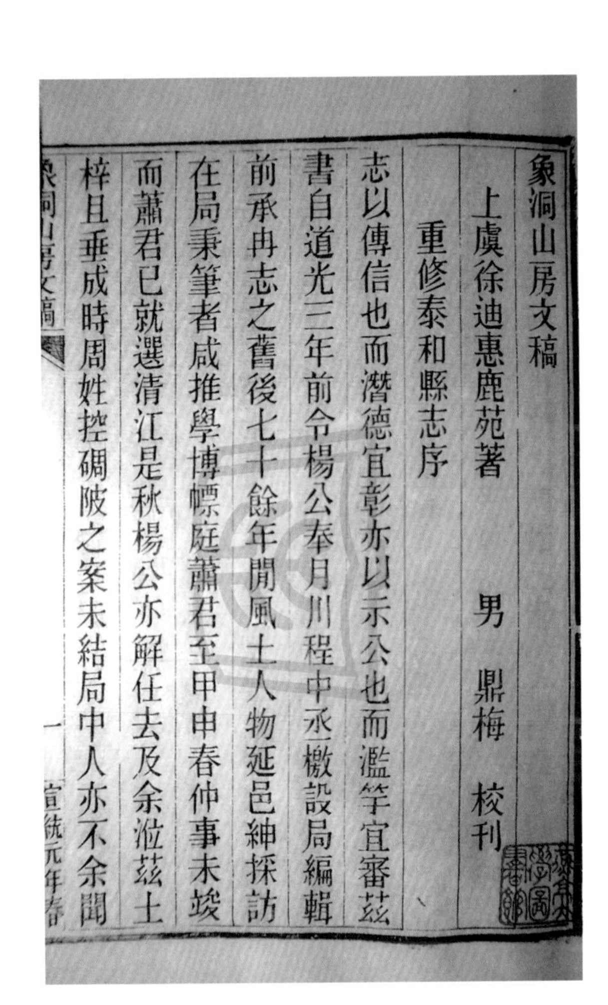

象洞山房文稿

上虞徐迪惠鹿苑著　　男　鼎梅　校刊

重修泰和縣志序

志以傳信也而潛德宜彰亦以示公也而濫竽宜審茲書自道光三年前令楊公奉月川程中丞檄設局編輯前承冉志之舊後七十餘年間風土人物延邑紳採訪在局秉筆者咸推學博幖庭蕭君至甲申春仲事未竣而蕭君已就選清江是秋楊公亦解任去及余涖茲土梓且垂成時周姓控碉陂之案未結局中人亦不余聞

象洞山房文稿　一　宣統元年春

北京大学图书馆藏清宣统元年刻本《象洞山房文诗稿》文稿书影

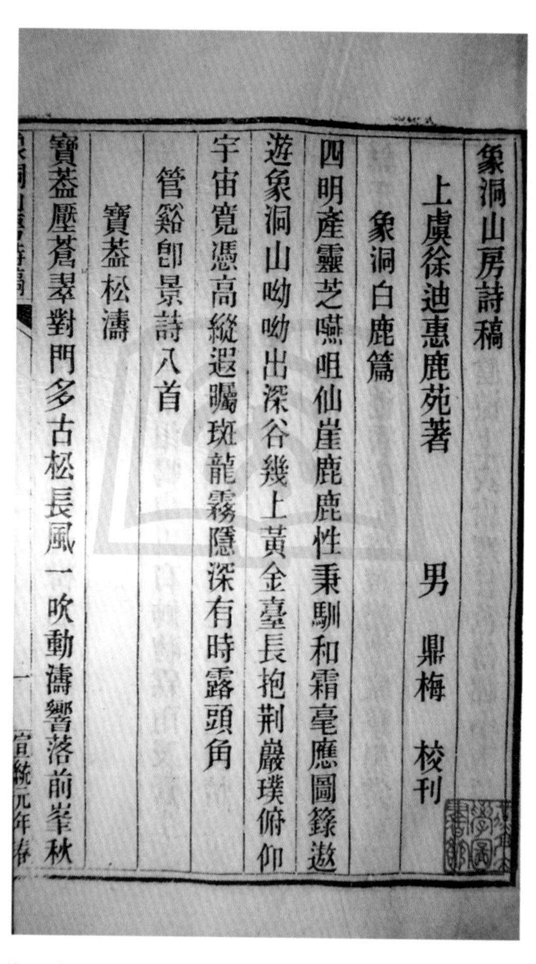
象洞山房詩稿

上虞徐廸惠鹿苑著　男鼎梅校刊

象洞白鹿篇

四明產靈芝嘸咀仙崖鹿鹿性秉馴和霜毫應圖籙遨遊象洞山呦呦出深谷幾上黃金臺長抱荊巖璞俯仰宇宙寬憑高縱遐矚斑龍霧隱深有時露頭角

管谿郎景詩八首

寶蓋松濤

寶蓋壓蒼翠對門多古松長風一吹動濤響落前峯秋

象洞山房詩稿　一　宣統元年春

北京大学图书馆藏清宣统元年刻本《象洞山房文诗稿》诗稿书影

《中国近现代稀见史料丛刊》总序

在世界所有的文明中，中华文明也许可说是“唯一从古代存留至今的文明”（罗素《中国问题》）。她绵延不绝、永葆生机的秘诀何在？袁行霈先生做过很好的总结：“和平、和谐、包容、开明、革新、开放，就是回顾中华文明史所得到的主要启示。凡是大体上处于这种状况的时候，文明就繁荣发展，而当与之背离的时候，文明就会减慢发展的速度甚至停滞不前。”（《中华文明的历史启示》，《北京大学学报》2007 年第 1 期）

但我们也要清醒看到，数千年的中华文明带给我们的并不全是积极遗产，其长时段积累而成的生活方式与价值观具有强大的稳定性，使她在应对挑战时所做的必要革新与转变，相比他者往往显得迟缓和沉重。即使是面对佛教这种柔性的文化进入，也是历经数百年之久才使之彻底完成中国化，成为中华文明的一部分；更不用说遭逢“数千年来未有之变局”、“数千年未有之强敌”（李鸿章《筹议海防折》），“数千年未有之巨劫奇变”（陈寅恪《王观堂先生挽词序》）的中国近现代。晚清至今虽历一百六十余年，但是，足以应对当今世界全方位挑战的新型中华文明还没能最终形成，变动和融合仍在进行。1998 年 6 月 17 日，美国三位前总统（布什、卡特、福特）和二十四位前国务卿、前财政部长、前国防部长、前国家安全顾问致信国会称：“中国注定要在 21 世纪中成为一个伟大的经济和政治强国。”（徐中约著《中国近代史》上册第六版英文版序，香港中文大学 2002 年版）即便如此，我们也不能盲目乐观，认为中华文明已经转型成功，相反，中华文明今天面对的挑战更为复杂和严峻。新型的中华文明到底会怎样呈现,又怎样具体表现或作用于政治、经济、文化等层面,人们还在不断探索。这个问题,我们这一代恐怕无法给出答案。但我们坚信,在历史上曾经灿烂辉煌的中华文明必将凤凰浴火,涅槃重生。这既是数千年已经存在的中华文明发展史告诉我们的经验事实,也是所有为中国文化所化之人应有的信念和责任。

不过,对于近现代这一涉及当代中国合法性的重要历史阶段,我们了解得还过于粗线条。她所遗存下来的史料范围广阔,内容复杂,且有数量庞大且富有价值的稀见史料未被发掘和利用,这不仅会影响到我们对这段历史的全面了解和规律性认识,也会影响到今天中国新型文明和现代化建设对它的科学借鉴。有一则印度谚语如是说:"骑在树枝上锯树枝的时候,千万不要锯自己骑着的那一根。"那么,就让我们用自己的专业知识与能力,为承载和养育我们的中华文明做一点有益的事情——这是我们编纂这套《中国近现代稀见史料丛刊》的初衷。

书名中的"近现代",主要指 1840—1949 年这一时段,但上限并非以一标志性的事件一刀切割,可以适当向前延展,然与所指较为宽泛的包含整个清朝的"近代中国"、"晚期中华帝国"又有所区分。将近现代连为一体,并有意淡化起始的界限,是想表达一种历史的整体观。我们观看社会发展变革的波澜,当然要回看波澜如何生,风从何处来;也要看波澜如何扩散,或为涟漪,或为浪涛。个人的生活记录,与大历史相比,更多地显现出生活的连续。变局中的个体,经历的可能是渐变。《丛刊》期望通过整合多种稀见史料,以个体陈述的方式,从生活、文化、风习、人情等多个层面,重现具有连续性的近现代中国社会。

书名中的"稀见",只是相对而言。因为随着时代与科技的进步,越来越多的珍本秘籍经影印或数字化方式处理后,真身虽仍"稀见",化身却成为"可见"。但是,高昂的定价、难辨的字迹、未经标点的文本,仍使其处于专业研究的小众阅读状态。况且尚有大量未被影印或数字化的文献，或流传较少，或未被整合，也造成阅读和利用的不便。因此，《丛刊》侧重选择未被纳入电子数据库的文献，尤欢迎整理那些辨识困难、断句费力、裒合不易或是其他具有难度和挑战性的文献，也欢迎整理那些确有价值但被人们习见思维与眼光所遮蔽的文献，在我们看来，这些文献都可属于"稀见"。

书名中的"史料"，不局限于严格意义上的历史学范畴，举凡日记、书信、奏牍、笔记、诗文集、诗话、词话乃至序跋汇编等，只要是某方面能够反映时代政治、经济、文化特色以及人物生平、思想、性情的文献，都在考虑之列。我们的目的，是想以切实的工作，促进处于秘藏、边缘、零散等状态的史料转化为新型的文献，通过一辑、二辑、三辑……这样的累积性整理，自然地呈现出一种规模与气象，与其他已经整理出版的文献相互关联，形成一个丰茂的文献群，从而揭示在宏大的中国近现代叙事背后，还有很多未被打量过的局部、日常与细节；在主流周边或更远处，还有富于变化的细小溪流；甚至在主流中，还有旋涡，在边缘，还有静止之水。近现代中国是大变革、大痛苦的时代，身处变局中的个体接物处事的伸屈、所思所想的起落，借纸墨得以留存，这是一个时代的个人记录。此中有文学、文化、生活；也时有动乱、战争、革命。我们整理史料，是提供一种俯首细看的方式，或者一种贴近近现代社会和文化的文本。当然，对这些个人印记明显的史料，也要客观地看待其价值，需要与其他史料联系和比照阅读，减少因个人视角、立场或叙述体裁带来的偏差。

知识皆有其价值和魅力，知识分子也应具有价值关怀和理想追求。清人舒位诗云"名士十年无赖贼"（《金谷园故址》），我们警惕袖手空谈，傲慢指点江山；鲁迅先生诗云"我以我血荐轩辕"（《自题小像》），我们愿意埋头苦干，逐步趋近理想。我们没有奢望这套《丛刊》产生宏大的效果，只是盼望所做的一切，能融合于前贤时彦所做的贡献之中，共同为中华文明的成功转型，适当"缩短和减轻分娩的痛苦"（马克思《资本论》第一卷第一版序言）。

《丛刊》的编纂，得到了诸多前辈、时贤和出版社的大力扶植。袁行霈先生、傅璇琮先生、王水照先生题辞勖勉，周勋初先生来信鼓励，凤凰出版社姜小青总编辑赋予信任，刘跃进先生还慷慨同意将其列入"中华文学史史料学会"重大规划项目，学界其他友好也多有不同形式的帮助……这些，都增添了我们做好这套《丛刊》的信心。必须一提的是，《丛刊》原拟主编四人（张剑、张晖、徐雁平、彭国忠），每位主编负责一辑，周而复始，滚动发展，原计划由张晖负责第四辑，但他尚未正式投入工作即于 2013 年 3 月 15 日赍志而殁，令人抱恨终天，我们将以兢兢业业的工作表达对他的怀念。

《丛刊》的基本整理方式为简体横排和标点（鼓励必要的校释），以期更广泛地传播知识、更好地服务社会。希望我们的工作，得到更多朋友的理解和支持。

2013 年 4 月 15 日

目　录

前言…………………………………………………………………… 1
整理凡例……………………………………………………………… 1

徐迪惠日记…………………………………………………………… 1
　道光五年(1825)乙酉日记…………………………………………… 3
　道光六年(1826)丙戌日记 ………………………………………… 39
　道光七年(1827)丁亥日记 ………………………………………… 70
　道光八年(1828)戊子日记………………………………………… 101
　道光四年(1824)及以前日记存稿………………………………… 120
　附录……………………………………………………………… 125
　人名字号音序索引……………………………………………… 127

象洞山房文诗稿…………………………………………………… 151
　序跋……………………………………………………………… 153
　文稿……………………………………………………………… 161
　　重修泰和县志序……………………………………………… 161
　　重修县堂碑记………………………………………………… 162
　　关帝庙碑记…………………………………………………… 163
　　重修城隍祠碑记……………………………………………… 164
　　重修快阁记…………………………………………………… 165
　　重修何侯祠碑记……………………………………………… 166
　　怀仁义渡碑记………………………………………………… 167

祷雨三应纪略…………………………………………………… 167
鲊答记………………………………………………………………… 170
丙戌夏季水灾抚恤事宜(附录方伯赠诗 又附泰和绅耆胪列
实政呈方伯批)…………………………………………………… 171
《琴余笔铎》弁言………………………………………………… 172
寿张太师母八十序………………………………………………… 173
地理元文序………………………………………………………… 174
彗星说……………………………………………………………… 175
罗文庄公《困知记》序…………………………………………… 176
读周纪善先生《刍荛集》序……………………………………… 177
重修常平仓碑记…………………………………………………… 177
《柳溪陈氏文献录目类编》序…………………………………… 178
祭陶汇翁文………………………………………………………… 179
重修先农坛碑记…………………………………………………… 181
泰和捐置乡会试盘费田碑记……………………………………… 182
敕封太安人王母李太安人墓志铭代戴相国可庭作 …… 183
上赣州府汪孟棠太守书…………………………………………… 184
粟布相容说………………………………………………………… 186
追远记略…………………………………………………………… 187
《一家言》重编记略并言………………………………………… 189
孙筼谷翁《咏怀》叠韵诗序……………………………………… 190
王母徐太孺人传…………………………………………………… 191
先君子庠贡生敕赠文林郎允斋府君、先慈宗谥孝恭敕
赐太孺人张太孺人行述………………………………………… 192
附录进贤绅耆郊饯诗序…………………………………………… 197
又录泰和绅耆郊饯诗序…………………………………………… 198
哭亡儿端人文……………………………………………………… 199

诗稿…………………………………………………………… 202
象洞白鹿篇………………………………………………… 202
管溪即景诗八首…………………………………………… 202
宝盖松涛…………………………………………………… 202
黯湫龙树…………………………………………………… 202
中塘观莲…………………………………………………… 202
上庄看竹…………………………………………………… 202
禅寺闻钟…………………………………………………… 202
缨亭听雨…………………………………………………… 203
石室丹炉…………………………………………………… 203
钓台古迹…………………………………………………… 203
山寺对雪…………………………………………………… 203
登结草庵追悼汉官学士…………………………………… 203
松桥石质松章广可四五尺，长约二丈许，在栖禅寺山下半里溪口 …………………………………………………… 203
印石亦在栖禅寺山下半里溪中，下有石盘，上蹲一石，方正如印，其地名乌石陇 ……………………………………… 203
石笋………………………………………………………… 203
象鼻风和…………………………………………………… 204
凤鸣山瀑布歌……………………………………………… 204
庚申腊月北上车中口占…………………………………… 204
宿州过大石梁歌…………………………………………… 204
过绎山谒孟庙……………………………………………… 205
浙江乡祠邸寓，同端木鹤田言诚斋王笠舫作 ………… 205
送座主南汇吴夫子南回…………………………………… 205
南旋过梁山题古城旅壁…………………………………… 205
车上口占…………………………………………………… 206
高邮州中除夕次端木鹤田韵……………………………… 206

偕鹤田游秦园…………………………………… 206
明季南都乐府八首…………………………………… 206
南渡叹…………………………………… 206
马阮奸…………………………………… 206
四镇怨…………………………………… 207
扬州哀 …………………………………… 207
复社狱 …………………………………… 207
宁南悲…………………………………… 207
王之明 …………………………………… 207
入宫恨…………………………………… 208
题竹实山房…………………………………… 208
竹实山房雨宿…………………………………… 208
春日感怀…………………………………… 208
斋居即事…………………………………… 209
杂咏…………………………………… 209
首夏即事…………………………………… 209
题桃源图…………………………………… 209
抵杭城遇雪…………………………………… 210
谒鄂王墓…………………………………… 210
谒于少保墓…………………………………… 210
落叶和端木鹤田…………………………………… 211
游兰亭…………………………………… 211
从军行…………………………………… 211
蓬莱阁…………………………………… 212
古树…………………………………… 212
古砚…………………………………… 212
寿陆心兰侍御四十…………………………………… 212
悼亡…………………………………… 212

北上宿二十里铺，夜雨起迟，车上口占索钱小驷马，渔山二庶常和…… 213
夜过雄县赵北口，车尾书箧为匪人剪去，怅然赋之…… 213
答端木鹤田送赴河南次韵…… 213
答鹤田见寄…… 214
法源寺壁见旧题诗…… 214
甲戌除夕抵怀柔道出昌平，谒永乐长陵 …… 214
冬季送儿应衡入赘…… 214
秦女帅行…… 214
姚江怀王文成…… 215
蕺山怀刘念台…… 215
丁丑春闱报罢，筮仕江右，留别日下诸同年…… 215
哭大儿应衡…… 216
留别进贤绅士并序 …… 217
甲申端午服阕赴江西，舟过鄱湖，即事有感…… 218
泰和县重建谯楼碑铭并序 …… 218
秋蝶…… 219
秋桑…… 219
呈继莲龛方伯…… 219
丁亥腊月迎春，登舆口占，即自题小像…… 220
和继莲龛方伯捐廉合药散给贫民原韵四首…… 220
送成果亭中丞开府粤东…… 220
成果亭中丞由粤东使节都统热河，戊子十月既望，鹢辕莅吉，正值六旬寿辰，恭赋七律四章，即用前诗原韵 …… 221
韩三桥中丞于己丑夏阅边，舟抵泰和赋呈 …… 221
季冬试泰和诸童题龙洲试院壁…… 222
送毛竹书之楚…… 222

题枕…………………………………………………………… 223
登快阁在泰邑，系黄山谷旧迹 ……………………………… 223
怀仁义渡落成………………………………………………… 223
鲊答酬雨歌…………………………………………………… 223
庚寅季夏奉召入都留别泰和绅耆…………………………… 224
重过滕王阁…………………………………………………… 225
娄妃墓………………………………………………………… 225
谒王文成公祠………………………………………………… 225
辛卯夏以交务抵西江，舟泊桐江谒曾宾谷中丞灵輀，恭挽四律…………………………………………………… 225
菘园乐………………………………………………………… 226
玩月…………………………………………………………… 226
题宋刘荀《明本释》………………………………………… 226
题梅溪韵玉定本……………………………………………… 227
钟孝女诗……………………………………………………… 227
寄包慎伯……………………………………………………… 227
阅《宋史·陈希夷传》………………………………………… 228
壬辰春季授儿鼎梅《左氏春秋传》并《国语》，赋此勉之…………………………………………………… 228
乙未中元节后至豫章，舟抵富阳有感 ……………………… 228
和冯株帆广文尚齿会诗，即步原韵 ………………………… 228
和任怀峰见赠诗……………………………………………… 228
辛丑陶丈信来，知文孙三凤齐鸣，赋此志喜……………… 229
哭端木鹤田…………………………………………………… 229
对月忆故友鹤田……………………………………………… 229
读《公孙宏传》………………………………………………… 229
辛丑冬月英夷滋扰甬东口占四绝…………………………… 230
癸卯秋季同端木小鹤抵吴兴仁王山，小鹤嘱题易堂访

旧遗照因成…………………………………………… 230
登楼有感………………………………………………… 231
题七进士图……………………………………………… 231
春日舟行鉴湖…………………………………………… 231
塞下曲…………………………………………………… 231
菘园偶成………………………………………………… 232
题画……………………………………………………… 232
春柳……………………………………………………… 232
种梅……………………………………………………… 232
看竹……………………………………………………… 233
观鱼……………………………………………………… 233
栽蔬……………………………………………………… 233
插秧……………………………………………………… 233
七十自寿………………………………………………… 233
后跋……………………………………………………… 234

前 言

《徐迪惠日记》稿本，六册，曾为郑振铎藏书[1]，现藏中国国家图书馆，为嘉、道年间徐迪惠所撰。日记起止时间为道光五年正月初一日（1825年2月18日）至道光八年八月初一日（1828年9月9日），共计三年零七个月。除道光七年正月十三日（1827年2月7日）至二月二十八日（3月25日）因赴省城、郡城另纸而记，不见于《日记》稿本之外，其余系逐日而记。末尾存道光二年（1822）至道光四年（1824）部分日记残稿，并简要交代嘉庆二十二年（1817）大挑以后至江西任职的经历，比较完整地记录了徐迪惠在江西各州县间辗转署任、遇父丧回乡丁忧、服阕至江西任泰和县令的经历。

徐迪惠（1776—1846），原名肄三，字闻诗，别号鹿苑，浙江上虞人。著有《象洞山房文诗稿》，编《古虞徐氏一家言诗集》四卷，另著有《地理辨证图说》，附在端木国瑚编注《杨曾地理元文》之后。他生于乾隆四十一年八月十四日（1776年9月26日），卒于道光乙巳年十二月二十九日（1846年1月26日），年七十岁[2]。徐迪惠早年科场较为得意，曾"以县试第一获隽"[3]，嘉庆三年考中举人，亦名列前茅，其

---

① 该日记第五册首页有"长乐郑振铎西谛藏书"印，第六册末尾有"长乐郑氏藏书之印"。

② 《象洞山房文诗稿·七十自寿》自注"余生于丙申八月十四日"，卷首马赓良撰《墓表》云其卒于道光乙巳年十二月二十九日。

③ 见《象洞山房文诗稿》册三《季冬试泰和诸童题龙洲试院壁》。

孙徐焕章跋文云其中“嘉庆戊午亚魁”，然九应会试不第[1]，最终于嘉庆二十二年以举人身份参加清廷大挑，分发江西，自云“霜雪吹残两鬓丝，南宫九上叹奔驰”[2]，可见当时落寞的心境。大挑之后，徐迪惠即起身往江西赴任，从其日记末尾残存部分旧稿来看，徐迪惠至江西后并未得正式任命，而是辗转义宁、清江、进贤等州县临时署任，其中辛苦可想而知：

> 嘉庆丁丑九月十九日(1817 年 10 月 29 日)到江西省，戊寅八月望(1818 年 9 月 15 日)后到义宁州摄篆，到署五日即得周雨亭回任信。九、十月补署清江，未及两月卸事。己卯(1819)四月补署进贤，庚辰(1820)秋季卸事。

徐迪惠道光元年署理清江县时，展现了较突出的治理才能，《清宣宗实录》卷二十一有道光元年七月诏书：

> 又谕邱树棠奏：续获逆伦重犯，查明办理一折，已革清江县知县黄骏，于地方逆伦重案，迭次未经查出，废弛已极。着即发往君台效力赎罪，不准援免。署临江府事吴城镇同知陈煦、署清江县事候补知县徐迪惠，到任未久，先后查出逆伦重案数起，办事尚为认真，俱着交部议叙。

道光二年徐迪惠卸任清江，道光二年壬午“正、二、三、四月为清江交

---

① 徐迪惠嘉庆三年中举，次年即参加会试。据《清代会试年分科表》，嘉庆年间共十二科，自嘉庆四年至嘉庆二十二年，有正科七次、恩科二次，共九次，徐迪惠“九上南宫”当即这九次。参见商衍鎏：《清代科举考试述录》，生活·读书·新知三联书店，1958 年，第 150—151 页。

② 见《象洞山房文诗稿》册三《丁丑春闱报罢，筮仕江右，留别日下诸同年》。

务事受侮于接任张湄不少，一时悉数难终”。交务后于五月间丁父忧返乡，“五月二十六日（7 月 14 日）登舟回籍”。道光四年五月，徐迪惠丁忧将满二十七个月，启程往江西：

> 于五月初四（5 月 31 日）出城……于十三日前抵江西，月内到省，六月初禀到……予在省城候补，六月奉委至进贤问案，七月奉委至临川问案，八月初得署泰和信，二十日报省垣接印，旋即启行。……九月初三日（10 月 24 日）舟至泰和矶头塘，初四日进城谒县城隍神祠，进署拜印。

此后至道光十年，徐迪惠一直在泰和县令任上，这是他人生中唯一一个长期担任的正式职务，现存《徐迪惠日记》较为完整的部分正好与其任泰和县令的时间重合，《象洞山房文诗稿》中也多同期之作，可互为参照。尽管部分日期所记较为简略，但仍然能够从中看到徐迪惠任县令期间办公断案、接送上级等日常工作，日记对征收漕粮、应对水旱灾情等重大任务有较为详细的记录，对了解道光年间府县基层行政状况有所帮助。同时，日记还记录了与亲友及同僚的交游、公务之余相看吉地等内容，比较真实地反映了清朝中后期一位县令在任期间的日常生活。此外，日记中还保留了徐迪惠部分诗文的写作背景，有助于了解徐迪惠的著述与文学。

一、泰和政绩

（一）上任之初

凡事预则立，徐迪惠至泰和之前，已经对此地土俗民风进行了了解，日记中认为泰和“生监不敬官长”和“漕务积疲”是最为紧要的问题。对于生监的问题，道光四年九月初四到任当天，徐迪惠就回绝了近城生监、缙绅的禀见，并专门在日记中记录了当时的心态：

泰和近城生监，往往把持衙门，藐视官长，予于到任之初不轻拜客，略示崖岸。……至初六（10月27日）辰刻，署粮厅王进署，问予何日拜客。予答以："奉宪委来此作宰，不知拜客。且泰邑近城，并无科甲仕宦真实绅耆，所称乡绅者，生监、职员而已。若辈敬重邑宰，当先拜贺，我不拜客。"署粮厅王诺而即去。予知彼之来也，为佥人所使，探吾消息也。

徐迪惠闭门谢客的行为，并非自恃高洁、故作姿态，实为整治泰和乡绅骄矜之风，因此他并非完全隔断与乡绅的联系，而是在"下马威"之后区别对待、分而化之：

我不先拜客，彼将即求禀见矣，先亦何为？乃于粮厅之出也，出其不意，即传伺候。亲拜前两日之来见者，其未来者不必往拜，中有数辈，后竟不能入吾之门[①]。

对于泰和乡绅凌驾官长之上的作风，徐迪惠的处理很有策略性，到任之后不动声色，通过是否主动来拜见自己，将泰和绅耆分为两类，于主动来拜者亲自回拜，以表尊重；未主动上门者则置之不问，以至其中部分仗势而骄者，在徐迪惠任内都不曾与其有过交往。

从徐氏日记和相关诗文看，徐迪惠任职期间与泰邑士绅基本保持了比较良好的关系，当地生员、士绅如欧阳亭、陈六秀才、陈月秋、萧光熙等，都与徐迪惠有较为频繁的往来，及其离任，泰和绅耆亦有郊饯酬赠，应该说徐氏自云"尽绝佥壬，而优礼正士，余之素性也，在任却终始如一"，并非虚言。州、县是清代的基层行政单位，县令作为

① "后竟不能入吾之门"及下文数句，似为事后追忆口吻。道光二年、道光四年日记，本为徐迪惠"清理存稿"所录，此数语或是清录时所加。

最低一级的正印官，承担了一县之内各项繁杂事务[①]，仅靠知县和其属官、幕僚，很难全面顾及，因此作为县令，如何通过士绅乡贤实现地方的有效治理，并较好地维持官府与乡绅之间力量的平衡，是县令在处理政务时必然会面临的问题。徐迪惠上任之初对与当地生监关系的处理，可能不是唯一的正确选择，但其一贯耿直、认真的个性，或许是处理这一问题的最佳方式。

（二）征收漕粮

徐迪惠在任多有惠政，其好友、内阁学士姚元之评价他“上答主知，下慰民望，为他日传循吏者首所取法”[②]，著名学者包世臣至江西任职时亦“闻称颂循良者不绝”[③]。从其日记与诗文来看，徐迪惠任上曾主持修南城外怀仁义渡，方便行人往来；重修关帝庙、县堂、城隍祠等县内建筑，以立官长之尊，正祠祀之礼；重修常平仓以应对粮米歉收带来的饥荒；又捐田二百七十余亩，作为本县士人乡试、会试的盘费之资。从诸项举措来看，所谓“循吏”应不全是溢美之词。从现实层面看，这种种惠政都要有一定的经济基础支撑，士绅捐资固然是一端，本县良好的财政情况更是重要的保障。清代整体的财政制度并未充分考虑地方政府的管理、运营经费，随着清代中后期物价的上涨，养廉银无法覆盖州县政府的日常支出，而征收钱漕的盈余，成为州县收入的重要组成部分。道光六年，陶澍关于江苏漕务的上疏中论漕粮浮收的情况，以为“在闾阎，则每苦浮收……在州县，则终年之用度在此，通省之摊捐在此……在国家，经费有常，不能不借资津贴，

---

① 《清史稿》卷一百十六《职官志》：“知县掌一县治理，决讼断辟，劝农赈贫，讨滑除奸，兴养立教。凡贡士、读法、养老、祀神，靡所不综。”参见赵尔巽等：《清史稿》卷一百十六，中华书局，1977 年，第 3357 页。

② 见《象洞山房文诗稿》册一卷首姚元之《序》。

③ 见《象洞山房文诗稿》册一卷首包世臣《跋》。

而合算即以万计"[1]。对于有漕各省,漕粮征收的完成情况直接决定着州县的财政状况,是一县治理的根基所在。徐迪惠上任之初,即将漕务作为重点工作,道光四年九月的日记云:

> 泰和积疲已久,最掣肘者,莫如漕务。予于九月廿四(11月14日)开仓收漕,祀仓神毕,漕书以杨褒忠户上米若干,继以陈三元户上米若干。

尽管徐迪惠对漕务繁剧早有准备,但征漕之事牵涉方方面面,极为复杂,远非上任之初弹压骄矜士绅一事可比。他在道光五年二月十五日的日记中忍不住吐露心声:

> 接周藕香仪部信,有举吕申公"忍辱耐烦"四字相劝勉。予方接省仓信,处积疲之地,征兑漕粮事事掣肘,推解各款,支应实难,颇增烦闷,十四夜不能寐。得仪部书中四字,可谓对症妙药。自后事无大小,尽其在我,听其自然,成败[利]钝,不必虑也。

徐迪惠于道光四年九月初知泰和,从后续征收记录看,泰和乡民所欠钱漕甚至可以追溯到嘉庆后期,因此漕粮征收也须与前任县令杨讱交接,但徐迪惠"念杨春洲二兄长者,宁担重任"(四月初五日),"泰邑交务,一言而定,同寅俱称予厚道待人"(四月初六日),与其在道光二年卸任清江时"受辱不少"对比,亦见徐氏之为人。

但一时的人情容易,现实中的漕粮征收工作却是极其繁难的。其征收的方式,一是设柜征收,由粮户亲自到柜上完纳钱粮,道光四

---

① 陶澍:《附陈草乌情形,严禁包漕陋规折片》,见《陶云汀先生奏疏》卷十七,清道光八年刻本。

年的日记残稿中对这一方式略有提及；而距离分柜较远的各图各乡，或由地方绅士与县令商议定额，绅士先行缴款或立期票，然后由绅耆向乡民征收；或由图差等差役负责征收事宜。但即便有乡绅、图差的协助，还是有大量工作需要县令亲自处理。一方面，征收田赋[①]涉及的范围广、人员多，勘查测定米数、与乡绅核定税额、考评差役等事务，无不需要县令本人出面。清代陆世仪《论田赋》指出："凡户口丁田册籍最为难定，非县官坐于堂上，耆正吏胥奔走于堂下，便可支吾办事也。必须简求一县人才，县官亲临讲究。既得其道，则授之以法，俾之逐乡逐里，一一踏勘报明，无分毫渗漏，方为得法。此作邑致治之根本。"[②]可见县官在田赋征收过程中的重要性。从现存的日记内容看，自道光五年四月十三日开始，徐迪惠便亲自下乡查征漕粮，前后历时近一月，其中艰难与险情，日记中一一记录：

是日抵三都乡征。查三都各图，自廿三年至道光四年，共欠银米应征钱三万串零。赣县王四兄来署，午后至三都乡征，住大蓬村萧姓。（四月十三日）

午刻至竹山刘姓，晚至镜庵乡局。（四月十四日）

至湾溪萧姓祠。责图差曾文领房长萧□，传监生萧□□□□旧欠一千九百十五串，地方穷极，无从着手。（四月十六日）

从日记看，徐迪惠此次催征行程比较紧凑，每天都需要赶路，每到一

---

① 清代税目中"田赋"与"漕粮"不同，但从征收方式来看，"二者同为按亩征收之土地税。且在各有漕省份，漕粮与地丁粮中的米粮统征分解，并无区别"。因此，本文在征收相关的讨论中，对"田赋""漕粮"暂不区分。参见周健：《维正之供——清代田赋与国家财政(1730—1911)·绪论》，北京师范大学出版社，2020年，第4—5页。

② 徐栋辑：《牧令书辑要》卷三《赋役》，同治七年江苏书局刻本。

处先召当地绅耆,立期票,并告诫乡人在限定时日内完缴。另一方面,在实际的漕粮征收中,县令也需要和各图各乡的乡绅、差役沟通信息,乃至督查、约束其工作。一般来讲,承担征收任务的乡绅一般是当地大家族,有较好的声誉,甚至世代承担征收事务,这一制度的背后实际是一种信誉担保机制起作用,但现实情况并非总是如此。徐迪惠在道光五年四月的这次下乡,主要为清查三都历史积欠,每到一地,往往先见绅耆立期票,但不同区域的乡绅配合程度也有所不同,其中就记录了某地乡绅、宗族仗着"地头蛇"身份欺侮官长的行为:

> 晚抵碧山康姓祠。欠一千八百串。比图差曾顺传花户,无一人到案,饬差拘拿,竟敢聚众执器械抗拒,不法已极。亲诣锁拿数名。(四月十七日)
>
> 早复抵碧山康姓祠,饬差严拿抗户军丁康宇、康福凑、福分,毁其什物、宗祠门窗,以示惩警。康[宇]家查出军器腰刀、双柬木枪贮库,应严办。(四月十八日)

县令亲自下乡征收,康姓宗族竟避而不见,甚至在官差来时持器械抗拒,可见漕粮征收的执行过程中,还存在地方宗族与地方行政力量相抗衡的情况,部分士绅非但不承担征收任务,甚至带头抗缴,这必须由县令亲自出面解决。同时,漕粮征收中也存在大量的舞弊与陋规,徐文弼《理漕务》曰:"故漕粮居各省之半,而漕务之弊亦居各省之半。然其陋规之多,所谓弊如牛毛者,固难以殚述,至于衙蠹仓胥恣意侵蚀,奸棍包揽,虎仆难留,欺压乡贱,分嚼民膏,如此毒虐等弊所断断宜剔除净尽者也。"[1]道光五年冬季,徐迪惠至二都征收漕粮时,就发

---

① 官箴书集成编纂委员会编:《官箴书集成》第7册,黄山书社,1997年,第215—216页。

现了部分图差借机盘剥的行为：

> 诣王山萧姓祠，该姓应缴陈欠一千三百五十一串零，本拟严办，细问该姓钱漕历被图差侵吞，即现革之。杨高亦有侵吞，总头罗顺、萧光、陈清再三苦求，只可缓议，闷闷住宿。只立期票四百串，共十四纸。罗才义禀革役杨高侵钱廿七千文，回署重究。（十一月初一日，补）

从征收实践看，不论乡绅包征还是图差征收，其实没有绝对的好坏之分，图差固然有侵吞渔利的可能，但士绅的立场也不总是与知县一致。在实际征收的过程中，当地乡绅和图差，都是保证一县漕粮征缴任务顺利完成的重要角色，但各种角色究竟在多大程度上发挥积极作用，与以县令为代表的地方官员的行政能力和参与程度有密切关系。如果乡绅强势，县令没有能力管制，则宗族就可能倚仗势力贪墨乃至抗交漕粮，久之，宗族势力就可能凌驾于地方行政力量之上；如果县令等地方官员将征收之事全委图差，自己不闻不问，那么侵吞谎报也是必然发生的结果。在牧令书、奏疏等材料中所体现的赋役征收情况，主要是在制度层面上的讨论，其中一些论述相对理想化，而日记则体现了过程中的细节，徐迪惠对亲自征收钱漕经过的记录，体现了知县本人的参与对于征收的重要作用，对考察赋役制度下的具体实践当有一定帮助。

（三）应急救灾

清代县令掌一县治理之事，因此即便在外出途中，对紧急发生的司法案件也需要随时审理决断。徐迪惠在道光五年四月外出征收钱漕时，就见缝插针地处理了“抵郭、阮二姓相验命案”（四月十五日），以及“差获福建连城县人罗席珍等四名，贩卖女孩六名”（四月十八日）等案，日记中这类工作细节，反映了现实中基层治理的日常情形。如果说“征收钱漕”是徐迪惠在道光五年的关键词，那么“多事之秋”

更适合用来形容徐氏的道光六年。

道光年间，江西地区会匪盛行，徐迪惠日记中就有数条关于查拿、审讯会匪的记录。道光六年，御史熊遇泰专门就江西赣南一带，会匪与盐枭勾结滋事上奏：

> 并闻会匪与盐枭勾结，如泰和之马家洲、万安之白渡市，私枭充斥，每借刀会为声援，放炮闯关，蔽江而下。[1]

"放炮闯关，蔽江而下"一类的事件，在徐迪惠当年的日记中，保留了一则详细而精彩的记录：

> 巳刻有万安芙蓉、朝阳二卡营弁报，知盐枭船十一号闯卡，鸣锣放枪，顺放而下，都司沐、守备余追至泰邑蜀口洲，盐枭聚集数百，岸上护行，肆用枪炮，卡弁巡船被困等情。当即传集三班总役，多备丁壮，会营兵，并召募地方乡勇。予亲诣蜀口洲督捕。到洲确查，晤沐都司、余守备，悉盐枭聚众拒捕情状，因谕兵役丁壮大声晓示，良民远避，枪子不宜轻用。追赶至胡耽，营兵前行，道旁竹林丛中忽闻枪炮啸聚之声，余命丁役等暂缓追捕，站住放枪，俟其火药砂子略尽，然后鸣锣前进。枭见营兵在前，县役丁壮后拥甚盛，忽散远扬，卤获枭匪四名。曾泳英等。随即追获盐船七只，余令兵役撑舟回县，时已日暮，船重水浅，兵役不善操舟，有浅搁、磕伤逗留沿河者。余与毕把总同船，约盐一万余千，随路凝滞。抵武溪街，头舱破损进水，柁亦失去，舟不能行，黑林中又闻啸聚之声，毕把总踉跄上岸，捕役徐幹、陈华劝予亦上岸，因步行至杨姓小村觅渔舟，由蜀口洲出大江回县

---

① 《清宣宗实录》卷一百一，道光六年七月。

> 城，抵署已五鼓矣。是役也，获枭匪四名，得私盐一万余千。予虽劳顿一昼夜，而盐枭胆落气阻，为泰邑前任从来未有之事。该枭肆行无忌，枪炮突发竹林，营兵一名左臂受枪子伤，一名左手背受(漂)[镖]伤，均不致命。不可谓非神佑也。（五月十一日）

日记详细记录了徐迪惠听到盐枭闯卡的奏报后，立即采取行动，与同僚至蜀口洲正面迎击盐枭会匪，整整一昼夜没有休息，“盐枭胆落气阻，为泰邑前任从来未有之事”，可见此类事件已非第一次发生，而此次徐迪惠敏捷应对，处置有方，避免了这场危机的扩大。此次盐枭、会匪聚集滋事可能并非偶然，道光六年三月以来，泰和久旱无雨，米价上涨，粮食紧缺，很可能是此次闹事的导火索，如果旱情不得到解决，不稳定因素也就无法根除。就在盐枭闯卡十余日后，徐迪惠的日记中，又出现了一场混乱。

道光六年的上半年，泰和久旱，四月廿二日徐迪惠“设坛求雨”，在科学尚不足以预知天气的古代，这种行为并非一种心理安慰，而是官长职分之内的、为公众认同的举措。稍后五月初三日，有“七都乡民进城求雨”；五月十八日“六都七图村民进城求雨”，由于天灾对当时农业生产的影响，这种聚集性的求雨往往容易激起群体情绪，从而转化成聚众闹事：

> 巳初回署暂息，而乡愚借旱聚众喧扰至宅门二堂，予以计散去，既又挟以行香，予择其稍明礼者，喻以大义而散。（五月廿三日）
>
> 庄旱如昨，午后乡蛮五六百人，鼓噪抬神，拥至大堂喧扰，碎门毁物，目无法纪极矣。予在三堂，衣冠静镇，粮厅罗、把总毕在二堂拦阻哄嚷者。约两时，既退而复进者三四次。罗、毕二公既去，蛮复进攻三堂之门，予令开门捉拿，蛮

> 复且前且却，自左右以至各差，无一敢动手者。及予持挺前击，左右乃共击之。既散，获一被汤火伤之冯监乡蛮，讯供，即滋事之人，当晚收监。(五月廿五日)

乡民至县衙前要求县令行香求雨，一定程度上已经偏离了“进城求雨”这一目的本身，而是将矛头转向地方官本人身上；后来“鼓噪抬神，拥至大堂喧扰”，乃至要求官员按照某种土俗进行求雨仪式，已然是冲动情绪下的行为：

> 然而乡愚不自谅，舁其木魅土鬼，鸣锣喧嚣，白衣草屦，以布蒙首，径至公廨，号曰“祈雨速”。官一出拜，以为得意，盖狃于积习久矣。且恃其人众，或索香资、索米谷、索酒食，肆诸不法状，此得优而柔之乎？则纵其所求，六乡七十二都之众，肩摩踵接而至，挟县官如土偶，左之右之，驰之骤之，方将惟命是从。事体既乖，礼先失矣，何以言治！抑竟法以惩之乎？则官一发声，役未用命，而蚩蚩之众，盈庭啸聚，将哄堂塞署，犯门掷块之争，吾安知出于不意者之靡所底止也。汹汹之情，不堪言状。虽然民愚，亦何至此也！(《祷雨三应纪略》)

如果县令听从请求，真的对“木魅土鬼”行拜礼，自然会缓解一些紧张对立的情绪，但这是以一县官长的尊严为代价的，而且即便听从乡民的要求，如果旱情没有解决，那么这种要求就有可能变本加厉，甚至出现借机求赈取粮乃至暴力抢夺的行为。面对看似已经无可控制的局势，徐迪惠自己也有上省辞官认罚的想法，“是日署中内外皆劝余上省，离此难治之区。余亦拟次早登舟，既念人心汹汹，不可不在此静镇。且饬家丁，暂缓行囊下舟”(五月廿五日)。他决定继续留在泰和之后，事情竟出现了戏剧般的转机：

> 午刻有乡人职员郭光洛禀见，持求雨宝物前来，余倦甚，属冯捕衙会晤。有顷，冯持郭光洛求雨宝物，一纸篦装数十粒，大者如绿豆，小者如黍米，色如泥金，似石非石，酷似佛家舍利子，未知是何名色。冯以郭职员条载有“鲊答”二字，以为此物罗二尹家诚得之，其手执扇面即载有“札答”二字，想即此物。余请罗二尹属即带扇而来。比至，查《本草》，如法以磁盆装净水数寸许，置大者六粒，小者六粒，羃以柳条，于花厅半月池前设香案祈雨。时已未正，余因身倦，进上房暂息假寐。逾时，内子以北窗云桥布天，似有雨意，予起望，即出至东北煤堆高望，有雨自东南至，即至花厅候雨，顷刻倾盆数阵，约半车水，时酉正也。饭后即安，复得雨，自亥初至寅正滂沱终(霄)[宵]，余意思豁然。（五月廿六日）

这次求雨的成功，让徐迪惠印象深刻，其《祷雨三应纪略》《鲊答记》二文记叙了此事始末。徐迪惠道光五年曾数次求雨成功，但这次与之前的“未雨绸缪”不同，这次最为棘手之处在于旱情持续时间较长，直接反映在米价上，并影响到当年收成。在这种情况下，乡民的群体情绪已经被煽动，如果久旱无雨的情形继续，那么此前徐迪惠拒绝按照土俗拜“木魅土鬼”祈雨的行为，很可能会成为混乱进一步扩大的导火索，这种群体情绪一旦被煽动，即便开仓赈济、亲自捐廉并号召士绅出力济饥，可能也依然无法平息。这时郭光洛送来的求雨之物——鲊答，其实成为无解之局的唯一选择。徐迪惠得到鲊答之后，立刻按照《本草》所云之法“置之瓷盆，沃以净水，羃以柳条，设香案于壶春别馆之半月池前”，不久“风阵驱云，檐溜如瀑，澎湃驰骤，倾盆盈池。酉戌间得满车水，已而滂沱达旦，四野沾足”。此次降雨，可谓解燃眉之急。徐氏在第二天的日记中，兴奋地记录下自己这次求雨与此前求签之间的灵验关系：

> 忆十八日在城隍祠设坛，向神前求签，有"佛说淘沙始见金，只缘君子未劳心。荣华本是诗书泽，妙里功夫仔细寻"之句，与不期而得鲊答之事似相符合。……签诗须全载于稿，以见余平日诚求必应之心之理。（五月廿七日）
>
> 鲊答祈雨之用，真神矣哉！然余之得鲊答也，邑神若告我于数日之前，野老竟献诚于昕夕之际，不可谓偶然焉。自去夏至今，一岁之间祷雨三应，心虽竭诚，敢自必乎？斯亦幸矣。（《祷雨三应纪略》）

这次的求雨事件中，鲊答祷雨是否真如徐迪惠认为的那样灵验还在其次，值得关注的是，从徐迪惠日记的记录看，此次大多数进城求雨、喧扰县衙的民众只是为求雨保丰收而来，是当时农业生产水平较低、抗灾能力较差的反映，是一种建立在衣食等物质需求上的行为，与十几天前的盐枭、会匪闯卡鸣枪的行为在性质上有所差异。但如果五月廿六日的雨没有及时降临，那么也不排除这些民众最终会施行开仓抢粮、打砸屋舍等暴力行为。徐迪惠对这一事件的记载，典型地反映出在当时农业生产水平下，"民"与"暴徒""会匪"之间的模糊分界，即在天灾降临、民众基本物质需求可能受到威胁的情况下，乡民也可能自觉或不自觉地加入"匪"的队伍，但在危机解决后，这一群体往往又重新回归稳定的生活。这一现象对理解晚清县乡中的某些群体行为亦有帮助。

不过，求雨的顺利并不意味着徐迪惠平静生活的到来，入夏之后的泰和一反此前的干旱，接连大雨滂沱。受地势影响，泰和县本就容易发生洪涝灾害，"泰和地当南赣之冲，上流雨集，江波泛滥，邻境之水，逼决为壑。且地少支流，即山水偶涨，亦无所分归，易成溃浸之患"（《重修常平仓碑记》）。此次降雨影响到泰和上游河流，至夏末"蛟水自永新河骤发，漫浸六、七、八都沿河村庄"（《丙戌夏季水灾抚恤事宜》），因此刚刚应付过旱季的徐迪惠紧接着就投入了勘察水灾灾情、赈济灾民的工作中：

> 诣六都五图，勘被水村灾，住四都王氏祠。（七月初五日）
>
> 又勘查各姓被水村庄，萧、胡、李、刘等姓。（七月初六日）

徐迪惠在还没有接到报灾时，便“闻风驰诣”被水灾区，备粮赈济，至八月初吉安知府与通判下乡勘察时，灾情已经得到控制，灾民也基本被妥善安置：

> 余已先期驰往，督饬胥徒，确查造册，被坍房屋千有余间，极次贫民四千余口，一一抚恤如例，前后给千五百金。郡伯复查无异，以为办理得宜。（《丙戌夏季水灾抚恤事宜》）

徐迪惠这次应对水灾的表现，最后得到当时江西布政使继昌的称赞，也为他的仕途增添一重保障，徐氏自云“丙戌秋以捐廉抚恤灾黎，蒙继莲龛方伯保举，尽先调繁”（《成果亭中丞由粤东使节都统热河，戊子十月既望，鹢辕莅吉，正值六旬寿辰，恭赋七律四章，即用前诗原韵》），另有继昌赠诗一首，后收入《象洞山房文诗稿》中。

总体而言，在政事的处理上，徐迪惠展现了一名称职的基层知县应有的专业素质与应变能力，这与晚清讽刺小说中所呈现的地方官员形象是截然不同的。通过整治钱漕，泰和的财政状况得到改善；平稳渡过历次天灾人祸，为徐迪惠积累下丰富的工作经验，也提升了整个县衙的行政能力。道光七、八年间，泰和县诸项政务逐渐步入正轨，徐迪惠用于阅读、临帖、课子弟读书的时间比例明显增加，外出至省城、郡城之后，县里的工作也能有条不紊地进行，其道光八年初上省月余，三月初七日自省城回后，日记中云“公出署一月，诸事安静”，不可谓不是自得之语。

二、通晓堪舆

从道光四年九月至道光十年五月，徐迪惠一直在江西泰和任上，道光十年五月的一道诏书，意外地带给他另一段人生经历：

> 朕闻江西泰和县知县徐迪惠通晓堪舆，着吴光悦即传该员到省，饬令来京，务于中秋前后赶到，将此谕令知之。[①]

这道传召入京的旨意，并非为徐迪惠的政绩，而是因其通晓堪舆，多少令人唏嘘，不过此次奉召入京也是徐迪惠一生中为数不多的荣耀至极的时刻。徐氏中秋抵京后，八月二十二日其母去世，徐迪惠十月在京接到消息即丁忧告归，从此再未出仕。晚年他移居上虞县城，居家研读文史典籍，与友人交游论文，直至去世。

（一）堪舆与孝道

徐迪惠通晓地理堪舆，与其交往的友人多有提及。甚至可以说，他给人最突出的两种印象，便是循吏之名和堪舆之术。如果说前者代表了他为官进取的一面，后者则蕴含着官场之外的心态。清代学者包世臣为《象洞山房文诗稿》撰《序》云：

> 予前在都，闻鹤田道“鹿翁有通天彻地之学”。金秋抵西江，又闻称颂循良者不绝，极憾无缘得接光霁。适姚侍郎述及薄游旧部，即诣谒，一见契心，遂为昆季。继示近著，读之蔼如，其仁者之言也。行当分袂，用识泥爪之因结自数年前者，以为异日重逢之验。

---

① 《清宣宗实录》卷之一百六十九，道光十年五月。

包《序》提到的姚侍郎即姚元之，昔年在京参加会试时与徐迪惠多有交往，二人有“郭李之谊”，姚元之亦曾为《象洞山房文诗稿》作序，他对徐迪惠学问的评价，除了“博学多文”以外，还特别强调其“通天文之学，凡天官、占验、遁甲诸书，靡不洞悉精微，旁溢而为形家言，鉴别之当，虽景纯复生，不是过焉”。徐迪惠本人也自述一生嗜好山水，其《七十自寿》其二：“眼底湖山三楚画，脚根风月九州烟。龙颔珠焕青囊奥，凤阁云飞丹诏宣。”自注云：“余游览名胜，历九华、登泰岱、过洞庭，足迹半天下。”“余幼年习青乌家言，于庚寅奉召，有通晓堪舆之旨。”任职泰和期间，徐迪惠日记中多次记录至县城、郡城周边看山相地，即便在道光五年亲自催收钱漕时，徐迪惠也不忘忙里偷闲寻山观穴：

> 辰起，至石头山访杨文贞公发坟，高山顶上，坐庚向甲，啸天狮形，穴奇绝。北方护障欠起，脉寒，是以初年不⧄，过峡处亦庚。又至龙门访陈芳洲公三元发坟，坐辰向戌，真武大座形。前有龟蛇二砂，开幛中出，脉秀。两肩龙虎生峰，护从绵密，前朝特达贵人。过龙门岭，又谒杨文贞公葬地，假局无穴，坐酉向卯，向亦误。酉刻回署。（五月初二日）

不仅如此，闲暇之时，徐迪惠还通过查阅杨士奇家族宗谱，将其祖上墓葬形穴一一记录在日记中，对徐迪惠而言，地理堪舆不仅是一种技能，更是贯穿他一生的热爱，《七十自寿》其五云“好山几折春游屐”，自注“余癖嗜地理，购佳城不下数十”亦可为证。这种独特的爱好，又与儒家孝道相结合。

当时的士人群体略知堪舆者不少，但大部分还谈不到精通，并且他们也不将地理堪舆作为一门必须修习的学问，孙步康跋《象洞山房文诗稿》评价徐迪惠“至于地理之洞彻，命理之精研，犹余技耳”，既是

“余技”，可见这并非士人必须修习的知识；杜煦《跋》则用了一种相对委婉的叙述方式，“先生丰采伟然，议论飙发，顾喜谈地理。余自惭鲁钝，茫若于先生之言也。而先生不鄙弃余，数面益亲”，可见即便与徐迪惠互有来往的友人，也并不将此作为习学的正业。徐迪惠对“青乌家言”的兴趣、对堪舆之学的热情，与其父亲应当有密切关系。徐迪惠父亲徐世勋，一直以未能妥葬先祖为憾，因此经常请相士为勘定吉穴，且“每有所指，必妥购是山”，然而“屡得屡失，未获吉土”，徐迪惠青年时亲见其中艰辛，最终徐世勋“联得周村、塔岭并乌石陇诸吉地”，也有徐迪惠“侍奉左右而襄成”（《先君子庠贡生敕赠文林郎允斋府君、先慈宗谥孝恭敕赐太孺人张太孺人行述》）之功。这件事应当给徐迪惠留下了极深的印象，因此他对父母亲人的葬事极为用心。马赓良《墓表》提及徐迪惠裁取葬地的细节，体现出他对安葬先人的重视：

> 其平生所游历，一丘一壑，必审其脉络以取裁葬地，入选者图记甲乙之最为一编，题曰“无价宝”。其葬亲也，即其所选之最善而易得者营之圹，故不逾期而成礼以葬，裕如也。

徐世勋于道光二年六月去世，他生前曾亲指朱林桥左肩穴为葬地，开土查看发现一尺之下有“异邻吉土”，适合造坟。尽管地点已定，徐迪惠依然对葬事十分上心，造坟之时，徐迪惠觉得左肩一穴“形势未甚惬意”，经过勘察之后认为此前所拟中腹才是最好的位置，最终以中穴为正结开土葬父，并迁葬亡儿端人、原配刘氏，又为母亲留出寿穴位置，而十余年之后，徐迪惠在日记中翻阅到相关记录时，又特意在空白处补上了正穴仁、义、礼、智四郭的葬定情况，可见对此事的挂怀。除父母之外，道光三年，徐迪惠为妻子陶氏的伯父定铰椅山吉穴。道光四年，即徐迪惠启程往泰和县任职前，还专程先至铰椅山为陶伯岳开土勘定，“开土二尺半，即见异邻吉土，陶丈快慰之至”。道光六年六月初陶伯岳去世，即葬于此。除了奉召入京相看吉地以及为当时高官名流如曾燠、戴均元等相看吉地外，徐迪惠日记中关于相地的记录，大多与其亲眷有关。或许正因如此，光绪年间为徐迪惠作《墓表》的马赓良从“慎终追远”、儒者之孝的角度来谈徐迪惠的地理堪舆学养：

> 不择地而葬之，一任土蚀蚁饮其亲之肤血，亦岂孝子之所忍出哉？士大夫居恒于阴阳术数之学漫不经意，迨至遭罹大故，始招一二方术士而与之谋。听其言，既诞不足信；责其效，又急不得验。道听途说，旁皇无主，于是有因循不葬者矣，有屡葬屡易者矣。当此之时，虽日抱其亲之柩，而呼天号泣，奚益哉？

从徐迪惠的日记来看，这种通晓堪舆的“相士”身份背后，流露着徐迪惠对亲人的牵挂与温情。

（二）堪舆背后的思维方式与出处抉择

徐迪惠堪舆之学属玄空学，强调形、理、气的结合，其《地理元文序》云：“地理一道，有形气，有理气。气，天地二气，是天地二五五行气。山川有此气，五行有形有此气。五行有理有气，有形有理，山川可指而言，形、气、理三者是一。”这种地理堪舆的研习，同时也是一种思维方式的训练，简单来说，这种思维相信某种先验性的规律存在，而掌握这种规律，不但能精于地理，同时也可以解释现实中的具体事件，《日记》中关于求签、扶乩的记录和解读，都体现了徐迪惠这类思维方式。

上文提到徐迪惠在道光六年祷雨求签的记录，在最初求得签诗时，徐迪惠以为“佛说淘沙始见金”是“先难后获”的意思，而以鲊答求雨成功后，因鲊答“状若佛家言舍利子，色类泥金，因悟‘佛说见金’诗或者妙应在此”。其实“佛说淘沙始见金”之句，本就没有明确的指向，这种模棱两可的表述为求签者的阐释提供了很大的空间，这也是签诗灵验的一个重要原因。《日记》中还有关于科举前为问试题扶乩的记录，饶有趣味：

> 陈月秋言江西△科扶鸾问乡试题，乩仙有“泄漏天机罪也”之句，后得“非礼勿视”四句题，“罪”字奇验。范说四川△科乩坛问试题，武帝到坛，谕周将军告云：周曰：“予武夫也，不知何题，只知八山反背而已。”后得“非礼勿视”四句，“八山反背”奇应。予谈“不知不知真不知”乩语，后得“不知命”三节题，亦奇验。毛竹书说壬子科浙省乡试前问题，乩仙有“难说不说”之语，后出“君子易事而难说也”三句题。（道光七年十二月初三日）

“泄漏天机罪也”和“难说不说”两句，同样有些模棱两可，可对应的经书语句也比较多，“不知不知真不知”一句，对应“不知命”三节题，则相对精准。而最有趣的是“八山反背”一句，“非”字为两个“山”字相背组成，“非礼勿视，非礼勿听，非礼勿言，非礼勿动”四句，则正好有四个“非”字，因而“八山反背”奇应。而签诗、扶乩应验的经历、见闻，又反过来加强了徐迪惠习惯的解释现实事件的思维方式，即通过借用某种先验性规律，对现实事件提出自己的看法。这种思路在《彗星说》就得到体现：

> 乙酉八月既望，彗星见于降娄之次，分野隶徐州，由天仓、天庾星次，上拂奎、娄之间，奎十六星为天之府库，又应主沟渎。娄有三星，其占为聚众之象，娄之右为胃星，《经》云“天之厨藏，五谷之仓”，动则为输运之事。其属星有天廪、天囷、天船，盖皆为天储正供之象。按本年黄水淤浅，以

> 致漕艘碍于趱行，诏下各督抚悉心筹议，中外大臣有改行海运及暂行折色，或本折兼收、仍收本色等议。前后陈奏，上廑宵旰，下矢公忠，实时政之至难至要者。兹彗星之见，适在降娄之次，所谓除旧布新者，宜应在淮、徐一带。现在运道阻滞，为东南紧要处所，岂天意示变将改河运为海运乎？

文章以天文地理之道谈当时朝堂上有关漕粮河运与海运的争论，是其日记、文稿中为数不多的涉及当时重大事件的内容。道光五年，由于上一年清江浦的高家堰决堤，河道受阻[①]，英和上《筹漕运变通全局疏》力主海运，在英和与江苏督抚琦善、陶澍等的主持和推动下，道光六年，江苏的漕粮运抵京师，“讫五月而两运皆竣，勺粒无损”[②]。魏源、包世臣当时任陶澍幕僚，文集中多有关于这次漕粮海运的讨论，而徐迪惠在当时与二人并无直接交往，且海运作为漕粮的主要运输方式，至道光末年才逐渐成为定规，这次的漕粮海运只是应对河道堵塞的临时之举，不久即停。徐迪惠却在日记中以较长篇幅论及此事，力主海运，并专门撰《彗星说》补充。参与这种讨论的内在动力，除了泰和本地亦有漕粮事务外，其实也与他对这种思维的熟稔和自信有关。《彗星说》结尾云：“自愧学芜识浅，今膺一邑民社之任，岂敢位卑言高。第验之于星，权之以时，测之以地，似可凿凿指陈，用是不揣固陋，为扣椠扪烛之谈，当亦博雅闳达者所不弃云。”在徐迪惠看来，天象所示，就是改河运为海运的重要依据，如果可以确认对天象的分析无误，那么人就应当顺从天意，结尾稍有自谦，但论述中显示出的自信，与其身为县令，日常迎来送往上级官员的谦恭姿态完全不同。

---

① 魏源《道光丙戌海运记》：“四年冬，高堰决，运道梗，中外争言济漕之策。”见魏源：《魏源集》，中华书局，1976年，第415页。

② 《魏源集》，第416页。

徐迪惠对自己堪舆方面的修养颇为自矜，道光八年，徐迪惠为戴中堂相看寿穴，同行还有一位张姓地师：

> 所看地□□于路旁，取得一凹脑天财穴，前有特朝文星，后有特座大贵人。下砂逆转，作案重重，上砂绕抱，作第三重案，水法之元，秀峰特连。龙自兑方开帐，起金面，过脉束细如蜂腰。日起，有鹤膝横转，亥气起，微高肩顶，坐癸结穴，所谓厚处还从薄处裁也。地极大，穴甚的，余虽霎时点出告知，中堂笑而不阅，同游五六人亦无可言者，留归造化可也。……又四五里至乌栏张姓所看地，来龙星峰特起，开帐尚欠尊严，局势颇逆。穴落阳基，无可寻觅。（二月廿八日）

徐氏于长冈岭相中一处吉穴，但不知出于什么原因，戴均元似乎不甚满意，一行人又至张姓地师所指之地相看，徐迪惠在日记中直接记录下对张氏所看之地的不满，更有趣的是，因为徐迪惠对自己所看长冈岭之地颇为满意，当天就让家丁赵福回到长冈岭买山，可见他对自己眼光的自信。也正因为这样，当他奉召入京，发现相吉地背后朝廷内部复杂的派系斗争时，反而坚定了急流勇退、辞官归乡的决心。

《日记》没有涉及奉召入京的时期，根据马赓良《墓表》的记载，徐迪惠上京选得吉地后，得到从六品同知的封赏，回乡丁内艰之后安享晚年，不复出仕：

> 道光庚寅六月，朝廷以先生通晓堪舆，旨下巡抚吴公光悦，资遣来京相，钦使如易州，于泰陵红桩百里之遥，选得莲花塞、岳合庄、龙泉峪三吉壤，覆命叙劳，擢同知。当是时，先生地理之名闻天下，会丁内艰，回籍服阕，遂不复仕。

但对照徐迪惠诗文的相关内容，现实情况远非如此理想。徐迪惠并非一心归隐之人，但入京相吉地时亲历派系斗争，使得他清晰地感受到权力对于才学的玩弄，其请辞时有《上赣州府汪孟棠太守书》，比较详细地记录了当时上京办差的前后经过：

> 迨中秋抵京，军机禀到，传谕禧某供给小住一旬，随同钦差禧、耆、敬、奕、容诸大臣往易州泰陵红桩内，百里而遥，相度形势，讵意禧、耆两位才住五日，即奉召回京，秉衡者敬也。某矢寸诚，指出吉穴西正峪、岳合庄、回龙三所，敬皆置之冰阁。其入奏之大湾峪、六道湾等形势俱假，某亦各抒所见，不敢苟同。十月初旬于红桩外相度数处，某又指陈莲花山十全完美，大地正结，亦不见信。盖同事之戴、张于夏间由外省督抚保举，一派在耆，一派在敬，俱有先入之见。某之保荐，闻自那制军，逮既奉命，那已置之局外，宜其格不相投也。然敬公初奏之地，虽某所不取，闻列名在内。及十月望日某回邸寓，接到家书，惊悉先慈去世，报丁母艰，禧尚书面奏，传谕回籍治丧。某于十月底出都，至十一月望前，皇上派禧、耆、敬复勘，随行者戴、张、端木三员，而敬初奏之三所，开验者皆黑砂顽石，坚不可锄；端木乃荐老龙潭一穴，其地某于前勘时亦同拟次取，具说在案，却以奏请回籍，未便列名。今春皇上钦定龙泉峪为吉地，某因复奏无名，是以未获恩叙。京友来信，似将来服阕进京，得蒙当道题及，或仍可邀议叙。惟念机缘屡左，马齿日增，进取之思，退然自阻。

圣旨只云着通晓堪舆之士相看吉地，但皇帝不可能亲自考察人选，而是由朝中亲信大臣保举推荐，因此不同人选的背后，实际上代表了朝堂之上的不同派系，每一派都希望最终采纳自己保举的人的结论。由于保荐徐迪惠的那制军当时已经置之局外，掌握话语权的钦差敬徵对徐迪惠所选之地皆置之不报。而初次上奏之地最终都未被选取，因此虽然徐迪惠列名在内，也没有得到封赏；复奏之时，徐迪惠已经回乡丁艰，尽管此前参与部分工作，但最终没有列名，因此论功行赏也没有将徐迪惠考虑在内。道光十年的诏书记录了当时论功叙官的情况：

> 以勘选龙泉峪万年吉地予云南候补戴泽同、浙江教谕端木国瑚、卫千总张熊飞升用有差。①

诏书中所载三人，正与文中“随行者戴、张、端木三员”照应，可见徐迪惠的确不在此次封赏之列。在一向自信的堪舆之事上被权力裹挟有如此遭遇，对徐迪惠而言是个不小的打击。早在接到圣旨之前的道光十年三月，徐迪惠就“有告养回籍之请”，而八月入京的一番经历，则更加坚定了他从此退居乡间的决定，所谓“机缘屡左”，表面上看是因为丁母忧返乡、未能列名所致，实际上暗含着徐迪惠本人对此番上京的感慨。

三、著述与《象洞山房文诗稿》

徐迪惠出身上虞管溪徐氏，族中名人辈出，对家族文献也比较重视，明代徐希欧就曾汇集家族中人所作之诗，名《一家言》。传至晚清，已经有所散佚，编次亦乱，又有重复、误收等情况，徐迪惠曾与同样出身管溪徐氏、时任湖南学政的徐松商定体例：

> 惠以先哲清芬湮没是惧，商于家之星伯学政，思定善本，留示后人。星伯以先集仅存，不宜多芟是属。（《〈一家言〉重编记略并言》）

① 《清宣宗实录》卷一百八十四，道光十一年二月。

除重辑编定家族文献外，徐迪惠对自己的日记、文集也颇为重视。其晚年移家绍兴县城，与友人谈诗论文，并整理日记与诗文稿，现存《日记》中多处记录显示，徐迪惠曾通过查阅日记，整理、补作诗文：

> 《造先农坛记》作于此时。（道光五年三月十二）
> 作《武庙碑记》在此时。（道光五年三月十五）
> 《送成果巡抚诗》作于此时。（道光五年八月廿二）
> 此事宜补作诗文入稿。（道光六年五月十一）
> 此事详载《祷雨三应记略》，拟补《鲊答诗》。（道光六年五月廿五）
> 抚署被灾有信稿，须查出补录。（道光七年八月廿二）
> 写诗赠毛竹书行。（道光八年正月十八）

直到徐迪惠晚年，还曾重新查阅日记，道光六年日记末尾云“乙巳五月廿一日（1845 年 6 月 25 日）查日记簿至此止，可补诗文题目不少”，可见其晚年于著述颇为用心。而《象洞山房文诗稿》亦经本人亲自勘定，其道光六年十一月廿二日（1826 年 12 月 20 日）记：“黎明即起，作《立命说》。”后来查阅时，又在空白处补“《立命说》其稿已失，今须补作”。廿八日抄录《困知记》，空白处又补“《立命说》大意本此，今拟补刻”。今存《象洞山房文诗稿》没有《立命说》一篇，不知是没有补作还是最终没有收入文稿，但日记中的这类记录，体现了徐迪惠对自己诗文的编定过程。

《象洞山房文诗稿》初刻于道光二十七年，宣统元年（1909），其孙徐瑞芬、徐焕章因“诗文稿虽镌板印刷，无多兵燹旋毁”，再次刊刻，并将继昌赠徐迪惠诗、泰和绅耆颂德禀批及进贤、泰和两邑士绅郊饯诗序一并附入。徐迪惠所做文章多具现实之用，有为而发，如《重修泰和县志序》《重修县堂碑记》《关帝庙碑记》《重修快阁记》《重修何侯祠碑记》《怀仁义渡碑记》等交代修建始末，详论端由。整体而言，徐氏文章在叙事上较见功底，前述《祷雨三应纪略》《鲊答记》等记事之作，条理清畅，将在任期间缉枭、平粜、祈雨、赈灾等一系列事件清晰交代，其中惊心动魄之处跃然纸上，其同乡友人沈仙缘评《鲊答记》云："偏于人所难叙处叙得详明简括，此笔不易得也。"相比日记，其文章叙事更注重细节的描写刻画，时有一波三折的效果。道光六年，徐迪惠曾因乡蛮借求雨喧嚷滋事，欲上省请辞，日记云：

> 是日署中内外皆劝余上省，离此难治之区。余亦拟次早登舟，既念人心汹汹，不可不在此静镇。且饬家丁，暂缓行囊下舟。（五月廿五日）

而详细记录此事的《祷雨三应纪略》一文，则在事件、心理等方面，增加了更为丰富的细节内容：

> 余比年来有造于此邦，不惟自信当不昧公论，无已则晋省面请诸大宪，陈地方情形，俾飘然脱屣归，遂夙昔看山之愿，亦安往不得者。因束装备舟，以俟次日之启行也。既乃静摄终宵，黎明即起，念夫民方待哺，既请出粜，而弃此以行，谁与为发粟者？至轻离职守之咎，又其次耳。时门下陈生月秋为占之，得小畜上爻曰："既雨既处。"又曰："君子征凶。"言未可往也。意乃决戒，行装缓发。（《祷雨三应纪略》）

日记只记录了署中同僚、幕友劝自己上省，文章则在交待了乡民情绪激化、数次攻进县署大堂的危急情况之后，细致描述了自己的心态转变。在这种危急情况下，徐氏一开始稍有"逃避"之心，欲辞官脱屣、归乡看山，但"静摄终宵"，在心态冷静之后，身为县官的责任感再次占据了上风，平粜之事尚未完备，险急之中更不当擅离职守，而陈月秋的占卜结果，又坚定了徐迪惠留在泰和平定局面的决心。相比日记，徐氏的文章记叙更显层次，组织结构上更见用心。

同时，徐迪惠文章善于细节中见真情，为父母所作《行述》、记录奉召入京始末的《上赣州府汪孟棠太守书》以及在长子去世一年之后所写的《哭亡儿端人文》，都能在细微之处感人至深。道光十年徐迪惠上京前，其母已患病卧床，从江西进京正可折道浙江探望老母，《行述》叙述回浙一段，特插入母亲梦呓一节：

> 惠于滕王江渚揖别寅好及郊饯绅耆，方欲解缆，京诰忽至，取道浙江，回籍省母，先慈自冬徂秋，病卧不能起坐，忽于七夕次午昼梦呓语曰："闻诗，幼字。汝来乎？"绕床诸妇女孙辈伺疾者详问，则曰："汝伯已回家矣！捧诰而奉我矣。为我易衣，我起坐以待。"自后日必一再起。孰知惠于十一日之起灯时抵家，得见慈颜，于堂户间跪捧双膝，展诰慰亲。次日即痛别长行。

在当时的交通、通讯条件下，徐迪惠启程返乡之时，并没有提前跟家里打招呼，而徐母则心灵感应一般，感知到了儿子即将回乡省亲。结合徐母当时已经病重、时日无多的情况，这段母子连心的记录，在奉召上京的荣耀背后，注入丝丝悲情。如果说对母亲的去世，徐迪惠还有心理准备，其长子徐应衡的去世，则是突如其来的打击。徐迪惠原配夫人刘氏，生子女六人，长大成人者惟徐应衡，嘉庆十八年刘夫人病逝，嘉庆二十三年徐应衡亦急病而亡。徐迪惠连续九应会试不第，期间妻子去世，最终于嘉庆二十二年参加大挑选头等，但至江西不久唯一的儿子又因病离世，其《哭亡儿端人文》一篇，可谓字字血泪，开篇即曰："呜呼端人！吾离汝甫一载余，而汝竟舍我而没也。"文章紧接着将当时兄弟、妻子所梦吉兆一一道来，回忆当年得子之喜。儿子稍长即读书习礼，进退有矩，但儿子当年越懂事，徐迪惠回想起来就越多愧疚，“吾不善教汝，多欲速过责，甚至诟詈频加，汝无一毫怨色，止自恨赋质之钝”，“深有望于汝之得伸我志，而不谓其至于此也。呜呼痛哉”！面对爱子的早逝，徐迪惠伤心、痛悔之余，又将原因归咎到自己身上：

> 又难言者，余生平言命多中，汝命虽弱，以运论之，将交好运而丧其命。择汝妇，亦因命吉委贽，乃皆大谬不然？予性耽山水，堪舆之学不让古人，因家道坎壈，思得吉壤，以厚其基，前所阡者，无论俱美，葬汝母于月山之阳，龙穴格局，既的且大，虽石脉奇峻，人皆畏之，而予外察形势，内观生气，用古人衔柴法葬而不疑者，盖实有确见焉。而不谓竟折汝年，使予扪心而不可解者，其殆犯造物之忌耶？

似乎儿子的早逝都是因为自己带来的，若按轮回之说，此儿再度投胎当为“饱学宿儒”“富贵寿考”，至此又云：“若念吾痛汝之诚，不以路人视吾，魂兮归来，仍为吾作贤子孙，则吾之痛其亦可以少解矣吁！”一笔将失子之痛推到极致，又戛然而止，其中心酸，细读自能体会。

诗歌中一部分为应酬之作，如和布政使继昌、送成果亭中丞、呈韩三桥中丞等数篇。一部分为记人叙事之作，如《钟孝女诗》《题七进士图》《怀仁义渡落成》等。卷首序跋中存有一些对徐氏诗歌的评价，论者多重视其诗中经济之道与规讽之意，如胡书农以为“诗歌亦于性真中寓规诫，不徒述风云月露”；孙步康虽称徐氏“凡碑记、诗文，悉从性真发越”，但推崇其诗，还在于“切实典雅”。不过，即便专力为诗者，纪实、规诫的佳作也不易得，徐氏这类诗歌也少有出彩之作，其《鲊答酬雨歌》写道光六年以鲊答求雨事，但生动之处不及《鲊答记》；《哭大儿应衡》一诗，动人处亦不如《哭亡儿端人文》。总体来看，徐迪惠诗中精彩之作还是以发自胸臆、吟咏性情为主，正如其《春日感怀》云“书宽眼界穷今古，诗入山川写性情”，从这个角度看，孙步康评其诗文"悉从性真发越"是有道理的，冯春潮所谓"古今体诗，非出于真性情，即成于大魄力，间或写景怀人，仍不失吟风弄月而归之意"，"吟风弄月而归"，其实正是徐氏诗歌的一种底色。从日记和诗文稿来看，徐迪惠交往较多的诗人当是端木国瑚，其集中有数首与端木国瑚的唱和次韵之作，《清史稿·文苑传》评价端木国瑚"诗才清丽"[①]，徐迪惠诗中亦有"清丽"笔调。其早年赴京赶考，有《庚申腊月北上车中口占》："客行先鸟起，身倦醒还睡。遥遥即长途，满地铃声碎。灯影闪林间，浓霜在马背。"长途铃声，灯影密林，马背浓霜，将客路所见诗意地表现出来；其咏家乡《管溪即景诗八首》中，如"云铺千叶影，山抱一池香""一钟催落叶，万籁息空林""鹿水迷花影，丹山隐豹踪"等句，也是清丽一路。这种特征在徐迪惠与端木国瑚的往来之作中也比较明显，如《落叶和端木鹤田》三首：

陡将心事感华年，有客凭栏思悄然。一例摧残由数定，不因摇落受人怜。无才只合空山住，有用能将陷路填。遍地苍凉秋色老，徒留孤月照寒烟。

萍梗芦花不自持，御沟何日再题诗。眼前萧瑟徒增感，此后荣枯总未知。漂泊只缘流水急，凋零莫怨出山迟。骚人诗赋无多读，怕有伤心忆旧时。

三春回忆事全非，无复前山积翠肥。别思屡催羁客棹，怒声疑挟海潮飞。曾沾疏雨归根早，欲战西风恨力微。忽见凝烟成暮霭，牧童燃火蓼花矶。

三首都从落叶生发，其一见落叶而起年华之思，其二由落叶飘零萧瑟言及自身漂泊坎坷，其三回到落叶本身，以秋暮时分，牧童燃火烧落叶的景象作结，三首借落叶述悲情，但又不乏文人之闲雅，时有佳句。

---

① 《清史稿》卷四百八十五，第13397页。

另如“山疑园中生，冬泉皎霜雪”（《偕鹤田游秦园》）、“晓月卢沟京国梦，秋风汴水客舟凉”（《答端木鹤田送赴河南次韵》）等，措辞造语亦近清丽一路。只是徐迪惠一生大多数精力放在了仕宦和堪舆二事，并没有专力为诗，且晚年居家少交游，因此诗名并不显著，个人的风格也不太明显。其后辈于诗文颇为用心，长子徐应衡去世后，徐迪惠又过继其弟之子徐虔复为嗣，徐虔复后来专力于古文、诗词，有《寄青斋词稿》一卷，其妻程芙亭亦善吟咏，有《绿云馆吟稿》。

此外，《徐迪惠日记》中还保留了日常读书、闲谈等记录。徐迪惠的阅读范围主要集中在易学、史部、子部术数类和集部，如《宋史》、《明史》、杜诗、苏诗以及与其同时期文士的诗文集等。日记中多摘抄原书文段，道光五年正月初四日（1825 年 2 月 21 日）记云：“予爱看书而善忘，自后得暇展卷，心目所及，须手笔兼到，以便检阅也。”道光七年日记末尾就大幅抄录《周易卦变说》的内容。同时，日记中还记录了一些当时官场、名人逸事奇闻，如讲姚棻孝母，为太守时曾受方太夫人杖责，毫无抵挡，至于头破血流，不能见客；归安姚文田之母当年督子读书甚严，姚文田幼弟因督学太严，功课不完，不令饮食，致幼年自缢，其兄亦相继而殂；又有翰林杨炜任南昌知府，拜谒巡宪拒交门规、顶撞两江总督陈大文等事，皆耐人寻味。此外，由于徐迪惠时常受托为高官名流相命，往往将其人八字记录在日记中，此类信息或对考订生年有所助益。总之，尽管《徐迪惠日记》中时有墨污、缺字、模糊不清等情况出现，但主要内容都得以保留，其史料价值还有待进一步发掘。

整理凡例

本次整理《徐迪惠日记》所用底本为国家图书馆藏《徐迪惠日记》稿本，《象洞山房文诗稿》所用底本为北京大学图书馆藏《象洞山房文诗稿》宣统元年（1909）春留余堂刻本，其正文及人名索引整理凡例大致如下：

一、据《中国近现代稀见史料丛刊》要求，正文所有整理文字除特殊情况外，均使用规范简化汉字。

二、在日记正文原年、月、日后增加公元纪年，以圆括号注其后。

三、正文夹注原为双行小字，今改用小五字号单行排印。

四、正文原稿确定误字者，以圆括号“（）”括出误字，后继以方括号“[]”括出改字，但明显的形近误字径改；原稿有脱字者，所补字亦用方括号“[]”括出，部分日期、数量等信息留空未补，原稿用△表示者，照录原稿，其余留空处用“□”标记；原稿有衍字者，用“〔〕”括出；原稿有脱字但因墨污、字迹缺省等原因无法辨认，且不能据上下文补者用“〼”表示。

五、索引所收人名范围仅包含《日记》正文中所涉及的与徐迪惠有交往，或名字见于《日记》的部分人物，以姓名、字号或其他称谓为索引，并按音序排列。在《日记》中仅提及姓氏而无其他相关称谓、难以考证的人物，以及仅作为读书内容提及的人物（如李杜诗、苏诗、《蔡邕列传》等）等，索引暂不收录。

六、索引以《日记》中人物的姓名为检索主体，姓名之后括注《日记》中主要出现的字、号、别名、习称、昵称、官称、简称（简称为姓氏者，不列出）及其他称谓。

七、凡《日记》中仅出现字号或其他称谓者，尽力考出其姓名，在正文中以脚注说明，并将姓名列为主索引条目；暂时未能考知者，则径列字号或其他称谓为检索条目；如某一称谓对应多人、部分日期无法根据上下文确定具体所指者，则以脚注说明，并在索引中另将称谓列为检索条目，以括号“()”注明“待考”。

八、人名后所列数字为该人物在《日记》中出现之年月日（公元纪年），如“巴彦布 1825.3.4”，即表示巴彦布出现在《日记》1825 年 3 月 4 日；1824 年及以前《日记》内容多未精确到日，则仅列年、月，跨月者以“/”表示，如“万榕堂 1824.1/2”，即表示万榕堂出现在《日记》1824 年 1 至 2 月的相关记录中。

九、《象洞山房文诗稿》共三册，系徐迪惠之孙徐瑞芬、徐焕章于宣统元年重刻，第一、二册为文稿，第三册为诗稿，本书校点以宣统元年春留余堂刻本为底本，其中异体字、古今字、通假字、避讳字皆径行改正，不作校记。

徐迪惠日记

道光五年(1825)乙酉日记

乙酉年正月初一日(1825年2月18日) 己丑。五鼓即起,朝服诣上谕亭,泰和上谕亭久圮,向在文昌宫行班朝礼,惠氏任后改至萃和书院。拜贺元旦。班朝毕,黎明诣文庙、武庙、文昌宫、天后宫、真君祠、城隍庙行香,雨甚。回署诣祖像。拜贺委员张、杨并署中亲友。午后雨少停,出署亲拜同城寅好,遣拜近城绅士。

正月初二日(2月19日) 庚寅,寅时雨水节。乙酉、戊寅、庚寅、庚辰[①]。蚤起,谒先像,行香。至土地祠、仓神、马神、桑夫人祠、库神拈香。传皂、壮各班,选健[强]一二十人以备办公。又谕以自后差[票]不得▨差。此事两班头役面禀,有碍办公。后于席上晤陈秀才,竟合予意。谕家丁张福经[管]钱漕,向征比处携回新造民欠册。因闻经管人醉后语也。午后请客,罗二尹[②]与委员同席,予陪绅士袁员外郎、陈六秀才一席。座上陈秀才谈及城内小钱宜禁、延津渡赌风宜禁、育婴会案卷宜查。客去,即阅育婴会案卷。三更后即安。是日雨未止。

正月初三日(2月20日) 晨起,行香先像前。是日天阴,身劳倦,静摄无他务。

正月初四日(2月21日) 辰起,行香先像前。安排上省事。午初请同城春茗,后面属弟龙泉[③]并诫司阍裘、陈、吴、张一切。舆出东

---

① 日记原稿中"乙酉"至"庚辰"为红字书写。

② 罗二尹,即罗麟祥,浙江上虞人,监生,泰和县丞。日记中又称为罗粮厅、罗大兄、罗芝田(仅列主要称呼,下并同)。

③ 弟龙泉,即作者八弟徐闻善。

门，水涨至东门桥，即此登舟，展阅《在官法戒录》第一卷，随笔圈点。袁简斋诗有曰："读书不手记，一过无分毫。"予爱看书而善忘，自后得暇展卷，心目所及，须手笔兼到，以便检阅也。是日久雨新晴，时阳献旭，顺水行舟，未申两时▨▨晚饭▨郡城已在望矣。

正月初五日（2月22日）　辰初进郡，谒太尊[①]，贺年禧，并诸寅好、亲友。申刻登舟，顺流至吉水，住三吉滩。阅《法戒录》第二卷。是日微雨。

正月初六日（2月23日）　卯初开船，至晚停樟树镇。小雨微风。阅《法戒录》第三卷。

正月初七日（2月24日）　卯初开船，酉抵章江门，到泰和省仓，回船住。阅《法戒录》四卷毕。夜雨昼晴，晚起风，舟中不能安寝。

正月初八日（2月25日）　辰刻至土地庙街，寓陶岳[②]处，至怀豳堂，午后在寓静摄。夜寝，梦得古铜方带扣，又古铜印章数事。系薛文清公[③]手镌印，有"心安理得"等字。篆文、章法、笔法，极其精致。

正月初九日（2月26日）　卯刻出门谒藩嵩、臬邱、粮耿、盐首府周、各宪[总]运朱、九江太尊钱、新升广信府刘[④]，后又[拜]寅好。

---

① 太尊，即铭德，字禹民，汉军镶黄旗人。道光四年任吉安知府，六年调知广信府。日记中又称铭太尊、铭府宪，或直接称府宪、府尊、太尊。

② 陶岳，即徐迪惠岳父。日记中又称陶老丈、陶丈。

③ 薛文清公，即明代薛瑄，字德温，号敬轩，谥号文清。

④ 藩嵩，即嵩溥，道光三年至道光五年任江西布政使。臬邱，即邱树棠，道光四年至六年任江西按察使，日记中又称邱大人。粮耿，即耿维祜，嘉庆七年(1802)进士，道光四年任江西督粮道。盐首府周，即周继炘，道光五年任江西盐法道，署南昌知府，六年任吉南赣宁兵备道，日记中又称吉南本道、首府周、盐首府、周道台、周道宪、周太尊。太尊钱，即钱騋，字西来，号小垌，上虞人，道光间任江西九江知府，日记中又称钱太尊、钱小垌。广信府刘，即刘体重，道光五年任广信府知府，六年至十二年任吉安府知府，日记中又称刘府宪、刘太尊。各宪总运朱，待考。

正月初十日(2月27日) 卯起上院谒见抚宪成中丞[1]。至滕王阁,拜广西左江道洪守愚观察[2],会晤谈、陈二司马,至泰和仓午饭,进城拜诸寅好。

正月十一日(2月28日) 卯起,至滕王阁,送洪守愚观察,备程仪八十两,畅谈积愫。进城谒学台李芝亭侍郎[3]。午后拜各寅好,赴怀豳堂陶伯岳[4]席,同座钱小垌太尊、冯桂山明府。

正月十二日(3月1日) 辰起〔辰起〕至南昌县,文若苏首台留早饭,晤家橙庵三侄[5],拜诸友。申刻至新建雷[6]赴席观剧,新制灯戏,灿烂可观。

正月十三日(3月2日) 卯起至院上,抚、藩、粮宪俱见禀辞,补拜各寅好。酉至怀豳堂晚饭。

正月十四日(3月3日) 辰起,至臬、盐首府禀辞,臬宪⧄见⧄⧄风骤雨。傍晚至义泰旗并玉轴楼⧄书。

正月十五日(3月4日) 卯起,至怀豳堂书馆,拜闻兰二兄[7]五十寿。回寓与德安巴明府[8]同席,于南野堂,稍饮辄醉。言辞失稳,

---

① 抚宪成中丞,即成格,道光四年至五年任江西巡抚,五年至八年任广东巡抚。日记中又称成果亭、成抚宪。

② 洪守愚观察,即洪耀,字镜心,号守愚,嘉庆七年进士,道光初擢广西左江兵备道。

③ 李芝亭侍郎,即李宗昉,字静远,号芝龄,道光二年至五年任江西学政。日记中又称李学台。

④ 陶伯岳,即陶士遴,字汇征,号吉庵,徐迪惠妻子陶氏之伯父。日记中又称陶汇翁、陶汇征。

⑤ 橙庵三侄,日记中或写为澄庵。

⑥ 新建雷,即雷学淦,号湘邻,顺天通州举人,嘉庆十七年任新建知县,后升任义宁州知州。

⑦ 闻兰二兄,即徐闻兰。日记中又称兰二哥。

⑧ 巴明府,即巴彦布,正红旗满洲笔帖式,道光三年任德安县(注转下页)

须记一过。饭后谒继司马，至铭太尊舟中禀辞，即上船，顺风行数里而止。同行者沈寿田友也。是日至新建雷湘邻明府处辞行，见座右梁山舟太史书单条：

> 董华亭云：文家要养精神，须戒浩饮伤神，戒贪色灭神，戒厚味昏神，戒饱食闷神，戒多动乱神，戒多言损神，戒多忧郁神，戒多思劳神，戒久睡倦神，戒久读苦神。人若调养得精神完固，不怕文字无解悟、无神气，此是学业最上一乘。

鹿苑曰：此岂特文家上乘法，知此十戒，内保吾身，外应万事，无往不宜。《记》所谓"清明在躬，志气如神"也。爰录之舟中，以三复斯言云。

正月十六日(3月5日) 卯初开船，顺风行九十余里即住。离丰□二十里□，乍雨乍止。舟中阅《训俗遗规》[①]一本。

正月十七日(3月6日) 辰起风大，舟不能行。午后开一二里即止。阅《训俗遗规》二卷，《困知记》[②]首卷。

正月十八日(3月7日) 卯起，顺风，至晚抵沙河住。午前阅《训俗遗规》毕，午后读《困知记》二卷。

正月十九日(3月8日) 卯起，顺风，略小晚抵峡江县。阅《从政遗规》第一卷。

正月二十日(3月9日) 夜来雨雪，复雷声殷然。自腊月十七日立春下雨，一月以来，天日晴霁者仅两三日，其余无日非雨，不雨即阴。岁内廿一日闻雷声，除夕闻雷声。十五登舟以后无雨，不雷，今

(续上页注)令。日记中又称巴德安、巴大兄。

① 清陈弘谋编辑，乾隆四年至八年(1739—1743)完成遗规五种，有《养正遗规》二卷、《训俗遗规》四卷、《从政遗规》二卷、《教女遗规》三卷、《在官法戒录》四卷。

② 《困知记》又名《罗整庵先生困知记》，明罗钦顺著。

又雷雪并至。岂阳气发于地,阴寒固结于上乎?殊未可解。

舟行七十里,住三汲滩。阅《从政遗规》二卷毕。戌刻,闻龙泉曾明府[1]船泊一处,过晤谈星命⧄⧄⧄。

正月廿一日(3月10日) 卯起,雷雨风雪如昨。夜至吉郡⧄⧄府晤⧄晖。至庐陵,晤马南原、张云亭、卢海洲,回船。是日阅《三才一贯》。

正月廿二日(3月11日) 卯刻开船,至元津渡住。是日雷雪风雨如昨,舟中阅《困知记》。

正月廿三日(3月12日) 开船,巳刻回县,上下安静。自初四至今计二十天,地方报命案三件,皆借端讹诈滋事,俟查核讯夺。是日漕米船开□号。

正月廿四日(3月13日) 辰起,示各役设法催追旧欠钱漕。家丁王恒向派签押,私耽洋烟,严斥立逐。

正月廿五日(3月14日) 辰起,拜同城寅好。午后审郭姓命案。王珍诬控,杖责三十示警,案结。

正月廿六日(3月15日) 辰起,阅《困知记》。考代书职员。[匡]阮来,禀修怀仁渡义船等事。

正月廿七日(3月16日) 辰起,看稿画行,阅《困知记》。午后点卯,面谕书役办公。接省仓专差,得题补泰和确信。申至副斋,蔡学博[2]赴席。戌刻回署。

正月廿八日(3月17日) 辰起,看稿画行,阅《困知记》续卷。午后放告,阅呈词,即审萧姓奸拐案,奸夫枷号,奸妇掌责示儆。晚阅《困知记》。

---

① 曾明府,即曾锡龄,道光五年任遂川(即龙泉)县令。日记中又称龙泉县曾、曾蔚然、曾二兄。

② 蔡学博,即蔡象颐,江西奉新人,泰和县训导。日记中又称训导蔡、蔡学师。

正月廿九日(3月18日) 辰起,看稿画行,查造民欠钱漕总册。午后查点军流徒犯卯名及管押人犯簿。晚阅程月川[①]中丞《岭南集》,发九江钱太尊禀帖。

正月卅日(3月19日) 辰起,看稿画行。查县志,拟《观风策问》。

二月初一日(3月20日) 黎明即起,谒文庙、城隍神,行香毕回署。粮厅罗、署捕衙贵[②]进会间谈▨▨▨祝,贵说淮扬谚云:“子孙胜如我,要钱作甚么。子孙不如我,要钱作甚么。”此语▨甚妙,因记。午后获京控健讼萧鼎文到案,发捕衙管押。申末接省仓专差来信,戌亥复省仓安信。

二月初二日(3月21日) 庚申春分。午后,委粮厅罗押解萧鼎文进省,并寄省仓银信。申末赴钟副爷[③]席,同座杨、蔡、贵。

二月初三日(3月22日) 黎明起,朝服冠带诣文昌宫,同众官致祭毕回署。阅赵收斋[④]《亦有生堂乐府》。午后收呈词,即发火签拿地棍刘,并管押讹诈滋事回断之曾。

二月初四日(3月23日) 辰起。举人萧来见,弹压。马家洲刘守备[⑤]来会,回拜。闻府宪回郡,发信禀安。午后大南风起,更衣剃头。张珊洲回,未见。正言劝诫,亦格格不入。

二月初五日(3月24日) 黎明即起,周览署中,阅卷牍、省报暨各处来札。又阅京报。是日委员顾到,提刘其勋京控人案。晚写都

---

① 程月川,即程含章,字象坤,号月川,道光三年至四年任江西巡抚,后调任工部左侍郎。

② 捕衙贵,即贵正元,江南扬州人,泰和典史。日记中又称贵巍卿、贵威卿。

③ 钟副爷,日记中又称钟把总。

④ 赵收斋,即赵怀玉,字亿孙,号味辛,有《亦有生斋集》。

⑤ 刘守备,即刘文鸿,江西南安人,道光五年任吉安守备。日记中又称刘司马。

中禹畴侄信,并[阅]呈词批。

二月初六日(3月25日) 辰起,阅稿卷并宪牍。午后开发窃案三件,并发京中、扬州、南京各信。晚写家信。

二月初七日(3月26日) 早起,诣马家洲,勘陈明开控欧[阳]罗氏案。未刻回署,委员胡盟凫兄来,同至捕衙贵巍卿处晚饭。

二月初八日(3月27日) 辰起,阅稿卷,晤委员顾、胡。午后放告,阅呈词。请客,上犹捕衙张十、龙泉粮厅张二前后踵至。

二月初九日(3月28日) 四鼓起,恭祭文庙,黎明回署。查阅钱漕民欠清册。刷《圣谕广训》,拟散布村塾以宣教化。

二月初十日(3月29日) 黎明起,出西关祭社稷坛,至南关外祭山川神祇。回署送委员张二,又表弟张珊洲、杨春洲[①]兄来会。午后查比钱粮,谕图差催积欠、立赏格。

二月十一日(3月30日) 辰起,阅稿卷呈批。午后部署解[银]两寄省。

二月十二日(3月31日) 黎明即起,出北关外里许,祭[关]武帝。武庙倾圮不堪,亵神可畏,速宜兴造,以崇祀典。

二月十三日(4月1日) 辰起,阅呈批稿案。午后收阅呈词,究小窃案。申刻送书启沈友[②]往永宁,是日天阴雨。午前钟把总来,午后刘守备自马家洲来。

二月十四日(4月2日) 辰起,阅宪发公牍。午后审窃案二件。

二月十五日(4月3日) 黎明起,谒文庙、城隍神、仓库马神。徐升自家来,接安信,知老太太[③]于正月十二日抵梁湖张妹丈家,内外安好为慰。接周藕香仪部信,有举吕申公"忍辱耐烦"四字相劝勉。

---

① 杨春洲,即杨诩,字用默,号春洲,陕西潼关厅拔贡。道光二年任泰和县令,修撰《泰和县志》。日记中又称二兄。

② 沈友,即沈寿田。

③ 老太太,即作者徐迪惠之母张太孺人。日记中又称"老母"。

予方接省仓信，处积疲之地，征兑漕粮事事掣肘，推解各款，支应实难，颇增烦闷，十四夜不能寐。得仪部书中四字，可谓对症妙药。自后事无大小，尽其在我，听其自然，成败[利]钝，不必虑也。午后发家信，并请胡舫亭▨文书。

二月十六日(4月4日)　辰起，阅稿卷呈批。午后问蓝曾氏命案，夜查征收支解各款账目，又问欧阳罗氏、陈明开案。

二月十七日(4月5日)　卯起，发状榜，送胡盟凫委员回郡。午后接差谒予，告大学士戴中堂[①]于舟次，时回南安省墓。中堂年八旬矣，真达尊也，耳目[聪]明，光风霁月。瞻拜之余，不胜钦佩。是晚有直隶知县魏，名元炜来会，初见，酌送资斧。

二月十八日(4月6日)　是日大风。黎明起，至大马头，叩送大学士戴。回署后，署赣县袁秀浦同寅至，年富才优，出色之员。阅八字，乙卯、癸未、壬申、庚子。许伊远到。午后收呈词毕，送科试新进诸生入学。

二月十九日(4月7日)　黎明起，祭杨文贞、欧文庄、曾忠愍、罗文庄、萧清节、王文端、刘司马、文[②]诸先贤祠毕。诣考棚，考萃和书院肄业生童，到者百人。生员"四书"题:"君子务本"一节;童生"古之学者为[人]"，诗题"士先[器]识"。起更后回署。

二月二十日(4月8日)　辰起，阅稿卷。会署捕衙贵、训导蔡，午后比较。晚阅书院卷。

二月廿一日(4月9日)　辰起，阅票稿等件毕，阅试卷，取超等五名，特等五名;童上卷十名，次卷十名，出案。晚写省信。

二月廿二日(4月10日)　卯起，看票稿。粮厅罗自省回。会拜两学前任杨。粮厅罗会。午后审萧□案结，着徐升解银两上省。

---

① 戴中堂，即戴均元，字修原，号可亭，江西大庾人。日记中又称戴可亭相国、大学士戴。

② 分别为杨士奇、欧阳德、曾如骥、罗钦顺、萧楚、王直、刘同升、文天祥。

二月廿三日(4月11日) 辰起,绅士周先蕴来拜会。阅稿案。午后收呈,审二案,枷忤逆一犯、枷凶殴一犯。委员严催台连纸,帮价银到。

二月廿四日(4月12日) 辰起,阅上发稿卷。午后请绅士周四太爷、匡阮。

二月廿五日(4月13日) 黎明起,抵万安县白鹭洲,会魏三兄,勘刘姓洲地,夜住马家洲吉临公馆。

二月廿六日(4月14日) 黎明起,同刘守备至胡耽烧私盐棚,带盐犯宋回县。阅稿案呈批。

二月廿七日(4月15日) 辰起,阅稿,发状榜。捕役李青等禀捉获河匪要犯十二名,李八仔等一一问供,有去冬南昌市汉丰城□□□□□滋事重犯李昌发等,即札致南昌、庐陵各处。申刻王爱卢自湖南回,会晤。

二月廿八日(4月16日) 辰起,阅稿案,后即审会匪李昌发等。至申刻,收呈词。后刘总司自马家洲来,翟少君自早禾司来。

二月廿九日(4月17日) 辰起,阅稿。后即复讯会匪,收监五名,开释五名,管押二名。未刻比较,申酉问案,结二件。陈六生员来。

三月初一日(4月18日) 戊子。黎明起,诣文庙、武庙、城隍神各处行香。查阅稿卷呈批。捕役李青禀获□贩千二百□,照例赏给,详报。申刻请王凤山[①]明府、陈秀才、徐职员议办育婴义仓事。

三月初二日(4月19日) 辰起,阅呈批。发状榜,查进出账目,拟《乐输序文》,查王明府凤山、周梦岩[②]太史星命。

三月初三日(4月20日) 辰起,沐发,阅稿卷,问匡、彭二姓案。

---

① 王凤山,日记中又称王二兄、王明府。

② 周梦岩,即周作楫,字梦岩(一作梦严),号小湖,江西泰和人,道光五年任广西学政。日记中或称其太史、学政。

午后收呈放告。晚至学署,姚竹香[1]赴席。

三月初四日(4月21日) 辰起,吴瀚周巡政自浙来,十年话旧,不速之客,畅叙半日。午后接广东藩宪苏[2],酉刻见于矶头塘舟次。吴瀚周兄来署,因发广东张老四信,此发端之机。其后空费无算,可发一慨。

三月初五日(4月22日) 黎明起,送广东藩宪苏,回署阅稿卷。午后接镇粤将军果[3],见于舟次,人极谦和,随即叩送。回署问萧姓命案,查阅《县志》。

三月初六日(4月23日) 辰起,阅呈批稿卷。午后阅《学治臆说》。

三月初七日(4月24日) 辰起,刘守备文鸿自郡中来会。阅稿卷,发状榜。午后与贵岩卿书牌坊大字,陈太翁典来会。是夜三更,五弟闻礼[4]同沈、杜二友自家乡来,抵署。

三月初八日(4月25日) 阅家乡诸友来信。放告,审萧、曾二姓控争命案,断结。

三月初九日(4月26日) 阅端木鹤田[5]《元文》定本。

三月初十日(4月27日) 阅鹤田《元文图说》。是日竖大堂前牌楼。

三月十一日(4月28日) 录《元(学)[文]图说》,并阅萃和书院生、童卷。

三月十二日(4月29日) 出东门诣先农坛致祭,引藉田礼。荒

---

① 姚竹香,即姚熙复,江西南丰人,泰和训导。日记中又称姚学师、姚老师。

② 广东藩宪苏,即苏成额,道光四年至五年任广东布政使。

③ 镇粤将军果,即果齐斯欢,道光四年至六年任广州将军。

④ 闻礼,即徐闻礼,日记中又称五弟。

⑤ 端木鹤田,即端木国瑚,清代学者,字子彝,一字鹤田,又字井伯,晚号太鹤山人。

圮空地,台门无墙瓦,拟重建。回署,阅《元文图说》。《造先农坛记》作于此时。

三月十三日(4月30日) 辰起,阅《元文》。午后放告,审结□命案。

三月十四日(5月1日) 辰起,阅稿案毕。细查《元文辨正图说》。午后结□命案。

三月十五日(5月2日) 黎明起,文庙等处行香,出东门接差,戴中堂已过境,未晤。进城至快阁,见慧光僧,商办建武庙事。阅《元文》。是夜署中酬神、观剧。作《武庙碑记》在此时。

三月十六日(5月3日) 辰起,阅稿卷。午后至快阁,同慧光僧商议建武庙,并复古慈恩寺。晚至捕厅贵威卿署观剧。

三月十七日(5月4日) 阅稿卷,发状榜,问萧时松私铸案。阅对《元文》。

三月十八日(5月5日) 阅稿案,校《元文》,批月课卷,放告。

三月十九日(5月6日) 阅稿案,校《元文》。

三月二十日(5月7日) 出东门,渡江至五都陈姓验伤,未刻回署。查比较。

三月廿一日(5月8日) 阅稿案,接南昌查获河匪回信。校《元文》。

三月廿二日(5月9日) 阅稿案,校《元文》。审洪、刘控案。是日报解司款三千零,着五弟闻礼等回家。

三月廿三日(5月10日) 阅稿案,收呈词,审三案,枷号三犯。校《元文》,发省付雕。

三月廿四日(5月11日) 阅稿卷,送八弟龙泉回家。捐育婴会银。欧阳亭来见会,即诣北关外察看古庙通衢。校《元文》。审陈姓赌博案。

三月廿五日(5月12日) 阅稿案,校《元文》,审窃案。

三月廿六日(5月13日) 阅稿卷,校《元文》,问抢案。是日建昌府徐鹿门别驾[①]到府，遣人催解道款。

三月廿七日(5月14日) 发状榜，审罗曾氏案，校《元文》。

三月廿八日(5月15日) 阅稿卷，审僧案，放告，校《元文》。

三月廿九日(5月16日) 阅稿，校《元文》，审案。是夕龙泉曾二兄来。

三月卅日(5月17日) 阅稿，校《元文》，比较。王凤山二兄来，杨春洲二兄来。

四月初一日(5月18日) 黎明起，行香至胡耽凤头山，同王二兄看地。傍晚回署。

四月初二日(5月19日) 阅稿，审石利章控案结。

四月初三日(5月20日) 问陈姓赌案。后即同钱友朱乔增七兄[②]上船。

四月初四日(5月21日) 巳刻抵府，谒府宪，拜同寅。晚与钱三尊[③]席。

四月初五日(5月22日) 谒府宪，同见龙泉县曾。午后定交代泰邑民欠钱漕至六七万之多，公议俱应折算，予念杨春洲二兄长者，宁担重任，不作折算。

四月初六日(5月23日) 上府审河匪案。泰邑交务，一言而定，同寅俱称予厚道待人。是夕庐陵札大兄[④]请酒。

四月初七日(5月24日) 谒府宪。午后予复讯河匪顺洪。

四月初八日(5月25日) 辰起，由陆路回县，申初抵署。

四月初九日(5月26日) 看稿案，阅月课文。生员戴陶铸文好。

---

① 徐鹿门别驾，即徐庞，道光四年任建昌府通判。

② 朱乔增七兄，日记中又称朱七兄、朱友。

③ 钱三尊，即钱日炤，道光三年任吉安府通判，六年回任。日记中又称钱曙峰三尊、钱三府。

④ 札大兄，日记中又称札公、札大爷。

四月初十日(5月27日) 审王、萧二姓控案,比较钱粮。申刻龙泉曾二兄来。

四月十一日(5月28日) 校对《元文》,拜同城寅友。王凤山明府来。

四月十二日(5月29日) 审刘、乐二姓控案。校《元文》。钟金堂二兄同家七侄福禄桥本家。自粤东来。

四月十三日(5月30日) 是日抵三都乡征。查三都各图,自廿三年至道光四年,共欠银米应征钱三万串零。

赣县王四兄来署,午后至三都乡征,住大蓬村萧姓。大蓬萧,旧欠银米共计钱一千二百五十串,自晓谕后,至▨▨户书欧▨春禀到,生员萧观旂、监生萧蓼、武生萧元吉,又萧道标等,共具期票一百八十千,余以零星难收求宽。应再饬图差赶办。

四月十四日(5月31日) 午刻至竹山刘姓,晚至镜庵乡局。竹山刘,应旧欠千串,今廪生刘超群、生员云、房长愈宫▨▨共立期票四百千余,限七月全完。竹山绅耆向义,可望扫数。

四月十五日(6月1日) 抵灌溪匡姓祠,抵郭、阮二姓相验命案,戌刻回局。匡姓、尹姓应旧欠二千七百串,十八日萧光禀依限扫数可完。此方尚可言善。

四月十六日(6月2日) 至湾溪萧姓祠。责图差曾文领房长萧□、传监生萧□□□□归欠一千九百十五串,地方穷极,无从着手。是日在局坐催寺下萧姓。寺下极刁极玩之户,陈欠二千卅串,军户二千七百串,严催三日,仅立期票四百五十串,监萧和元、肖清芳、萧苏材具名。

四月十七日(6月3日) 抵王山萧姓祠。共欠一千七百六十七串,具期票一千串余,▨设局▨▨▨情向义,敬官长,可望起色。童生曾翥禀见。晚抵碧山康姓祠。欠一千八百串。比图差曾顺传花户,无一人到案,饬差拘拿,竟敢聚众执器械抗拒,不法已极。亲诣锁拿数名。夜寓萃升书院,院甚壮观,众姓共造,离碧山里许。

四月十八日(6月4日) 早复抵碧山康姓祠,饬差严拿抗户军丁康宇、康福凑、福分，毁其什物、宗祠门窗，以示惩警。康[宇]家查出军器腰刀、双柬木枪贮库，应严办。午后回镜庵局，差获福建连城县人罗席珍等四名，贩卖女孩六名，分别区处，从宽免究。是晚雨绵密可喜。

四月十九日(6月5日)　至二都乡局，查廿三年至道光四年共欠银米该征钱三万串零。辰刻抵寺下萧姓军户祠，传萧苏材面谕，设局催追军民两户积欠，颇知感动。随即冒雨诣二都固坡墟关庙乡局。

四月二十日(6月6日)　辰刻，固坡墟张大雅等绅耆来见。旧欠约四千串，谕以设局立限，颇有动意。午刻抵戴家坊见监生戴等。欠四百卅□串。谕以急公，即回关庙。

四月廿一日(6月7日)　五更即起，抵绅溪匡姓，差锁欠户七名。欠一千八十串，刁玩已极之地。辰刻回局，饭后抵中埠袁姓，欠一千一百五十余串。严谕图差▨立期票。酉初回局。

四月廿二日(6月8日)　在武庙收到扬州、山西各信，是日颁发图差告示，并定立期票格式，于催积欠法，似若网在纲，有条不紊矣，[未]知可收成效否。

四月廿三日(6月9日)　辰刻至固坡墟张姓祠，催立期票，约午节赶办。午后回署，清理冗牍，收呈词。

四月廿四日(6月10日)　阅稿案，校《元文》。问张振洋抢亲案，开释管押人犯六七名。杨春洲二兄来会。

四月廿五日(6月11日)　周四太爷来会。查六、七、八乡征欠数，委员李催台连纸，帮价银至县。

四月廿六日(6月12日)　卯起，至西门外何侯祠行香，重修上梁。午刻问郭姓控基地案。申初至考棚赴席，本地绅耆荐杨春洲，前任公举。

四月廿七日(6月13日)　辰起。问案。巳刻出城，抵七都南富墟王姓亲征。武溪街勘严姓报抢案。未刻至蜀口访欧阳文庄公发地，土人引至二处，未的。晚住马家洲吉临公馆。是夜大雨快[甚]。

四月廿八日(6月14日) 辰起。行署验李、曾二姓伤,催七都九图王姓、八图郭姓期票,疲玩之至。比图差孟章带欠户三名。未刻至白土街真源庵,又至萧姓宗祠住。

四月廿九日(6月15日) 辰起。郭逢川约长、监生欧姓共立期票,即释回。罗、萧、刘、彭四姓亦立期票。即至早禾司,路过七都六图,图差禀扫数可完。离白土街十里许,朝阳村过来有朝北形局吉地,过马家峤,石峡奇异,应是县龙过峡,起武山真脉。申初至早禾司晤翟巡厅[1],住小庵。图差避不见面,五、六、七图积欠,委早禾司催。比早禾市土沃田美,形局亦好。

五月初一日(6月16日) 辰起。至六都西八图胡、刘二姓,生监见。过三都墟□六都图王塘,住张姓祠。看书院月课卷。

五月初二日(6月17日) 辰起,至石头山访杨文贞公发坟,高山顶上,坐庚向甲,啸天狮形,穴奇绝。北方护障欠起,脉寒,是以初年不▨,过峡处亦庚。又至龙门访陈芳洲公[2]三元发坟,坐辰向戌,真武大座形。前有龟蛇二砂,开幛中出,脉秀。两肩龙虎生峰,护从绵密,前朝特达贵人。过龙门岭,又谒杨文贞公葬地,假局无穴,坐西向卯,向亦误。酉刻回署。

文贞公于洪武三十五年太宗皇帝临御之初,首擢翰林院编修,兼春坊职事。▨事仁宗、宣宗、英宗。天清上聚穴,有天然小明堂,贴近玉枕小案,外列锦帐,真奇地也。乙酉九月望后,杨氏呈《东里文集》,披阅数日。时值开漕,红兑开斛者曰杨褒功户,想文贞后人。属呈文贞公宗谱,查《祠墓合编》,内载云:士奇七十五岁,仕三十九年。予告展墓抵县,时二月廿九日,历展祖墓;三月初四诣金洞唐家塞,谒五世祖妣顾孺人墓,文贞公高高祖妣。狮子啸天形,即此地也。又诣

① 翟巡厅,即翟声渊,早禾司巡驿,道光三年任。

② 陈芳洲公,即陈循,字遵德,号芳洲,江西泰和人。明永乐乙未会试第二名,廷试一甲第一名,著有《芳洲集》。

佑坑，谒敬之祖妣曾孺人墓，五龙戏珠形，又蜘蛛坠网形；又诣蒋家山，诣叔祖公与府君▨。诣铁矶戴家，步谒三世祖妣合葬墓，五马渡江形。《与萧孟廉书》载展墓事。

杨文贞公，永乐文皇帝、十九年迁都北京，二十二年崩。洪熙仁宗昭皇帝、一年崩。宣德宣宗章皇帝。十年崩。正统甲子三月望前一日公薨。宪宗纯皇帝，布政司谕杨琚；成化广东提学副使杨载□；嘉靖朝杨寅秋，官至贵州按察司。

查杨文贞公宗谱，公父讳子将，生元元统甲戌，终吴元年丁未，年三十四岁卒，葬四十七都盘古山。公母陈氏，两赠一品夫人，生元至正己卯[①]，终洪武戊寅，六十岁，葬盘古山虾蟆湖。公祖仁一，元太和州学训导，生元大德丁未，终至正癸卯，配胡氏，生延祐丁巳，终至正癸卯，合葬盘古山。子将系公辰出，公辰乃文贞之本生祖也。生元大德甲辰，终至元丁丑，配严氏，合葬金鸡湖。公曾祖名贤可，登(元)[延]祐乙卯进士，官翰林待制，生宋咸淳甲戌，终元至正丁亥，葬四十四都螺湖，金盘形。文贞公高祖复圭，娶黄氏，葬金鸡湖。公五世祖高高祖。名叔球，隐居博学，乡里称“书橱”，葬三十八都水南荷山口，交椅形。配顾氏，葬庐陵县十四都金洞唐家寨，啸天狮形，卯乙向。其山连亘十里，有山税，环山有田若干亩，为本派供祭之需，正统间奏请勘合，刊刻板榜，一面给守坟。[②]

庐陵始祖辂，二世锐，三世宏嗣，四世延安，五世克明。六世为泰和初祖，六世允素，七世宣教，八世承事，九世旻，十世仲文，十一强仲，十二尚真，十三德宽，十四南卿，十五克恭，十六叔球，十七复圭、复亨，十八会可、圣可、贤可，十九公望、公辰、公荣、公平、公武，廿子

---

① “至正”当为“至元”笔误。检元至正间无己卯年，由“终洪武戊寅(1398年)，六十岁”推算，本句当作“生元至元己卯(1339年)”。

② 以上三段文字原本在日记五月初一至五月十五日之眉批上，当为后来补记，姑列于此。

将、子超,止。廿一士奇。[1]

五月初三日(6月18日) 阅案卷,发状榜。姚学师自省回,会接李臬台[2]▨粤东来,至粤西任,会山阴陡门人,戊申举人,由教习知县起。

五月初四日(6月19日) 审案,开释管押人犯四名,姚学师又来会。

五月初五日(6月20日) 接汪观察[3]至赣南任。午后请姚学师、贵威卿署中诸友。午前拜节。

五月初六日(6月21日) 书院肄业生员姚预来见。午后审李、傅二姓控案,郭、阮二姓命案,委员陈、秦二位到县,提案催粮。

五月初七日(6月22日) 匡、徐二职员进见,禀怀仁渡义船事。问福建上□□官眷船家丁溺水事。晚阅月课卷。

五月初八日(6月23日) 审张姓谱案,收呈词,接广东张妹丈来信。

五月初九日(6月24日) 辰起。诣三都□图萧姓相验。天雨发水,田塍泥滑,六十里地,傍夜始至。山村僻陋,居罗姓小屋,容膝而已。

五月初十日(6月25日) 辰刻相验,实毙于病,萧翘新刁控可恶。事毕,冒雨前行,未刻抵镜庵乡征局,回署已三鼓矣。

五月十一日(6月26日) 辰起,理冗牍,比较图差。午后诣四都□图相验▨,住九门里。

五月十二日(6月27日) 黎明起,抵翁姓祠,往山诣验毕,回至五都天皇寺乡局。酉刻回署。

---

① 本段另纸书写夹在日记中,记录泰和杨氏世系,其中新见人名不再单独列入索引。

② 李臬台,即李沄,字铁桥,山阴人,道光二年至五年任广东按察使。

③ 汪观察,即汪全德,道光五年任吉南赣宁兵备道。日记中又称汪道宪。

五月十三日(6月28日) 黎明起,诣北关外祭武庙,回署姚老师来,为印务事。午后问案,放告。

五月十四日(6月29日) 辰起,理尘牍。问张、乐二姓控山树案,阅月课卷。

五月十五日(6月30日) 黎明起,诣文庙、城隍祠,行香。回发怀仁渡船告示,出书院月课案。

五月十六日(7月1日) 胡舫亭表弟、秀峰侄、菽才再侄兄弟同到署。阅稿卷。午后着师吉弟同余三兄至粤东。此事谬□伊始。

五月十七日(7月2日) 阅稿案,发状榜。答朱司马信,发家信。

五月十八日(7月3日) 杨春洲二兄来。问案验伤,放告,发盐□禀。

五月十九日(7月4日) 阅枪验案详文,审雷、郑二姓案,刘姓标犯、张姓抢妇案。

五月二十日(7月5日) 阅稿案,王凤山明府来会,回拜。比较积欠。

五月廿一日(7月6日) 阅呈词,写府宪暨南昌县信。是日大雨如注。

五月廿二日(7月7日) 阅稿案,送家秀峰侄同王明府至郡。

五月廿三日(7月8日) 是日家乡七侄鼎元之弟。从安徽来。阅陈子廷开枪详稿。连日大雨,发南昌办考信。

五月廿四日(7月9日) 早起,理旧读制艺,阅《简可篇》。

五月廿五日(7月10日) 比五租,谕总役催科定赏格。阅制艺。是日罗大兄由四、五都催课回县,往拜会。

五月廿六日(7月11日) 罗二尹来,阅呈词。午后读制艺。夜四都刘姓报廿三日五更被洪水冲倒房屋,伤大小丁口十三名。

五月廿七日(7月12日) 发状榜,查期票,问刘姓灾民。又龙泉□□被窃事。阅府发案卷。

五月廿八日(7月13日) 问案,放告。委员秦回省。发南昌府禀,寄毓中丞[①]赙仪。

五月廿九日(7月14日) 老太太寿辰,同城寅友来祝。午后彩觞请客,三更席散,复大雨。

五月卅日(7月15日) 进贤徐南士来。谢寿拜客,问李世讨案,设坛城隍庙祈晴。

六月初一日(7月16日) 文庙、武庙、城隍神行香祈晴。送胡山长上书院,抵考棚,登快阁。申刻微雨,复至坛祈晴。

六月初二日(7月17日) 辰刻,诣坛祈晴。问欧、彭二姓争山案,验伤三起。

六月初三日(7月18日) 早起,诣城隍祠谢坛,即出城抵四都心田村刘姓勘▨。晚住天皇寺乡局。

六月初四日(7月19日) 收郑姓期票。回署阅稿案,理制艺。夜观剧。

六月初五日(7月20日) 王凤山明府来。发书院月课榜,读制艺,阅排律。胡盟凫兄来署。

六月初六日(7月21日) 周孝廉来见,回拜。谒狱神,行香。阅呈批,审二案。

六月初七日(7月22日) 发状榜,审结三案。杨春洲二兄来。

六月初八日(7月23日) 还神愿演戏。

六月初九日(7月24日) 阅稿,问案,理制艺。是日前任兴国县陆[②]递回算交代,寓书院,未会。

六月初十日(7月25日) 阅稿,问案,发书院月课榜,送毕副

---

① 毓中丞,即毓岱,汉军镶黄旗人,道光间任江西巡抚。

② 兴国县陆,即陆以济,字金粟,号恬斋,浙江桐乡人,道光三年任兴国县令。

爷[①]至郡。

六月十一日(7月26日) 阅呈词,加批。问萧翘新、谢厚奉命案结。晚赴粮厅罗大兄席。

六月十二日(7月27日) 发状榜,问罗姓争谱案,查贵威卿请息无端由。即罗芳一事。

六月十三日(7月28日) 放告,阅呈词,问会匪要犯廖昌海递解过境由。

六月十四日(7月29日) 问卷稿并交代册底。裘镐辞回绍,信寄族侄五▨送栖凫地并寄洋钱卅一元。请杨副爷、胡盟凫兄。杨春洲、罗二尹、贵席。

六月十五日(7月30日) 文庙、武庙、文昌宫、城隍祠各处行香。午后出城诣验,行至五里,拦验而返。

六月十六日(7月31日) 委员查拿廖昌海之杨从九来。午后本道宪委查河匪之戴县丞、杨外委来署。冯十兄自省回。

六月十七日(8月1日) 校对新刻《地理元文》,问拦验命案。

六月十八日(8月2日) 校对《元文》。

六月十九日(8月3日) 校对《元文》,接广东乌太尊,差送胡盟凫兄回郡。

六月廿日(8月4日) 校对《元文》,审案。赣县荐相士杨,湖南人。

六月廿一日(8月5日) 王凤山兄来。校《元文》,阅呈词。新捕衙冯二兄[②]到县。

六月廿二日(8月6日) 本府宪巳刻至县住,四更后抵万安。铭禹民太尊过境。

---

① 毕副爷,即毕天芸。日记中又称毕把总。

② 冯二兄,即冯炳,泰和县典史。日记中又称冯捕衙、冯尉、冯少府、冯兰坡、坡司马。

六月廿三日(8月7日) 丑正送府宪渡江,午后放告。

六月廿四日(8月8日) 阅稿,问案,发荐举,送卷资告示。委员王焜来县。

六月廿五日(8月9日) 阅稿问案,理旧读制艺。

六月廿六日(8月10日) 送署捕衙贵威卿至省,遣刘玉解税契银上省。

六月廿七日(8月11日) 阅稿案,发状榜,理制艺。《元文》刷成百部。

六月廿八日(8月12日) 审案,放告。龙泉曾蔚然二兄同卢[友]于三更时到署。

六月廿九日(8月13日) 辰刻送曾二兄。

七月初一日(8月14日) 谒文庙,送明臣黄石斋先生神主入东庑。午后问三案结。

七月初二日(8月15日) 阅稿,发状榜,问忤逆萧姓案。

七月初三日(8月16日) 送家七侄回管,寄归安学《地理元文》[1]。发刘、王各信。

七月初四日(8月17日) 八弟闻善到署,老太太安善。[樵]风泾大菱地已妥办。监生郭英俊到案。押追积欠。

七月初五日(8月18日) 查比五租,革短差,查比期票。

七月初六日(8月19日) 点本年漕书。

七月初七日(8月20日) 行荐举礼,晤杨春洲兄、罗二尹、冯少府。"大学之道""放勋曰""子谓子产""周有八士""易有太极"。

七月初八日(8月21日) 接免帘差信。放告,问案,发扬州信。袁贞衢寺丞来。

七月初九日(8月22日) 阅《元文》,问案。

七月初十日(8月23日) 阅《元文》,比较,答胡盟皋兄荐刑友信。

---

① 时端木国瑚任归安县教谕。

七月十一日(8月24日)　送弟十三[①]前往泰坝胡心田四兄处。寄回家《元文》十部。

七月十二日(8月25日)　辰刻接府宪至矶头塘,船已过,未面。午后接广东正主考毛侍读、副主考陶给谏过境,驻萃和书院。

七月十三日(8月26日)　卯刻送广东正、副主考。午后问案,放告。王凤山明府来。

七月十四日(8月27日)　阅《元文》,接黄俊民[②]观察讣音。壬戌翰林,由给谏至湖南粮道,以目疾引退。家大富,寿六十四,无子,以侄为嗣。渠堂弟范亭给谏、式亭比部皆大富而年不永。予与式亭□□挚,书以志感。

七月十五日(8月28日)　辰起行香拜客,读《元文》。是日免比较,起更时再招验生伤者,口角细故也。身倦早息,鸡鸣而醒,慨人情之尚利也。由朋友、亲戚、宗族至兄弟、夫妇、父子之间,无不重利而轻义。世道人心,尚可言哉?因得二句曰:“莫道孔方无用处,解人冤结总须他。”委员樊五兄至。

七月十六日(8月29日)　阅《元文》,拟催科告示发刻。发《城隍祠碑记》。

七月十七日(8月30日)　发状榜,写陶汇翁□文言。

七月十八日(8月31日)　问案,放告。夜广东张妹丈专足信至。第二着误。

七月十九日(9月1日)　发粤东信,解饶朝逵人犯上府。

七月廿日(9月2日)　问案,枷示指奸诬告之犯,又比较、枷示玩差。

七月廿一日(9月3日)　发戴中堂禀稿,问逃租案。接委员闵信。

---

① 弟十三,日记中又称十三、扬州十三。

② 黄俊民,即黄中杰,字嵘芝、谦之、秉芝,号俊民,南昌人,道光二年任湖南粮储道。

七月廿二日(9月4日) 问拿获会匪萧其俊案。杨总爷[1]来会。

七月廿三日(9月5日) 拜客,放告。赴姚竹香老师□□会饮。即席口占一联"一索得男垂七秩,单传裕后赛双丁"楹语,书以志贺。是夕发南昌府夏季发审经费信,并附文司马处奠仪。

七月廿四日(9月6日) 查杨春洲二兄星命。阅京报,得四月十六上谕[2]:苏省垫完民欠漕米,予限一年,着经征人员赔还,不准交代作抵一折。此事与泰邑交务大有关系,即商朱友发禀,请候宪示,开卷有益,予派帘而中止,未始非大幸也。是日请杨春洲、姚竹香、杨总爷饯饮。

七月廿五日(9月7日) 查比期票,写黄九爷、詹老师各处信。

七月廿六日(9月8日) 杨春洲二兄辞行,会问案,发欧阳亭捐款批示。

七月廿七日(9月9日) 匡、徐二职来见,商义渡事。《怀仁[义]渡碑记》作于此时。

七月廿八日(9月10日) 送杨春洲二兄登舟,放告。

七月廿九日(9月11日) 查比钱粮,问李刘氏婆媳控案。复禀呈府宪,禀梁光斗举孝子事。又发信寄陶丈。

八月初一日(9月12日) 文、武各庙行香,着徐茂至[省]寄陶宅银信。提刘其勋京控案人证。

八月初二日(9月13日) 发状榜,验生伤,发玉山信,释枷犯一名,认命案供二起。

---

① 道光后都司称总爷。

② 《清宣宗成皇帝实录》卷八十一,道光五年四月丁卯谕内阁张师诚奏:请将苏省州县垫完漕米,予限催征一折,江苏省各州县存库未解银两,内有道光元、二、三、四等年,为花户垫买漕米一款,因三年全省被灾后,民间元气未复,势难按户追还,以致延未完解。据该抚查明恳请宽限催征,着加恩将道光元、二、三、四等年民欠漕米尾数,予限一年,责成现任之员追。

八月初三日(9月14日) 五鼓起祭文庙。放告。委员黄、坡司马二兄来。

八月初四日(9月15日) 是日雨,即在城隍祠致祭。祭社稷山川、城隍神,祭何侯祠。杨副爷辞行。

八月初五日(9月16日) 五鼓祭文昌宫,拜客。委员[黄]往万安。是日酌办设立门牌,并各图立约长事。审案一起。

八月初六日(9月17日) 五鼓起祭武庙,审案一起。是日阅朱文端公《轺车杂录 广惠(篇)[编]》一书。

八月初七日(9月18日) 陶宅伻来答信,问罗俑章案,张福回。

八月初八日(9月19日) 南浦墟诣验王姓命案。

八月初九日(9月20日) 问案,委员冯二兄自万安来。上府开枷犯张振洋。

八月初十日(9月21日) 五鼓起祝万寿,查图差催征,免比。早禾司翟巡厅来。

八月十一日(9月22日) 发府城贺节各信,问案。

八月十二日(9月23日) 王凤山明府来,接京城蒋丹林[①]夫子信。是晚观剧。

八月十三日(9月24日) 城乡绅士多来称祝者,□□水礼。是日备彩觞四席。

八月十四日(9月25日) 敬神祭祖,城乡士民来称祝者,弟龙泉答拜。是日备彩觞六席。

八月十五日(9月26日) 是日接星伯舍人、伯昂太史[②]京信。拈香谒庙,拜节谢寿,午后彩觞谢客。

---

① 蒋丹林,即蒋祥墀,字盈阶,号丹林,湖北天门人,乾隆五十五年进士。

② 星伯舍人,即徐松,字星伯,大兴人,祖籍浙江上虞,嘉庆十年进士,时任内阁中书。日记中又称星伯中翰、星伯侄、星伯九侄。伯昂太史,即姚元之,字伯昂,号荐青,又号竹叶亭先生,晚号五不翁,安徽桐城人。

八月十六日(9月27日) 问案，袁大爷来署，留便饭。谈袁太守、姚雪门[①]▨眼出处。

八月十七日(9月28日) 结陈△斗殴案。王凤山明府送伊祖《静谈法鉴集》。

八月十八日(9月29日) 阅《静谈集》，问案。是晚胡盟凫兄来，提刘其勋控案犯、证。八都十图报命案。

八月十九日(9月30日) 至八都诣验，舆中阅《静谈集》，八十里住。

八月廿日(10月1日) 行四十里诣验，三十里抵三峰观。又四十里住，已三更矣。

八月廿一日(10月2日) 舆中阅《法戒集》，晚回署。

八月廿二日(10月3日) 阅稿案、省府诸信，闻抚军调信，成果亭中丞调广东巡抚。饬差杨委员提案。《送成果巡抚诗》作于此时。

八月廿三日(10月4日) 审结三案，放告，送胡盟凫兄带犯回郡。

八月廿四日(10月5日) 验萧、曾二姓生伤，阅萧时松详案。

八月廿五日(10月6日) 王凤山明府来，有湖南▨行往拜送行。得各省学政信。

八月廿六日(10月7日) 问结萧、刘二姓命案，又追布钱案。晚观剧。

八月廿七日(10月8日) 发状榜，阅京报。沈寿田先生到署。是夜仰观东南方有彗星，起于降、娄之次，分野徐州，由天庾、天仓直扫奎、娄度间。予自辛未年夏秋，馆于陆心兰侍御[②]宅中，因彗星起于紫薇垣外，张月度，周分野，究心星象，知三垣二十八宿星位。十得其七，以后十五年来，未暇及此。今中秋后闻彗星见于东南，察其分

---

① 姚雪门，即姚颐，号雪门，江西泰和人。

② 陆心兰侍御，即陆言，字有章，号心兰。日记中又称陆心兰方伯。

野属徐州，然甚远，又出于天庾、天仓之度，今淮、徐等处，河工巨费，漕运阻滞，议河运、议海运，或暂行折色，或仍收本色，纷奏陈，上廑宵旰，下费周章，实时政之其难其慎者，而扫旧更新之兆，忽见于降、娄之次，天意示改河运为海运乎？抑扫除仓庾、垂象徐州，其因滞运而有红▨之虞乎？奎上有王良、造父、天船等星，其因滞运而有车殆马烦、舟楫不通之虑乎？抑有边塞羽书之警乎？姑录于此，以观其应何如耳。《彗星记》作于此时。娄，主众之聚；左更右更，主泽虞牧师。天仓、天庾，万亿谷粟所储。天仓曰胃，五谷所藏，丰则载以天船，贮之天囷、天廪；歉则大陵之下，防有积水积尸。奎，天之府库，主沟渎，军有南门，王良在后，执策而行，阁道附路，主道里边塞有警欤？记以俟考。

八月廿八日(10月9日) 着柏福解钱粮银上省，问案，放告。接庐陵收漕仍旧信。

八月廿九日(10月10日) 拟《彗星说》，问案。

八月卅日(10月11日) 比较仍免，预备接差等事。

九月初一日(10月12日) 抵府城，舟中写京信。四更到郡。此因热心待连报发京信，谁知于连报无益，于戒徒损。

九月初二日(10月13日) 辰刻舟中谒本府，会札大兄，[叩]谒果亭大中丞。即起早回署。

九月初三日(10月14日) 巳刻中丞莅境，谒于江干舟次，本府暨参将李俱会，送至蜀口洲，禀回，查中丞星格。

九月初四日(10月15日) 予于四年九月初四之泰和任，至此已一年矣。批中丞星命，并诗四律，着▨喜于初五赶呈。

九月初五日(10月16日) 陈二如年兄来署，问案，比期票。晚接毕梧樵兄闻讣并告急信。李中完差回署。

九月初六日(10月17日) 着徐福至早禾司为毕梧樵代借。问朱、刘二姓争田案。

九月初七日(10月18日) 辰刻至北关外五里王德仰家看被窃情形。此系满贯赃要案。王德仰，贸易四川三十余年，苦积三百银两，带眷大小七口，于五月回籍，寄寓他人之室。百天之内，被恶贼罄窃，一家嗷嗷可怜。予知此贼断非远来，系就近匪人鼠窃，严饬捕役查拿，速能破案为本。是日委员邱从九过境，晚请沈寿田先生、陈二如年兄、胡舫亭表弟二席。阅被窃情形，回即至城隍祠，问能破案否，得签诗有“作事无端口眼歪，便欲欺官行路斜。一旦丑形临月镜，身投宪案莫咨嗟”。后于月余即破案获犯，签诗灵验如此。

九月初八日(10月19日) 问陈、严二姓命案，放告。

九月初九日(10月20日) 问窃案，登快阁。

九月初十日(10月21日) 诣乡勘严、刘二姓争坟争路一案。又罗、刘争山一案。傍晚比较。是日陈二如▨去，夜不能寐。

九月十一日(10月22日) 辰起，张仙洲大兄自粤东来，王澄亦至，知师吉不听吾言，与张老四在粤，诸事谬极，闷闷终日。发信寄家，并寄《元文》刻板，托潘仆[1]送至归安学署。

九月十二日(10月23日) 写粤东张老四并师吉信，问案。

九月十三日(10月24日) 王成山，盐枭巨犯，乡号“人王”。问案，释管押人犯三名，放告。拿获王成山京控案犯。张溱督差密拿。

九月十四日(10月25日) 委员吕六兄来署，接王凤山明府省中来信。

九月十五日(10月26日) 文庙各处行香，问案。午后接漕台陈大人[2]心畬先生，印中孚，湖北武昌人，己未进士。于三汲塘舟次，晋接，承殷殷咨询泰和风土人情及时政、漕务、河务、星象、吏治。日暮晋谒，送至沿津渡下，顺水行舟约三十余里，有问必答，极承青盼。所备酒馔随后，不及赶上，予知宪意不以供给趋承为意也，亦不远送，二更返棹。是夕安息小舟，天明回署。心畬先生一见之缘，殊邀青盼，惜不能长侍左右耳。

---

① 潘仆，名潘荣。

② 陈大人，即陈中孚，字心畬，武昌人，道光五年任漕运总督。

九月十六日(10月27日)　静摄半日。午后问案，管押王姓劣监二名，一抗粮，一负债；严姓武生一名，抗粮。

九月十七日(10月28日)　杨姓送《东里文集》。请客发帖五十，到者二人，商及劝修城垣事。

九月十八日(10月29日)　问张姓窃去谱案，放告。夜谈堪舆家言，省中▨▨至。

九月十九日(10月30日)　着张福至固坡墟查张姓欠户的名，阅《东里文集》。是日委员林二兄至，闵大兄亦至。

九月廿日(10月31日)　问案，比较，阅《东里集》。陶尧章二兄回省，黄二表弟来。

九月廿一日(11月1日)　问王成山案，请委员林[①]、表弟黄酒。

九月廿二日(11月2日)　比图差，袁洪管押。杭城周人杰甥至署。

九月廿三日(11月3日)　放告，问案，枷号借命讹诈之犯，接省信闻新抚军已调韩三桥中丞[②]。

九月廿四日(11月4日)　辰刻开仓，礼毕回署，比玩差。即往南浦墟王姓相验，酉刻回，请同城并委员吕[③]酒席。是日卯刻林委员去。

九月廿五日(11月5日)　举人张之栋来署。问案，生员萧△△发学看管，为追债务事；又一案枷号诬告刁民刘。晚请张孝廉、▨委员、贵严卿大兄至。

九月廿六日(11月6日)　柏福自省回，办明解钱粮一事。接扬州十三来信，知胡心田负义已甚。发固碧村张姓催科朱单，查县学后《杨氏宗谱》。

---

① 委员林，日记中又称林二兄。

② 韩三桥中丞，即韩文绮，字蔚林，号三桥，道光五年至九年任江西巡抚。日记中又称韩中丞、韩巡政。

③ 委员吕，日记中又称吕六兄。

九月廿七日(11月7日) 发状榜,问案,查《杨氏宗谱》。送委员吕,同罗大兄上府祝寿。

九月廿八日(11月8日) 问案,放告,阅京报。久晴后是日大雨。

九月廿九日(11月9日) 比较陈欠,问案。

十月初一日(11月10日) 文庙、城隍、仓库各处行香。问夏、刘二姓争洲案。

十月初二日(11月11日) 阅《元文》,问案。据刘姓呈三[都墟]有被抢一案。

十月初三日(11月12日) 阅《元文》,问王姓命案,放告。王明府之弟三兄来。

十月初四日(11月13日) 阅《元文》,发碧山康姓催粮究抗票。

十月初五日(11月14日) 阅《元文》,验伤,比期票。周人杰兄往粤东去。

十月初六日(11月15日) 庆祝皇太后万寿,问案三件。委员吕六兄往龙泉。

十月初七日(11月16日) 阅《元文》,发状榜。

十月初八日(11月17日) 阅《元文》,谕漕总户书,放告。是日庆太皇后万寿。

十月初九日(11月18日) 拟禀缉捕私盐稿。监生胡琇、王坚,生员康煜、彭璋禀见,议七都华五图义仓事。张十三兄至南康过境。

十月初十日(11月19日) 黎明起,祝万寿,随意写大字。

十月十一日(11月20日) 查比图差,举人周益三来,冯老八自家乡来。

十月十二日(11月21日) 发状榜,发马家洲查办私盐禀稿。

十月十三日(11月22日) 放告,问案。

十月十四日(11月23日) 问案,着张溱至窑下访贼犯。

十月十五日(11月24日) 比期票,吕委员来观剧,早起行香。

十月十六日(11月25日) 查卷,问案。夜子时月食救护。

十月十七日(11月26日) 往五都刘姓相验。

十月十八日(11月27日) 问案,放告。袁贡生[①]来。

十月十九日(11月28日) 诣乡查勘夏、刘二姓控争螳翅搏沙洲。

十月二十日(11月29日) 早复勘沙洲,未刻回署。文司马来署,席饮。

十月廿一日(11月30日) 文司马至郡,吕委员亦去。查比图差。

十月廿二日(12月1日) 着徐福、柏福解钱粮上省,并修仓廒。午后阅《地铃》,随记数处。

十月廿三日(12月2日) 问案,放告。发阚、蒋二姓控命案稿。

十月廿四日(12月3日) 问案,书慧光禅师寿轴。

十月廿五日(12月4日) 写家信,托罗世兄顺寄。委员万查河道回赣。

十月廿六日(12月5日) 贡生袁怀球来。问案,接点县署中徐石泉叔信。

十月廿七日(12月6日) 接广东毛、陶二主考过境,寄银信至京。

十月廿八日(12月7日) 诣二都固坡墟乡征,驻乡局。

十月廿八日(12月7日,另补)[②] 申刻抵二都六图乡局查比陈欠。查二都各图各姓,共欠廿三年起,至道光四年止,积欠钱漕,共扣钱二万二千二百串零。五年钱漕在外,地方顽户抗欠国课,不顾本县考成,风俗恶劣,丧尽良心至此,可憾极矣。

---

① 袁贡生,即袁怀球。

② 1825年12月7日至12月11日另补诸篇原在12月22日后,为阅读方便,分别列于各日之后。

六图固坡墟张姓分六甲,共欠四年以前钱漕扣钱二千六百卅串,已立期票一千一百卅串,未立期票一千五百串。差萧焕、萧和。

十月廿九日(12月8日) 二都乡局附近刘、黄、张各村,驻乡局。

十月廿九(12月8日,另补) 巳刻张姓生监十八人来见,七甲张补票一百〇七串。三图戴家坊扣钱共二百廿六千零,车下南庄梁共扣钱二百七十九千零,坑口曾扣钱二百九十七千零。五图洲头村刘姓分六甲,共陈欠钱漕扣钱一千百四十八千零。廿九午刻到刘姓祠带欠户三名,督催刘仁、图差童高。次日生员刘△立期票三百六十一串,计十二张。五图黄家坊黄姓分七甲,共陈欠扣钱五百卅四千零。

廿九巳刻,在局比三名,立期票四百五十串五纸,交何明、刘仁、童高。

二图,陈欠共扣钱九百廿五串零。

三图,巷口曾、芹堂曾、戴家坊、院前谢。陈欠共扣钱一千八百四十三千零。刘立。

四图,洲下刘、颜、萧家。共扣钱一千一百九十千零。

五图,有义渡会欠十三两零,其末童高载。黄家坊黄、春头村刘、直径李、南坑刘、绅溪匡。共扣钱二千七百串。刘仁、高福。

六图,固坡墟张、姆村喻、介溪罗、螺冈易、前塘刘、西巷罗。共扣钱五千九百九十五串。肖焕、肖和。

七图,中埠袁、郭家岭、坰上康、沙吴陈、龙坡刘、樟塘孙、螺坑夏、南坑萧。共扣钱二千九百九十串。中埠袁姓图差禀免前催。刘亮、刘常。

八图,蒋家洲蒋、石古塘肖、厂原肖、郭下肖、西塘肖、古注刘。共扣钱二千〇五十六串零。差高福、高仁。

九图,共扣钱八百六十串零。王姓银百六十二〼,米三十一石一斗。王洪本家。

十图,共扣钱七百十二串零。

仁图，共扣钱九百〇五千零。曾栋。

义图，共扣钱九百十七串零。

又仁图，共扣钱三百八十三千零。康洪。

邻一图，共扣钱五百五十七千零。

查二都十三图共欠四年以前钱漕合钱二万二千零。[①]

十月卅日(12月9日) 至戴家坊并罗、梁、刘各村，回驻乡局。

十月卅日(12月9日，另补) 辰刻至三图戴家坊，监生戴日暄等禀见。限立期票，始则游移，饭后余亲诣该姓祠，扫数立期票二百廿六串。午刻抵仁图水映坑罗姓祠，饬差锁欠户二名，□里至车下梁姓锁欠户三名，又□里至塘口曾姓锁欠户二名，酉正回公馆。颜姓立期票六十千文，张姓加期票百〇七千文。梁姓立期票百五十串，释。罗姓立期票百六十千，释。

十一月初一日(12月10日) 诣三都九图王山萧姓驻。

十一月初一日(12月10日，另补) 诣王山萧姓祠，该姓应缴陈欠一千三百五十一串零，本拟严办，细问该姓钱漕历被图差侵吞，即现革之。杨高亦有侵吞，总头罗顺、萧光、陈清再三苦求，只可缓议，闷闷住宿。只立期票四百串，共十四纸。罗才义禀革役杨高侵钱廿七千文，回署重究。

十一月初二日(12月11日) 由王山诣灌溪匡，驻乡局镜庵。晚阅《今古奇观》。

十一月初二日(12月11日，另补) 戌刻在乡局见《今古奇观》第十八回《刘元普双生贵子》一出，第廿一回《老门生三世报恩》。辰刻至灌溪匡姓，共欠一千卅串文。谕生监等立期票，萧光禀缴现钱百□十千，立期票□百串。午后至镜庵乡局查寺下萧，共欠陈银米钱一千六百卅八串零，新欠银二百卅二两零，新漕未算。三都一图：大蓬萧，竹山刘。

---

① 以上二图至十图、加仁图、义图、又仁图、邻一图，共十三图，合计二万二千三十三串零。

十一月初三日(12月12日) 由局诣寺下大蓬各村,回县阅《今古奇观》。

十一月初四日(12月13日) 阅卷牍,审案二起。委员邱来。

十一月初五日(12月14日) 比期,问三案,罗大兄回县。

十一月初六日(12月15日) 署三府曹来会于舟次,张福自乡局回。

十一月初七日(12月16日) 问案三件,委员沈来。是夜雨。

十一月初八日(12月17日) 至五都陈姓验伤,起更回署。

十一月初九日(12月18日) 问案三件,吉水粮厅施过境住。

十一月初十日(12月19日) 问案,查比钱漕。

十一月十一日(12月20日) 至南浦墟王姓乡征,住王氏宗祠。

十一月十二日(12月21日) 至马家洲查赌匪窃犯,又至蜀口欧姓。起更回署。

十一月十三日(12月22日) 曹三尊自龙泉回,过境。

十一月十四日(12月23日) 问案二起,戌刻上船至郡城。

十一月十五日(12月24日) 辰刻谒府宪,晤署三府曹竹居[①]先生,抵鹭洲书院,勘毕进城,府署晚饭,至庐陵县。

十一月十六日(12月25日) 至署三府曹拜寿,面后即登舆,起更回署。

十一月十七日(12月26日) 阅稿案,发状榜,写家信。

十一月十八日(12月27日) 着元贵、徐升回家,遣役解钱粮上省,问王德仰失窃一案,放告。

十一月十九日(12月28日) 复询王德仰失窃案。

十一月二十日(12月29日) 闻兰二哥来署,委员汪大兄查河回,比较钱漕。

---

① 曹竹居,即曹毓秀,道光五年署吉安府通判。日记中又称曹三尊、三府曹。

十一月廿一日(12月30日)　封仓祭江，漕米上船八千□百石，船卅六号。

十一月廿二日(12月31日)　发状榜，陈年兄[1]自赣郡回。

十一月廿三日(1826年1月1日)　问郭祖宸、李姓控山租一案，放告。

十一月廿四日(1月2日)　饬何明同差至二、三都催期票，问周姓奸拐案。

十一月廿五日(1月3日)　问案，委员闵大兄至，陈六兄来署。

十一月廿六日(1月4日)　问案，阅稿。

十一月廿七日(1月5日)　安排弟龙泉同朱七先生、冯十兄至省仓。是夕小饮，起更进考棚住，胡舫亭表弟、闻兰二兄同住。

十一月廿八日(1月6日)　卯刻试诸童计一千八百名，已冠题："知和而和"，次题"不以为泰，子以为泰乎"。未冠："君子泰而不骄"，次"圣之和者也"。诗题"子产不毁乡校，得'仁'字"。三更净场。是日广东魏藩台[2]过境。

十一月廿九日(1月7日)　辰刻回署，阅卷。午刻六乡绅士送匾对、花红、酒馔至大堂，申刻王凤山明府自湖南回至署。

十二月初一日(1月8日)　阅卷。未刻出一、二、三、四都初覆案。

十二月初二日(1月9日)　阅卷。

十二月初三日(1月10日)　阅卷。未刻出五、六、七、八都初覆案。至龙泉，提案委员候补府经委员范硕甫兄来署，发五、六、七、八招覆案。

十二月初四日(1月11日)　大雪缤纷，问案。请范硕甫便饭，

---

① 陈年兄，即陈二如。

② 魏藩台，即魏元烺，字丽泉，道光五年至七年任广东布政使。日记中又称魏方伯。

起更进考棚。

十二月初五日(1月12日) 五鼓点名毕，封门。出“伯达”八句，《诗》云“邦畿千里”八题，“君子以自强不息”八题，八都分试。三更后回署。

十二月初六日(1月13日) 阅卷。

十二月初七日(1月14日) 阅卷，至五鼓出榜。是日补考者五十名。库厅朱检之大兄过境住。

十二月初八日(1月15日) 辰刻送朱检之至庐陵，接广东学政白大人[1]过境，会袁大先生。放告。

十二月初九日(1月16日) 五鼓进考棚扃试。题“如切如磋”，分作八都；又诗题“橘隐、蔗农、鸡坡、鱼市、风巾、雨履、冰车、板桥”西昌八咏，不拘体韵。三更回署。

十二月初十日(1月17日) 阅卷，午后比较。

十二月十一日(1月18日) 阅卷，午后出案，发省仓信。

十二月十二日(1月19日) 五鼓进考棚三覆。三更出棚回署。

十二月十三日(1月20日) 阅卷，放告。

十二月十四日(1月21日) 早出覆试案。

十二月十五日(1月22日) 卯初进考棚，覆试诸童，作序并题考棚诗，阅卷。

十二月十六日(1月23日) 阅卷，出覆试案，查武童掣签。

十二月十七日(1月24日) 五覆诸童九十名，在署扃试。

十二月十八日(1月25日) 阅卷，酉刻出正案一名萧光熙。号春台。

十二月十九日(1月26日) 十名内诸童，二名王念之、三名罗轶群、五名尹榕、七名王应礼、十名袁怀恩进谒。廪生王锡之、诸生陈芳衢同见。午后至狗子脑江洲相验刘姓凶杀二命之案。罗大兄自二

---

① 白大人，即白镕，道光二年至五年任广东学政。

都乡征回。

十二月廿日(1月27日)　问案三起,委员汪大兄回署。六名廖常泰谒见。

十二月廿一日(1月28日)　午刻封印,天雨泥泞,试武童骑射改至廿二日。

十二月廿二日(1月29日)　至考棚,试武童步箭。酉刻回署,委员倪催茅竹帮费到署。

十二月廿三日(1月30日)　至考棚试技勇,着刘裕抵郡城。

十二月廿四日(1月31日)　阴雨,不克试骑射。是日闵委员自万安来。

十二月廿五日(2月1日)　忌辰,不试骑射,下二运漕米。

十二月廿六日(2月2日)　抵演武场试骑射,午后开漕米船四号。

十二月廿七日(2月3日)　是日送年。迎春,午后覆试步箭。开米船前后各六号。

十二月廿八日(2月4日)　鞭春,出武童正案。唐云津大兄[①]印尚卓。之龙泉过境,留署度年。

十二月廿九日(2月5日)　下米上船,派龙升、朱依解省,次日开行。

十二月卅日(2月6日)　开释壮皂两班管押欠户并小过愚民。午刻闻委员汪从九谈桐城姚铁松[②]中丞孝母事,盖官居太守时,犹顺受方太夫人杖责,头破血流,至不能见客,而铁松先生怡然跪受,不敢疾怨也。后之闻者,亦将有感于斯云。铁松中丞姓姚讳(芬)[棻]。是日酉刻悬像祭祖。署中亲友及唐、汪二位备席奉请,又接广东师吉信,当即书答之。

---

① 唐云津大兄,即唐尚卓。日记中又称唐大兄。

② 姚铁松,即姚棻,字香莛,号铁松。

道光六年(1826)丙戌日记

丙戌元旦癸未日(2月7日) 卯时初即起,盥洗,朝服拜天地、拜牌朝贺,同城各官俱谒文庙、万寿宫、武庙、文昌宫、天后宫、城隍祠。回署诣仓神、马神、土地祠、库神、灶神,诣先祖神像、封翁神像。署中戚友贺元旦新禧毕,出署拜同城寅好并附近绅士。午后写《周南》诗数篇。

正月初二日(2月8日) 唐云津兄至万安。焚香谒祖像,写《千家诗》数纸。

正月初三日(2月9日) 黎明至二都夏姓相验,起更回署。

正月初四日(2月10日) 武庙上梁,慧光禅师请礼神毕,同城寅好暨诸绅士缘觞于快阁。晚请议志书,诸绅到者三人。是夕唱戏于十代诸先前。

正月初五日(2月11日) 裘、陈诸纪自省回,接家中信。罗明府玉岗。至龙泉过境,同胡舫亭学博留饮。

正月初六日(2月12日) 辰刻登舟,胡舫亭表弟同行,二更抵吉郡。

正月初七日(2月13日) 辰刻谒太尊,会吴爱晖、何四兄[①],会曹竹居并府城诸寅好,至庐陵晤张云亭。登舟接八弟龙泉信。巳上抵张家渡矣,即解缆行三十里。

正月初八日(2月14日) 风雨乍作乍止,行六十里,离峡江三十里住。

---

① 何四兄,即何葆亭。

正月初九日(2月15日) 早发,午过峡江,行十余里风大而止。

正月初十日(2月16日) 黎明开船至新淦,风大而止,夜饭后抵县署,谒朱芰湖二兄。

正月十一日(2月17日) 住新淦城外,风甚,不能开船。

正月十二日(2月18日) 行二十里住,舫亭表弟谈及严州遂安毛竹书选拔名,风纪可清。

正月十三日(2月19日) 行至丰城住,夜半开船。

正月十四日(2月20日) 午刻抵省仓,寓王阳明祠。

正月十五日(2月21日) 见首府周,各处拜客,至陶宅。

正月十六日(2月22日) 早徐南士来,送程仪十两,即至各处拜客。午后南昌府彩觞,写果协台公分十两。

正月十七日(2月23日) 谒见臬宪、盐宪[①],拜客至戴中堂府,公出未会。抵陶宅会饮,谈司马总运、钱小垌太尊、刘别驾同席。夜晤澄庵三侄,回公馆。

正月十八日(2月24日) 上院至藩署禀到,谒粮宪,南昌早饭。写九江司马忠公分十两,回寓,罗大兄、黄立诚世兄、钱太尊来会晤。是日上院初见韩大中丞。

正月十九日(2月25日) 禀见藩宪苏[②],抵杨季贤四兄署早饭,见聚珍板丛书,属购一部。午后至新建霍松轩[③]处夜饭。

正月廿日(2月26日) 上院并各处贺开印之喜,禀见学宪福[④]。又各处拜客。

正月廿一日(2月27日) 年字、岁字号米换仓。抵南昌府,问李洪

---

① 盐宪,即齐嘉绍,字衣闻、秋帆,直隶天津人,乾隆五十五年进士,道光五年任江西盐法道。

② 藩宪苏,即苏明阿,满洲镶白旗人,道光五年至六年任江西布政使。

③ 霍松轩,即霍树清,号松轩,陕西朝邑县人,新建知县。

④ 学宪福,即福申,字佑之,号禹门,道光五年至八年任江西学政。日记中又称福学台、福禹门。

发案。出城拜沈畹兰兄，接到端木子彝信并《葬说》。

正月廿二日(2月28日) 谒戴中堂府，至陶宅会狄湘圃太尊。

正月廿三日(3月1日) 上院闻陈三兄[①]谈金中丞[②]办大庾县命案，因案情未确发回，又办案后正凶投到二案。午刻拜钟金堂并家七侄，申正抵贵威卿处，同席韩巡政、罗粮厅、张按司狱、陈卫官。韩、罗题诸七兄联姻事；贵题朱库官联姻事；张谈齐姓长村，出身捐官，至粤东知州，闻粤东藩库缺好，为其子捐库官，掣签竟得粤东，自为得计，后因描摹假印，冒领藩库银两，获罪弃市。天道昭彰，可畏可畏。此事因予谈胡心田负心于我，得闻此案颠末，吁可畏也。

正月廿四日(3月2日) 拜客，赴藩首领杨、黄、徐公席。

正月廿五日(3月3日) 谒臬宪上院，午后拜客，至陶宅南野堂饮。

正月廿六日(3月4日) 拜客抵仓，弹压兑米，发县中信。

正月廿七日(3月5日) 赣南道宪至省，谒于院上，并至舟次，晤南浦驿本家三兄，拜舒观察，又至戴府。

正月廿八日(3月6日) 上院至高安高石琴[③]公馆，抵滕王阁，谒道宪。高石琴明府：戊子、乙丑、丁卯、壬寅。

正月廿九日(3月7日) 上院谒道宪，午后发端木鹤田信，抵陶宅同施二兄、冯桂山兄席。

正月卅日(3月8日) 辰刻谒见戴可亭相国，午刻至陶汇翁伯岳宅，又至黄九爷宅会。回寓写刘允中翁信，又跋陶宅《铰椅山图说》。可亭相国：丙寅、庚子、丁未、乙巳。戴中堂身煞两旺之造。

---

① 陈三兄，日记中涉及三个人物皆称“陈三兄”：早禾司巡驿陈庚、永新县令陈国华、委员陈绎。3月1日日记中的“陈三兄”暂无法根据上下文分辨，索引列入“陈三兄(待考)”一条，俟考。

② 金中丞，即金光悌，字汝恭，号兰畦、兰溪，嘉庆十年任江西巡抚。

③ 高石琴，即高以本，字培之，号石琴，道光二年任高安知县。

二月初一日(3月9日)　上院,见盐道、粮道、吉南本道。至仓,送四叔行。

二月初二日(3月10日)　至状元街陶伯岳处,午后至黄九爷席。谭司马:甲戌、戊辰、乙酉、丙子。

二月初三日(3月11日)　至藩司禀辞,午后至张介侯处,卢四先生晤,又拜莲花厅李石溪司马。

二月初四日(3月12日)　辰刻至滕王阁,送学宪福回寓。拜宁州雷,午后又至滕王阁送粮道耿,便观磁器。

二月初五日(3月13日)　至仓,弹压旗丁。申刻回寓,读苏诗。

二月初六日(3月14日)　天雨,在寓读苏诗。

二月初七日(3月15日)　至陶汇翁宅论文,得书四种。《廿二史》《通鉴纲目》《佩文韵府》《四库书全目》。晚回寓,知元贵同王篴亭选拔来江。

二月初八日(3月16日)　上院宪、臬宪禀辞,官厅同寅俱劝再留住十余天,俟漕仓事竣回署。谒院宪未能详禀种种,可慨可慨。回寓后晤王笛亭选拔。

二月初九日(3月17日)　拜雷湘邻知州,谒首府宪①,抵仓拜王选拔。回寓,孙明府来,又拜钱三尊、何、唐诸客。

二月初十日(3月18日)　至院上拜客。

二月十一日(3月19日)　至新建会雷、文、钱诸友。

二月十二日(3月20日)　天雨,在寓读苏诗。

二月十三日(3月21日)　上院。董奂山司马:戊戌、壬戌、丙子、乙未。

二月十四日(3月22日)　至仓,张仙洲大兄来。至船上晤十六女弟,谒首府,会首县②,拜总运,见粮道。

---

① 首府宪,即南昌府知府,日记中又称首府。同治《南昌府志》卷二十一载道光六年南昌府知府有文祥、李本榆,未知孰是。

② 首县,即南昌县知县。同治《南昌府志》卷二十二载文海道光四年任南昌县知县、徐清选道光六年调任南昌县知县,未知孰是。

二月十五日(3月23日) 新补早(河)[禾]司陈庚[1]来见。上院。

二月十六日(3月24日) 与祭阳明公。至南昌,晤刘别驾、李协台。

二月十七日(3月25日) 拜李协台,晤刘别驾、陈巡司、曾二兄、唐大兄、周松荫翁。李协台回拜。仓务大局已定。屠藩台[2],直隶:己丑(□□岁九月)、丁卯、丙寅、壬戌、戊辰、乙丑(五六)、辛酉、壬子、甲子、庚申、癸亥。

二月十八日(3月26日) 至南昌拜钟亲翁。抵仓,谒谈司马。

二月十九日(3月27日) 谒首府宪,至陶宅,午后抵仓,酉刻上船。

二月廿日(3月28日) 午后开船,晚住生米。

二月廿一日(3月29日) 阅《耳食录》,晚驻大江口。

二月廿二日(3月30日) 逐黄贵,阅苏诗,离樟树二十里驻。

二月廿三日(3月31日) 夜雷雨,风行五十里住,读苏诗。

二月廿四日(4月1日) 大早行过新淦三十里住。

二月廿五日(4月2日) 行过峡江五十里,风逆不能行,住。

二月廿六日(4月3日) 风顺,午刻过吉水,申刻至吉郡,谒太尊,拜三府,抵庐陵,即开船过河住。

二月廿七日(4月4日) 风逆水大,复过河至庐陵,雇夫起旱,酉刻抵署。

二月廿八日(4月5日) 清明。清理案牍,罗、冯二公来,晚胡舫亭弟到。

二月廿九日(4月6日) 袁三爷、徐二兄、慧光僧来,整理书籍。

三月初一日(4月7日) 黎明起,行香拜客。是日弟龙泉晋省。

---

① 陈庚,道光六年署早禾司。日记中又称陈三兄、陈巡司。

② 屠藩台,即屠之申,字可如,号舒斋,时任直隶布政使。

三月初二日(4月8日)　匡、袁、刘来见,午后奉府札代庐陵相验。申刻起身,住三都墟。

三月初三日(4月9日)　早起冒雨至永阳司,晤署事王春淑名毓林。县丞,即至该处相验,回十里宿古寺。

三月初四日(4月10日)　丙戌三月。早起,巳刻至永阳司,酉刻回署。

三月初五日(4月11日)　点卯,晤王凤山明府之弟,查《四库书全目》。

三月初六日(4月12日)　冒雨至快阁,行耕籍礼,查《四库书全目》,赴罗大兄席。

三月初七日(4月13日)　查新、旧《县志》,阅戴中堂星格,奇验。

三月初八日(4月14日)　放告,阅《明史》。

三月初九日(4月15日)　阅《明史》。

三月初十日(4月16日)　比较,阅《明史》。

三月十一日(4月17日)　接师吉来信,即复。阅《明史》。

三月十二日(4月18日)　阅《明史》,问供。

三月十三日(4月19日)　放告,阅《陈史》。

三月十四日(4月20日)　办刻《广惠编》。

三月十五日(4月21日)　行香,姚老师、胡孝廉、名元鼎。陈生员[①]来。

三月十六日(4月22日)　查志书。

三月十七日(4月23日)　请一、四两都绅士。发帖七十余名,到十八位。

三月十八日(4月24日)　请二、五两都客,到廿一位。龙泉自省回。

---

①　陈生员,即陈芳衢。

三月十九日(4月25日) 请六、三两都客,到九位。

三月廿日(4月26日) 请七、八两都客,到□位。

三月廿一日(4月27日) 考书院。生:康诰曰:“如保赤子,心诚求之。”童:“此谓唯仁人为能爱人。”诗题:“君子豹变。”

三月廿二日(4月28日) 问案,比蠹胥。郭庆恩、周龙陈诸生来。是夜署中有饮酒无节,致费唇舌者。

三月廿三日(4月29日) 阅《龙感秘书》,放告。是日倦甚。

三月廿四日(4月30日) 阅《绥寇纪略》。

三月廿五日(5月1日) 往六都相验,住周姓祠。阅《绥寇纪略》。

三月廿六日(5月2日) 至枣河寺巡司署比较,阅前书,傍夜回,四更抵署。

三月廿七日(5月3日) 是日毛竹书先生到署。阅卷,剃头,巳刻至四都相验,住△庵,阅前书。

三月廿八日(5月4日) 黎明行至慧光僧寺早饭,抵枫树岭相验。回宿三都乡征公局,阅前书。

三月廿九日(5月5日) 黎明行至寺下萧姓祠,查陈欠。午刻至五都练塘义仓,陈、刘、杨诸绅士见。午饭后回署,晤毛竹书先生,弟十三等俱回署。吉安曹副爷同毕、马二副爷来,为相验事商酌办理。

三月卅日(5月6日) 查阅稿卷,比钱粮。议请举义行事。

四月初一日(5月7日) 早起行香,问命案二件。是日早禾司陈巡司到。

四月初二日(5月8日) 演戏,酬仓神。荐胡舫亭表弟,闻兰二哥行。

四月初三日(5月9日) 清理八弟龙泉等上省,并回绍办理一切事宜。

四月初四日(5月10日) 马伯咸、元八到。送胡表弟等行,至先农坛行雩祭礼。

四月初五日(5 月 11 日) 是日祝内子[①]寿。查问家人李中省仓用账,午后委员许来催税契。

四月初六日(5 月 12 日) 家丁等祝内子寿,演剧。十三前赴粤东。付洋二千元,接济师吉,盘费在外。

四月初七日(5 月 13 日) 问案二起,署旱禾司胡[②]到。

四月初八日(5 月 14 日) 放告。

四月初九日(5 月 15 日) 问案,阅《明史》。

四月初十日(5 月 16 日) 比较,阅《古文渊鉴·宋文》。

四月十一日(5 月 17 日) 阅《明史》卢象升等传。是日请胡参军酒,谈及鄱阳县士习,知前载停考辱官等事。胡参军处置得宜,须识之。

四月十二日(5 月 18 日) 阅《明史·儒林传》。问案,枷号借命讹诈之犯曾△。

四月十三日(5 月 19 日) 黎明起,阅《明史·循吏传》。午后有沈姓人来署,托词假资斧,遣雨亭会,送洋两元。

四月十四日(5 月 20 日) 阅《檀几丛书》人谱、补图等篇,拟付梓。

四月十五日(5 月 21 日) 黎明起,行香毕。阅宋刘荀《明本释》,颇有会心。午后阅《明史·本纪》,问案。

四月十六日(5 月 22 日) 阅《明史》陈友谅、张士诚、方国珍、明玉珍[③]等传。

四月十七日(5 月 23 日) 阅《明史》开国诸臣传,袁寺丞来。

四月十八日(5 月 24 日) 问案,放告,写字,阅《明史》开国陶和

---

① 内子,即陶氏夫人。

② 旱禾司胡,即胡鉴章,候补府经历,福建人,道光六年署旱禾司。

③ 皆见《明史》卷一百二十三。

詹同[1]诸传。

左造：丁丑、壬寅、辛酉、甲午、辛丑、庚子、己亥、戊戌、丁酉、丙申、乙未。[2]

四月十九日(5月25日) 阅《明史》理学诸臣传，至邹守益疏所论当时议礼时事，极其恳切，惜明世家以私害公，不能用，为可惜也。阅《解缙传》，上明太祖奏疏，切中时势；阅《杨东里传》，不愧纯臣，耽恂吏治异常，可法。是晚刘别驾至。

四月廿日(5月26日) 阅《明史》，查于少保诸传。〔廿日 阅《明史》。〕

四月廿一日(5月27日) 阅《明史》，问案。

四月廿二日(5月28日) 设坛求雨，接米舫韩少君。午后魏福自省回。

四月廿三日(5月29日) 放告，问案。罗大兄自郡城回。

四月廿四日(5月30日) 阅《明史·太祖本纪》。道宪委戴县丞查河。

四月廿五日(5月31日) 阅《明史》。王凤山明府来，回拜。问案。

四月廿六日(6月1日) 阅《宋史·太祖本纪》。请凤山明府饮。

四月廿七日(6月2日) 静摄，张溱自乡来。是日感冒微风。

四月廿八日(6月3日) 诣城东相验回，放告。

四月廿九日(6月4日) 查聚珍板书六十种，马伯咸同元八侄往临川，着魏福、徐茂解钱粮七千两抵省。

四月卅日(6月5日) 阅《宋史·本纪》，知太祖、太宗、真宗、仁宗、英宗、神宗、哲宗皆贤主也；徽宗、钦宗，庸主也。北宋诸帝贤者多矣。又阅《世系表》，知太祖有贤孙曰维吉，南宋孝宗系太祖四子德

---

① 《明史》卷一百三十六陶用壬、詹同等。

② "左造"一行另纸记录，夹于日记中，非日记正文。

(的)[嫡]裔,四子德。天道报应,昭然不爽如此。阅《宰相表》,悟得新修县志,凡宰是邑者,亦仿编年例作表,必有可观。申刻比较,遣龙泉县李畲斋三兄由府城办考试事,回县留饮住夜。畲斋,直隶任邱县人,丁卯乡,己巳会。爽直有才。

五月初一日(6月6日) 卯起行香,阅《宋史》,临法帖。

五月初二日(6月7日) 秀峰至南富村王宅。临法帖,阅《宋史》南迁诸帝本纪。

五月初三日(6月8日) 姚老师自府回,新生康□同康煜来见。临法帖。七都乡民进城求雨,有费嘈杂。酉刻放告,大雨如注,可以通透,亦快事也。

五月初四日(6月9日) 早起临帖,巳刻谢将拜客。

五月初五日(6月10日) 贺节,请寅好朋友。是日陈生员芳衢在席。

五月初六日(6月11日) 阅《檀几丛书》。

五月初七日(6月12日) 诣二都九图易姓相验,晚至固坡墟张姓祠住,阅《搜神记》。

五月初八日(6月13日) 住张姓祠催科,阅《列仙传》。是日钱三尊往南安,住署中。

五月初九日(6月14日) 住三都乡局,二更回署,阅《列仙传》。

五月初十日(6月15日) 问案,比较。

五月十一日(6月16日) 此事宜补作诗文入稿。巳刻有万安芙蓉、朝阳二卡营弁报,知盐枭船十一号闯卡,鸣锣放枪,顺放而下,都司沐、守备余追至泰邑蜀口洲,盐枭聚集数百,岸上护行,肆用枪炮,卡弁巡船被困等情。当即传集三班总役,多备丁壮,会营兵,并召募地方乡勇。予亲诣蜀口洲督捕。到洲确查,晤沐都司、余守备,悉盐枭聚众拒捕情状,因谕兵役丁壮大声晓示,良民远避,枪子不宜轻用。追赶至胡耽,营兵前行,道旁竹林丛中忽闻枪炮啸聚之声,余命丁役等暂缓追捕,站住放枪,俟其火药砂子略尽,然后鸣锣前进。枭见营兵在前,县役丁壮后拥甚盛,忽散远扬,卤获枭匪四名。曾泳英等。随即追获盐船七只,余令兵役撑舟回县,时已日暮,船重水浅,兵役不善操舟,有浅搁、磕伤逗留沿河者。余与毕把总同船,约盐一万余千,随路凝滞。抵武溪街,头舱破损进水,柁亦失去,舟不能行,黑林中又闻啸聚之声,毕把总踉跄上岸,捕役徐幹、陈华劝予亦上岸,因步行至杨姓小村觅渔舟,由蜀口洲出大江回县城,抵署已五鼓矣。是役也,获枭匪四名,得私盐一万余千。予虽劳顿一昼夜,而盐枭胆落气阻,为泰邑前任从来未有之事。该枭肆行无忌,枪炮突发竹林,营兵一名左臂受枪子伤,一名左手背受(漂)[镖]伤,均不致命。不可谓非神佑也。倘兵役被盐枭枪伤致命,成大狱,必杀多名,劳民伤财,予得处分非小。

五月十二日(6月17日) 沐都司、余守(府)[备]、程四兄卡商会晤,问盐枭案。

五月十三日(6月18日) 武庙祭祀,拜沐、余诸客,问盐枭案。

五月十四日(6月19日) 是日送毛竹书先生上书院。沐、余、程来会,问旗丁罗姓案,戴、陈①二委员来。

五月十五日(6月20日) 行香拜客,姚、蔡二学师来,李参将自郡城来。

五月十六日(6月21日) 诣二都七图郭姓相验,酉戌回署。

五月十七日(6月22日) 林四兄候补按知事,现在峡江盐卡。来。是日夏至祭祀。请罗大兄诣二都百廿里。验伤,带验命案。

五月十八日(6月23日) 问盐案,放告。六都七图村民进城求雨。

五月十九日(6月24日) 子初出城,诣三顾山请龙,百二十里,相验田姓命案。抵栖凤山,至龙湫,步行四五里。

五月廿日(6月25日) 四都田姓相验后,顺勘孙、刘二姓坟山。

---

① 陈,陈委员即陈绎。日记中又称陈三爷、陈三兄。

午后起马，夜歇九门楼，途中乡蛮拦舆告旱。步行十余里。

五月廿一日（6 月 26 日）　午前回署，倦甚，酉初安息，至亥正即起。

五月廿二日（6 月 27 日）　委员靳四兄[①]至，家士明侄至。子正出城，诣八都彭姓相验，杀毙抢犯三名。报者二命，不报者二命，又报而不知名者一命。庐陵交界，离县八十里，午后起马，夜驻中途。办此案煞费苦心。刑友沈寿田先生积德不小。

五月廿三日（6 月 28 日）　巳初回署暂息，而乡愚借旱聚众喧扰至宅门二堂，予以计散去，既又挟以行香，予择其稍明礼者，喻以大义而散。是日也，裘镐大不懂事，致予发气，应记大过。

五月廿四日（6 月 29 日）　卯正即起，将诣城隍神龙神前行礼，张福、张溱复冒昧渎禀，致触予怒，困倦暂息。是日议粜常平仓谷。

五月廿五日（6 月 30 日）　庄旱如昨，午后乡蛮五六百人，鼓噪抬神，拥至大堂喧扰，碎门毁物，目无法纪极矣。予在三堂，衣冠静镇，粮厅罗、把总毕在二堂拦阻哄嚷者。约两时，既退而复进者三四次。罗、毕二公既去，蛮复进攻三堂之门，予令开门捉拿，蛮复且前且却，自左右以至各差，无一敢动手者。及予持挺前击，左右乃共击之。既散，获一被汤火伤之冯监乡蛮，讯供，即滋事之人，当晚收监。是日署中内外皆劝余上省，离此难治之区。余亦拟次早登舟，既念人心汹汹，不可不在此静镇。且饬家丁，暂缓行囊下舟。此事详载《祷雨三应记略》，拟补《鲊答诗》[②]。

五月廿六日（7 月 1 日）　辰起身体困惫，至花厅暂息，张溱以禀

---

① 靳四兄，即靳天祥。

② 《祷雨三应记略》《鲊答诗》见《象洞山房文诗稿》，相关两篇文稿分别题作《祷雨三应纪略》《鲊答记》；诗稿一篇，题作《鲊答酬雨歌》。此事亦见同治《泰和县志》卷九《政典·兵寇》：道光六年丙戌，知县徐迪惠捕平会匪。时天旱民饥，有南赣添刀会匪潜居云亭山中，煽惑东沔、峒阆、川峒等处，肆行抢劫。知县徐迪惠会营擒捕，获诛首恶，宥其胁从，民乃安堵。

帖既备,应否即发,余饬姑缓。午刻有乡人职员郭光洛禀见,持求雨宝物前来,余倦甚,属冯捕衙会晤。有顷,冯持郭光洛求雨宝物,一纸篦装数十粒,大者如绿豆,小者如黍米,色如泥金,似石非石,酷似佛家舍利子,未知是何名色。冯以郭职员条载有"鲊答"二字,以为此物罗二尹家诚得之,其手执扇面即载有"札答"二字,想即此物。余请罗二尹属即带扇而来。比至,查《本草》,如法以磁盆装净水数寸许,置大者六粒,小者六粒,羃以柳条,于花厅半月池前设香案祈雨。时已未正,余因身倦,进上房暂息假寐。逾时,内子以北窗云桥布天,似有雨意,予起望,即出至东北煤堆高望,有雨自东南至,即至花厅候雨,顷刻倾盆数阵,约半车水,时酉正也。饭后即安,复得雨,自亥初至寅正滂沱终(霄)[宵],余意思豁然。

五月廿七日(7月2日) 卯初起,喜得雨之奇,忆十八日在城隍祠设坛,向神前求签,有"佛说淘沙始见金,只缘君子未劳心。荣华本是诗书泽,妙里功夫仔细寻"之句,与不期而得鲊答之事似相符合。因细问罗大兄之太翁当时得鲊答颠末,即于《本草纲目·兽部》牛黄之次,得鲊答之说,盖亦奇应矣。因谢坛,先答神庥,另识《鲊答记》[1],是夜又雨。签诗须全载于稿,以见余平日诚求必应之心之理。

五月廿八日(7月3日) 辰起诣城隍祠行香谢坛,料理开仓平粜事。

五月廿九日(7月4日) 早起,肃衣冠,设寿坛,遥祝老母张太孺人寿,罗、冯、姚寅好、陈月秋诸生、监生陈仪、徐耀来拜寿。作《祷雨三应记略》,酉刻请酒。

六月初一日(7月5日) 行香谢寿,是日开仓平粜,人众事纷,费嘈杂。

六月初二日(7月6日) 《平粜变通章程》略为妥帖,然近城民习不驯,动辄滋事,殊为可虑。午后黄二表弟自三峰馆回。

---

① 《鲊答记》,见《象洞山房文诗稿》。

六月初三日(7月7日)　陈升买米自省回，阅省抄，知苏藩宪降调进京，新藩宪继[①]约七月初可到。放告，问尹姓抢案、周姓命案。

六月初四日(7月8日)　问四都张姓寿堂。报会匪萧其俊抢案。

六月初五日(7月9日)　问王姓报窝匪案。是晚闻府尊回郡，上府。

六月初六日(7月10日)　辰刻抵府，上府谒太尊，巳末至庐陵，午末动身回县，戌正抵署。四都民报会匪滋事。

六月初七日(7月11日)　四都复报会匪滋事，三矶塘捆抢犯送案。

六月初八日(7月12日)　问案，放告。丰城客人路过三矶塘报抢。

六月初九日(7月13日)　五更起诣四都郭姓相验。戌刻回署，天热身倦。广东会试举子五人回籍，至老河口舟中被抢报案。

六月初十日(7月14日)　会广东举子，传□刘姓问案，发林四兄信，是日十三回署。十三于四月初六携洋银二千元往粤东接济师吉，盐务生理，甫及两月，飘然而回，令我一见生嗔，憾极憾极。

六月十一日(7月15日)　寅初起，接本道宪。至河干，道宪舟已过境。是日连问数案，晚送委员陈三爷回省。

六月十二日(7月16日)　辰起问案。是日申刻协台李润堂自永丰县来，闻省中诸事，同登快阁，并谒杨文贞公祠。

六月十三日(7月17日)　是日张福自临江回。卯初起，送李润堂协台，午刻三都报命案。

六月十四日(7月18日)　卯初起，谒三都，中途而返。午后问陈、易二姓买屋案，夜接李润堂协台过境回郡。

---

① 新藩宪继，即继昌，字述之，一字述亭，号莲龛，姓拜都氏，满洲正白旗。道光六年至八年任江西布政使。日记中又称继莲龛、方伯。

六月十五日(7月19日) 卯起,行香,问案。晚饭后陈月秋来。

六月十六日(7月20日) 易副爷来,镇台委查会匪。辰起酬得雨愿,演戏于城隍祠,问案。

六月十七日(7月21日) 问案,发状榜。钱委员、靳四兄天祥上省。

六月十八日(7月22日) 问案,放告。朱四兄七先生令郎。自抚州回。

六月十九日(7月23日) 士明与十三回家,发家信,姚老师世兄得周。

六月二十日(7月24日) 接直隶陈俯庵老六信。复用鲊答求雨。

六月廿一日(7月25日) 发书院望课案。

六月廿二日(7月26日) 委冯尉查封郭庆恩产业,接省信知各督宪调动之信。

六月廿三日(7月27日) 问案,放告。郭辅具限状。

六月廿四日(7月28日) 接李协台并蔚占信,拿获会匪萧其俊信。是夜得雨两阵。萧其俊放火烧毙人命重犯,会匪中巨魁也。

六月廿五日(7月29日) 问案,答万安移提刘义早札。申后演戏酬神。

六月廿六日(7月30日) 大雨滂沱,整理尘几,答钟太翁并蔚占信,又李协台书。

六月廿七日(7月31日) 传萧文彬弟兄并萧其俊之胞叔,令查拿萧其俊会匪首犯。发状榜。

六月廿八日(8月1日) 问案,放告,就案拿获王耀开会匪。

六月廿九日(8月2日) 问王耀开,供认入会是实。副贡蒋琳如来见。

六月卅日(8月3日) 陶润仓兄来署,借去《龙威秘书六集》[①]六本。

七月初一日(8月4日) 行香回,有陆姓名沅进见,薄送行资,拜蒋贡。

七月初二日(8月5日) 问案查拿盐枭,并偷大轿之案。被蠹役罗祥偷漏消息,李贞玉囤户当夜跑逃。

七月初三日(8月6日) 送章合亭八兄至粤东。放告,问案。

七月初四日(8月7日) 遣魏福上府,送夏季发审修费,并赣南道处汪小竹先生奠仪。接姚伯昂洗马、家星伯中翰京信,又接省抄,知署赣南道即周太尊。请罗、冯二位问抢犯案。

七月初五日(8月8日) 诣六都五图,勘被水村灾,住四都王氏祠。

七月初六日(8月9日) 又勘查各姓被水村庄,萧、胡、李、刘等姓。至晚回署。

七月初七日(8月10日) 接林四兄盐务设卡信,午后料理上房酱菜。时内子感患伤寒症。

七月初八日(8月11日) 放告,问案,咏奉字诗。“初冠虽小草,搢笏亦垂绅。人以三才贯,牛偏一足伸。无私占至治,有脚转阳春。茂对繁昌象,桐生茂像新。大才非莽莽,小异亦蓁蓁。摹绘朝阳种,谁能赋逼真。”此诗可清录入稿,见小说唐则天朝有咏奉字诗者,偶尔赋之。

七月初九日(8月12日) 考《渊鉴类函》《潜确类书》。龙生九子,不成龙,各有所好:蒲牢好鸣,形钟纽上;囚牛好音,形胡琴上;蚩吻好水,形桥梁上;嘲风好险,形殿角上;赑屃好文,形碑碣上;霸下好负重,形碑座上;狴犴好讼,形狱门上;狻猊好坐,形佛座上;睚眦好杀,形刀柄上。问萧寅璜诬告抢案。

---

① 《龙威秘书》,清马俊良辑,全书分十集,每集各八册,六集录马俊良所集《名臣四六奏章》。

七月初十日(8月13日) 接周道宪过境。

七月十一日(8月14日) 送周道宪。比较图差。着魏福上省，至陶宅遣吊。陶汇征伯岳于六月初去世，遣价往吊。制汇翁伯岳祭幛。

七月十二日(8月15日) 问翁贤诬告窃案。

七月十三日(8月16日) 放告，获萧其俊戚党，监生□管押。

七月十四日(8月17日) 查阅医书，吴又可《醒医六书》。

七月十五日(8月18日) 行香，答府署金先生、庐陵署张云亭信。

七月十六日(8月19日) 查阅医书，家应宿先生[①]《温热心书》。

七月十七日(8月20日) 阅呈词，发状榜。与毛竹书谈地理并文。

七月十八日(8月21日) 接周道宪官眷船，查吴又可医方。

七月十九日(8月22日) 坐堂枷示五犯。定给欧阳亭匾额，派王澄抄《韵府对语》，新生萧光熙禀见。是日内子服承气养荣汤。疾渐愈。

七月廿一日(8月24日) 问案。

七月廿二日(8月25日) 诣验七都六图刘、陈二姓命案，系刘姓自缢图赖。申正回署，蒋姓举人会试回，来见未会。送缙绅等四物。万安粮厅瑞[②]由府回万，寓署中。

七月廿三日(8月26日) 辰初接汪道宪读礼回籍，舟中禀见，即泛舟抵府。午后县城得大雨，舟中阅郑方坤《国朝诗人小传》。起更到府，闻府尊尚未回郡，雨夜即安息。

七月廿四日(8月27日) 诣府谒太尊，谒盐宪，拜文司马，会雷湘邻，时皆查莲花、安福、永新水灾。回至庐陵，札公下乡勘灾，未晤。接署中信知会匪萧其俊于廿三四更时就获。

七月廿五日(8月28日) 禀见盐宪、府宪，晤姚柏石先生，会札

---

① 应宿先生，即徐鲁得，字应速，浙江上虞人。

② 粮厅瑞，即瑞龄，镶黄旗人，监生，道光五年任万安县丞。

大爷。庐陵早饭，同席高照厅、汪巡司、诸七兄、张云亭。饭后会札大爷。诸委员同审盐枭李光，令照原供画押。晚至府署禀拜。

七月廿六日(8月29日) 丑正札大兄来船晤，府尊面属办本地禀灾情形。辰正诣府署，晤姚柏石兄，即诣盐宪禀复讯盐枭画供，即由陆路回县。至酉正抵署，知萧其俊已收监，患痢。冯少府病故。萧其俊放火烧死民人△△，千刀会匪重犯也。

七月廿七日(8月30日) 毕副爷、姚老师来署，会黎六兄之子来署，送程仪四元。前年十一月曾送卅元。至典史署哭吊冯兰坡。午后审会匪萧其俊，赏捕役洋六十元，接陈六诸生一信。拿萧其俊前三四次，付过洋钱百六十元，获后又给赏六十元。

七月廿八日(8月31日) 放告，收新旧状纸八十余件。陈月秋诸生来署会。

七月廿九日(9月1日) 问案，接新藩宪，寄到星伯侄京信。

八月初一日(9月2日) 行香，武庙开光。万安魏三兄来。

八月初二日(9月3日) 接两广制台李鹿坪[1]大人，舟中谒见，长谈。酉刻四川刘四兄名培厚，戊寅孝廉，来署，留饭。

八月初三日(9月4日) 文昌宫祭祀。问追账案，放告，开赌犯杨家璜枷。

八月初四日(9月5日) 武庙祭祀。查《韵府对语》。

八月初五日(9月6日) 问欠户，比五租，魏福自省回。

八月初六日(9月7日) 问案，查刘小崖五星，李鹿坪制军五星。

八月初七日(9月8日) 罗大兄自永新回，接庐陵信，知太尊与韩三尊于十一日来县属查水灾。张溱查灾清册至。

八月初八日(9月9日) 五更祭文庙，送陆忠宣公配享两庑。

---

① 李鹿坪，即李鸿宾，字象山，号鹿坪，江西九江人，道光六年五月调任两广总督。

办清册禀帖。

八月初九日(9月10日) 祭山川、社稷、风雷、城隍神祇。着张溱上府送节礼。

八月初十日(9月11日) 四更起,拜万寿。刘小崖自赣州回,又送资斧十元。午刻起身,抵六都石头山下萧义士备垣封翁,葆甫州判。家公馆。

八月十一日(9月12日) 辰刻接本府抵中途木行。韩别驾未正时到本府,于戌初到公馆。

八月十二日(9月13日) 随同本府宪铭、韩别驾并罗大兄、瑞二尹往各村查勘被水房屋居民,萝卜村萧举人处午尖,又抵南岗渡河各处细查。戌正送府宪并韩三尊登舟回府,四更到萧姓公馆住。

八月十三日(9月14日) 辰刻起身,未正回县,阅各案卷,观剧。

八月十四日(9月15日) 拜寿星,分别见客。巳初抵五都,罗、刘二姓命案相验,勘田亩,酉初回。请客三席,观剧。是日辰刻着魏福携禀帖等上府,子正安思。

八月十五日(9月16日) 文庙、武庙、城隍祠行香,各处谢寿、贺节。

八月十六日(9月17日) 办被水灾清册,禀藩宪稿。问案,请书院客。

八月十七日(9月18日) 问案,发禀藩宪稿,申刻疏枷犯。

八月十八日(9月19日) 诣杨、欧、曾、罗、萧五忠,周、王司马、十义、刘祠行香。放告,问彭姓谱案。接阅各处信。

八月十九日(9月20日) 问案,答诸来信。

八月廿日(9月21日) 问案,查狱租并萃租案卷。

八月廿一日(9月22日) 萧、李、刘各村领赈恤银。问萧姓争洲田案。七月初下乡给洋银三百元,至此又分给各村灾民洋一千六百元,钱六十余千文。

八月廿二日(9月23日) 问萧姓洲地案，散给各村赈恤银。

八月廿三日(9月24日) 卯刻起接本道宪周，舟中见，放告。

八月廿四日(9月25日) 问案。陈月秋来，议散《广惠编》事。

八月廿五日(9月26日) 问凌姓抢案，戌初登舟至郡城。

八月廿六日(9月27日) 辰刻到郡，至庐陵见札大兄、朱七兄、张云亭先生，上府谒太尊，面呈赈恤灾民领状，即谒本道宪周，叩贺禀一切事，即禀辞。午后由陆路回县，亥正到署。

八月廿七日(9月28日) 查阅稿案，发状榜。

八月廿八日(9月29日) 清理一切，戌刻登舟上府。

八月廿九日(9月30日) 辰刻谒见本府宪刘，抵庐陵拜宜春程六兄、署永新陈三兄、前署莲花何[1]。寓毛氏试馆。

九月初一日(10月1日) 谒道宪周，本府宪刘、前府宪铭，永新张介侯、龙泉李、万安魏[2]。午后接署中信，知八弟已到署矣。威如、从如同来。

九月初二日(10月2日) 辰刻接藩宪继莲龛先生，谒见舟中，以捐廉抚恤被水灾黎，极蒙奖励。会分宜张九兄、义宁州雷湘邻、九江二府李心湖。

九月初三日(10月3日) 辰刻，谒藩宪于试院。午后赴李参将招饮。

九月初四日(10月4日) 辰刻，谒藩宪未见，禀假。巳刻见铭太尊、周道宪。午刻登舆回县，戌正抵署。见八弟、马叔和表弟、黼评二弟。

---

① 程六兄，即程皆。陈三兄，即陈国华，道光六年任永新县令。莲花何，即何锡光，道光三年署吉安府莲花厅同知。

② 龙泉李，即李三兄。万安魏，即魏三兄。

九月初五日(10月5日) 拜段[①]、胡[②]、罗诸寅,吊姚学师。竹香同年,病故。午后出城相验邓姓。

九月初六日(10月6日) 问案,比较。酉刻秦省吾大兄[③]来县,谈庐陵县有更动信。

九月初七日(10月7日) 拜秦省吾大兄,诣试院,回署问案。

九月初八日(10月8日) 问萧姓、刘姓追账一案,放告。陈月秋来署。

九月初九日(10月9日) 阅瑞甫来信,并试草。亥正接白羊坳马副爷信。

九月初十日(10月10日) 比较,问案,戌正上船赴府。

九月十一日(10月11日) 辰刻至府,至藩宪行馆禀到。晤巴德安大兄、戴永宁、张介侯、潘安福、雷湘邻、李司马等。即至本府谒刘太尊,知陈太翁等递公呈事。读藩宪送本府纨扇,书《秋桑》《秋蝶》二律,写作俱好。酉刻呈藩宪十种书、十异鸡。是日闻巴调署庐陵。

九月十二日(10月12日) 谒藩宪,温词奖借。又闻巴大兄谕回省垣事。发省中陶敦山二兄信,着魏福送去。午后接读藩宪赠以诗笺,当即拟答。又至府署借读纨扇,元韵。

九月十三日(10月13日) 复咏诗二章,午后至庐陵,请代书诗笺,往返数次,竟不见至。酉刻在庐陵县自写《和藩宪诗》,谒行辕,同巴大兄见莲龛方伯,又蒙方伯奖饰诗、字俱佳。戌初至府署,刘太尊邀晚饭,问以署庐陵事宜,即至朱司马行馆,晤雷湘邻,约次日庐陵面晤,属行装缓发。是日闻陈太翁等抵藩宪行辕投公呈。

九月十四日(10月14日) 卯初起,送方伯出城十里回,抵庐

---

① 段,即段正邦,泰和县典史,捕厅。日记中又称段辅之,段三兄。

② 胡,泰和胡姓同寅当为胡鉴章,后同。

③ 秦省吾大兄,即秦缃武,字庆榴,号省吾,江苏金匮人。

陵，晤雷湘邻，问札、巴、程前议，并庐陵交代大概。午后回署，亥正抵县。

九月十五日(10月15日) 卯正至舟，送本道过境。回，行香拜客，开漕仓。请陈月秋生员至馆，晚请酒数席。

九月十六日(10月16日) 比较，传谕各役。进贤举人周介人二兄名士价。来，今挑二等。图馆前来，候补未入。陆解刘犯杀死二命之犯。首级来县署，捕厅段三兄请席。

九月十七日(10月17日) 请周、陆二客。钟副爷来，回拜。问罗俑章案。

九月十八日(10月18日) 放告，清理《县志》订正事。接庐陵札公来信。

九月十九日(10月19日) 问罗明章拐带游永汉之妇何氏一案。是晚罗大兄回县，夜亥刻接庐陵回信。

九月廿日(10月20日) 发续修《县志》告示，拟《县志》序文。

九月廿一日(10月21日) 订正《县志》。

九月廿二日(10月22日) 订正《县志》。

九月廿三日(10月23日) 订正《县志》，放告。

九月廿四日(10月24日) 订正《县志》，阅王文端公《夷齐辨》，千古卓识。

九月廿五日(10月25日) 阅《县志》艺文类《伐蛟(说)[记]》、又《姚孝子传》，知姚雪门先生乃祖乃父两代孝子，盖信“种兰得香，种粟得粮”之说。

九月廿六日(10月26日) 为威如务外，不好学，闷闷不乐，恐发气无益，徒自耗损。默识“恕到自然真妙用，怒于忍处见功夫”联句，强自抑制。因作书复丰城高石琴信，送铭禹门太尊禀并程仪。是日沿津渡有报抢案，又闻顽仆龙升被抢事。龙升过犯，驱逐，空乡局征钱应究，余姑宽之，乃于船上被劫，小人之得祸如此。天网恢恢，疏而不漏，谅哉。是夜醒而不寐，念二十年前在京有学生张联桂，幼年多读书,资质颇可,奈命乖貌侵,入庠后竟不上达,贫不能娶,家计萧然,今亦年近四十,十年不得信,拟寄书以招之。是日胡孝廉来见。

九月廿七日(10月27日) 查阅志书,是日蒋孝廉来见,闻署庐陵者即李心湖。

九月廿八日(10月28日) 审案,放告,开发管押人犯十余名。周之沛生员见。

九月廿九日(10月29日) 查阅志书,问案三起,又拿获沿途(欧)[殴]抢之犯。

九月卅日(10月30日) 问案,比差。

十月初一日(10月31日) 行香毕,晤胡、段、蔡诸寅友,午后考字典。

十月初二日(11月1日) 查所藏碑帖,检付威如、从如临摹。

十月初三日(11月2日) 罗大兄自万安回,萧德谦生员、姚老师之婿余姓来见。放告,问案。

十月初四日(11月3日) 问萧姓谱案。周姓为硐坡修志事禀见。

十月初五日(11月4日) 段三兄见,问郭氏控忤逆并征粮拒捕案。

十月初六日(11月5日) 卯刻接本道宪,会黄慎斋六兄。巳刻由陆路上府,戌正至府。谒府宪刘,至庐陵会李二爷、雷三爷、武七兄、朱七兄。

十月初七日(11月6日) 上府,至张五兄署,晤张云亭三兄,至官厅会同寅,接周道宪。巳正起身回县,亥初抵署。

十月初八日(11月7日) 清理尘牍,开释轻罪,放告。查《诗经注疏》。

十月初九日(11月8日) 卯正起,接镇粤将军果大人,印(斯齐)[齐斯]欢,辛酉、壬戌联捷。谈及夏森圃观察,年五十九矣。戊子、乙卯、丙辰、庚寅,正月廿七寅时,此面问八字。午后问误报窃案,又游姓拐案，又挖土案。是夕罗、胡、段同席便饭。

十月初十日（11月9日） 卯初起，朝服祝太皇后万寿，班朝毕，留同城酒面。辰初阅《国风》“溉之釜鬵”[①]注：“溉，涤也。鬵，釜属，烹鱼烦则碎，治民烦则散，知烹鱼，则知治民矣。笺云：‘谁能者，言人偶能割烹者。’又《说文》：‘鬵，大釜也，鼎，大上小下，若甑曰鬵。’”《尔雅·释器》云：“䰝谓之鬵。鬵，鉹也。”《周礼》部“君使臣以礼”文，用釜、鬵可虞。即疏中此见周道既灭，憾当时之人无辅周者。《匪风》思周道也，思得贤人辅周道也。疏言：“治民贵安静”，鹿苑于前月偶拈楹联有“为政须关大体，治国若烹小鲜”之句。以《老子》“治大国若烹小鲜”即《论语》“割鸡”云云，治贵刚柔得宜，宽猛互用，如烹鲜调和五味之意。读烹鱼诗笺疏更进一解矣。《语》云：“开卷有益。”谅哉。

十月十一日（11月10日） 袁拔贡来，接蒋丹林师信，又托寄李学台付龙泉信。午后比较，申酉考字典。

十月十二日（11月11日） 阅卷牍，外听十六、十七弟辈读书，全不用心，殊为闷闷。屡拟痛惩，强自抑制，半日静摄而已。

十月十三日（11月12日） 辰起，阅《人谱》，末卷载陈白沙[②]曰：“予书法每于动上求静，放而不放，留而不留，此吾所以妙乎动也。得志勿惊，厄而不忧，此吾所以保乎静也。法而不囿，肆而不流，拙而愈巧，刚而能柔。形立而势奔焉，意足而奇溢焉。以正吾心，以陶吾情，以调吾气，此吾所以游于艺也。”此论绝妙，录以便览。阅《宋史》列传数卷。开发数案，放告。

十月十四日（11月13日） 阅案牍，读《瀛奎律髓》诗一卷。酉刻高照厅来，往龙泉。

十月十五日（11月14日） 行香，阅卷，查《县志》，问案，比较。亥刻月蚀救护。

---

① 出自《诗经·桧风·匪风》。

② 陈白沙，字公甫，号石斋，广东新会白沙里人，世称白沙先生。

十月十六日(11月15日)　问王绣堂控萧姓贩卖女子一案,何四兄至万安过境驻。

十月十七日(11月16日)　答陶松君[①]太史信。查医书,检方为魏妾治病。

十月十八日(11月17日)　问案,放告。酉刻有同寅候补县张,印绍良,号东圯。行一,至赣郡公干,过境到署。张东圯,松江华亭县人,甲子乡榜,丙戌大挑来江,年五十四,癸巳十一月十三日戌时造。

十月十九日(11月18日)　问凌姓控抢案。

十月廿日(11月19日)　问案,比较。早禾司陈三兄到。

十月廿一日(11月20日)　委员蒋三兄到,朱七先生到。

十月廿二日(11月21日)　查志书,拜陈、段诸寅,吊姚学师。

十月廿三日(11月22日)　问昌文氏控萧姓拐娶一案,放告。

十月廿四日(11月23日)　早起,读《杜工部诗集》。录宋祁《新唐书》赞曰:“唐兴,诗人承陈、隋风流,浮靡相矜。至宋之问、沈佺期等,研揣声音,浮切不差,而号‘律诗’,竞相沿袭。逮开元间,稍裁以雅正,然恃华者质反,好丽者壮违,人得一概,皆自名所长。至甫,浑涵汪茫,千汇万状,兼古今而有之,他人不足,甫乃厌余,残膏剩馥,沾丐后人多矣。故元稹谓:‘诗人以来,未有如子美者。’甫又善陈时事,律切精深,至千言不少衰,世号‘诗史’。昌黎韩愈于文章慎许可,至于歌诗,独推曰:‘李、杜文章在,光焰万丈长。’诚可信云。”家有七兄到署。接胡舫亭并端木子彝信。李豪放而才由天授,杜混茫而性以学成。上薄《风》《骚》,下该沈、宋,言夺苏、李,气吞曹、刘,掩颜、谢之孤高,杂徐、庾之流丽,千古以来,一人而已。[②]

十月廿五日(11月24日)　比较毕,有广东沈,名齐贤,号楚材。

---

① 陶松君,即陶福恒,字履安、子久,号松君,道光三年进士,陶吉庵之子。

② 原稿中“宋祁”二字、以及“李豪放而才由天授”至“一人而已”两句用红字书写。

行一，年廿七，番禺县人，家住清水濠，祖籍会稽，由誊录馆议叙盐场，于廿四傍晚县境桐江口被贼抢窃报案。留署备铺盖、送盘费，并寄师吉在盐埠一事。晚接周道台。

沈齐贤，号楚材，行一，具庆，有二弟，家住清水濠，祖籍会稽。年廿七岁，广东番禺县人，由嘉庆乙卯年闰四月纳监，在顺天乡试挑取誊录，加捐盐大使，国史馆当差，道光五年三月议叙，本年回籍，十月廿四日路过太和境内，失去照两张，已报在案，恳详上咨部。曾祖效，祖钟，父濂，字嘉平，官名，江苏主簿。年六十七。住广省清水濠宝善堂[①]。

十月廿六日(11月25日) 黎明送周道宪，午刻送沈盐场。

十月廿七日(11月26日) 写练才信，并发京信。

十月廿八日(11月27日) 抵沿津渡，问信丰李林控曹开正假银酿命之案。即抵三都竹山刘姓追欠户，因妇女拦阻拒捕，毁刘姓祠中匾鼓，题诗于�，拘监生刘△。至三都征局，晚驻乡局。

十月廿九日(11月28日) 催寺下萧姓积欠，拟买田完欠。而礼智军户积欠无从着手，拿湾溪欠户萧伦源杖责，次日派充约练。

十一月初一日(11月29日) 午刻抵灌溪匡姓催积欠，拘匡文魁之侄二名，严谕该图生监。晚抵二图乡征局。

十一月初二日(11月30日) 拘到喻姓欠户监生等两名。差至张姓严催，疲玩已极，恶习可恶。

十一月初三日(12月1日) 上府已三更矣，舆中阅《阙史》。

十一月初四日(12月2日) 谒府尊，至庐陵，午后回驻凤凰墟大公馆。

十一月初五日(12月3日) 巳刻回县，发状榜。

十一月初六日(12月4日) 清理案牍，问曹亚开、王尚荣沉信丰木排人假银滋事之案。此事亦应作诗补入集中。老狂王尚荣究办监禁，

① 本段日记原稿无，乃另纸记录，夹于日记中，因内容相关，故列于此。本段新见人名不入索引。

未解省而病死于狱,棺停城外龙洲。予去泰和数年,犯棺竟被雷击,骨被雷火焚化如灰。天道昭昭如此。

十一月初七日(12月5日) 复问王尚荣一案,又龙泉人报假命一案。是日冯十兄押解钱粮至省。

十一月初八日(12月6日) 问首山寺僧告狱租一案,放告。酉刻秦省吾大兄自龙泉回,抵署面晤,后即回省。

十一月初九日(12月7日) 问案。郭光洛、徐耀来见。至沿津渡相验。

十一月初十日(12月8日) 问案。

十一月十一日(12月9日) 批志书一事,有宝应饥民一千二百余过境,船三十六号,给难民钱三十四千零。

十一月十二日(12月10日) 清理尘案。游学师[①]到,委员黄催漕米到。

十一月十三日(12月11日) 放告,问案。候补县丞靳赴兴国,过县会驻。酉刻何四兄抵署,游学师同席。何四兄谈本年夏季莲花厅被水灾事,衣物水浸不坏,奇。何四兄与太翁辛酉同榜,并同房师中,太翁今年八十六矣,中时年六十有一,说须发早白,六十左右复黑,七十外又白,至八十五复黑,太翁恬淡无欲,终日手不释卷,宜其享清福高寿也。何四兄名□,号葆亭,广东香山人。此事宜补作诗入集。

十一月十四日(12月12日) 查漕米头运下河数。

十一月十五日(12月13日) 卯正起,行香。接广东盐运司耿,舟中见。漕米开运,祭江神,送何四兄往二都乡征,午后比较。

十一月十六日(12月14日) 巳刻查阅呈词,派魏福至永阳接府宪。

十一月十七日(12月15日) 检查信稿。

---

① 游学师,即游稚松,道光六年署泰和训导。日记中又称游学博。

十一月十八日(12月16日)　至湾溪萧姓相验。

十一月十九日(12月17日)　至横塘口相验溺毙一案。酉刻何四兄自二都乡局来城,次早仍赴乡局。

十一月二十日(12月18日)　问案,比较。广东关监督过境。

十一月廿一日(12月19日)　问李、刘二姓争山之案,披阅呈词。

十一月廿二日(12月20日)　黎明即起,作《立命说》。午后接刘小崖四兄省中来信。《立命说》其稿已失,今须补作。

十一月廿三日(12月21日)　问案,放告。黎明起接学台福禹门副宪,寄京中银信。马、蒋、姚、星伯素并本家。

十一月廿四日(12月22日)　卯初起,冬至朝贺。午后问案。

十一月廿五日(12月23日)　卯起问案,比较。晚接何四兄回郡信。

十一月廿六日(12月24日)　辰起抵六都四图周姓相验。亥初回署,舆中读张船山[①]诗。

十一月廿七日(12月25日)　卯起,发省中诸信,料理龙泉押米上省。

十一月廿八日(12月26日)　卯起读《困知记》:"心者,人之神明;性者,人之生理。理之所在谓之心,心之所有谓之性。二者初不相离,而实不容相混。精之又精,乃见其真。""《系辞》至精、至变、至神,《易》道即天道也,人容有二乎?至精者性也,至变者情也,至神者心也,所贵乎存心者,固将极其深、研其几,以无失乎性情之正也。若徒有见乎至神者,遂以为道在是矣,而深之不能极,而几之不能研,顾欲通天下之志、成天下之务,有是理哉?""道心寂然不动者也,至精之体不可见,故微;人心感而遂通者也,至变之用不可测,故危。""道心性也,人心情也,心一也,而两言之者,动静之分,体用之别也。凡静

---

① 张船山,即张问陶,字仲治,号船山。

以制动则吉，动而迷复则凶，惟精所以审其几也，惟一所以存其诚也，允执厥中，从心所欲不逾矩也，圣神之能事也。”须另录。《立命说》大意本此，今拟补刻。

十一月廿九日(12月27日) 与委员蒋三兄、毕副爷筹议巡河章程，派兵役二十名、漕船四号分站前、蜀口、沿津、花石滩四处巡缉，分双日单日徼筹更换，每日捐给兵役船夫共钱二千一百四十文。署学师游来署。

十一月卅日(12月28日) 阅志书，比较。

十二月初一日(12月29日) 行香毕，乘舟上府，阅张船山先生诗集。起更抵郡，子初睡。

十二月初二日(12月30日) 上府谒府尊，晤李司马，抵武七兄、钱三尊、李参将、何四兄至庐陵问萧其俊案，二更回舟中。补作诗宜以此为据。此案委曲未能悉数，督令烧屋、督令烧毙活人，实萧其俊。府刘与署庐陵季司马，迎合府意，属吾云云，实不可听，而萧其俊秋办军罪，又府刘迎合韩抚宪也。

十二月初三日(12月31日) 卯正至庐陵同武七兄问案。午刻谒府尊。复至庐陵，晤武七兄、何四兄，即抵舟中，接钟江龄甥信答之。行二十里驻。

十二月初四日(1827年1月1日) 阅船山诗。申初抵老虎坑，起早回。

十二月初五日(1月2日) 问案，未及比较。

十二月初六日(1月3日) 问案，阅公牍。

十二月初七日(1月4日) 接府宪刘。晚登舟，驻怀仁渡。

十二月初八日(1月5日) 抵蜀口洲，至马家洲，回蜀口洲。舟中听蒋三兄获盐船事。

十二月初九日(1月6日) 送府宪至矶头塘，午刻回署。

十二月初十日(1月7日) 问案，比较。是夜同段、陈二兄预祝罗大兄寿。

十二月十一日(1月8日) 查阅呈词。祝罗大兄寿,观剧。

十二月十二日(1月9日) 问案,发状榜。

十二月十三日(1月10日) 问案,放告。

十二月十四日(1月11日) 阅郭京《易正义》[①]。接钱三尊并送查河。

十二月十五日(1月12日) 行香毕,查比乡征并发本道首府、九江府禀。

十二月十六日(1月13日) 拜罗大兄,接署瑞州府董[②]往赣南公干,晚饯罗大兄行。刘雨田兄来催道款。接省信知臬宪升调信。

十二月十七日(1月14日) 钱三尊自万安回。写京中禹畴连报等信。委员狄四兄来署。

十二月十八日(1月15日) 送罗大兄上省,送陈月秋散馆,送钱三府回府,接本道。委员陈三兄名绎查河。

十二月十九日(1月16日) 封印。八弟回署,接家中闻礼等信。

十二月二十日(1月17日) 接镇粤将军庆大人[③]。晚驻南关外码头。

十二月廿一日(1月18日) 蒋三兄自府城回,问案。

十二月廿二日(1月19日) 派李升等解钱粮上省,接秦省吾兄、冯桂山兄诸信。

十二月廿三日(1月20日) 问案。接京中姚伯昂侍讲信,发广东成抚宪信。

十二月廿四日(1月21日) 问拐带一案。发黟县信,宁都州信。委员靳二兄到。

---

① 似当为郭京《周易举证》。

② 瑞州府董,即董梁,道光六年署瑞州府。

③ 庆大人,即庆保,章佳氏,满洲镶黄旗,道光六年至九年任广东将军。

十二月廿五日(1月22日) 发府城贺年信。闵大兄查河过县,萧、曾二绅士来。

十二月廿六日(1月23日) 陈长契饮宾来。二都、三都乡局俱回县,署粮厅张之任。

十二月廿七日(1月24日) 张溱自府城回。

十二月廿八日(1月25日) 送年。章八兄自广东回,接师吉信。

十二月廿九日(1月26日) 接周道台回信,查河委员靳回署。

乙巳五月廿一日(1845年6月25日) 查日记簿至此止,可补诗文题目不少。

道光七年(1827)丁亥日记[①]

丁亥年正月。元旦举笔,万事大吉。

正月初一日(1月27日) 元旦丁丑日。寅初即起,肃衣冠虔诵《玉局心忏》全卷。敬天地,朝贺谒文庙、武庙、许真君庙、文昌宫、天后宫、城隍庙、仓库、马厨、土地诸神,拜祖先,会同城寅好并委员暨署中友戚,时已午初。午后拜同寅,出西门拜客,陈月秋来,答之。回署查志书"孝义"卷,酉正即安。

正月初二日(1月28日) 卯正即起,谒祖先像,拈香,诵《玉局心忏》全卷。午后演剧,请同城寅好。

正月初三日(1月29日) 起诵《玉局心忏》,午后梁监生通来见。

正月初四日(1月30日) 卯刻登舟,诵《玉局心忏》,风雨,中途驻。

正月初五日(1月31日) 舟中诵《心忏》,午后至郡,晤何四兄,谒太尊,会钱三尊,拜李云亭参戎,贺六公子大魁天下。武会试。问殿撰八字,庚申、乙酉、乙巳、庚辰,庚乙化金,生于酉月。满局庚申,酉、巳得辰而化,格奇应。李云亭,参戎六公子,山西人,丙戌武会试中武状元,庚申、乙酉、乙巳、庚辰。

正月初六日(2月1日) 至庐陵拜寅好,谒府尊,留早饭。未、申间起身,夜行七十里,四鼓回署。

正月初七日(2月2日) 萧光熙门生来,陈月秋廪生来谈命理星学。

---

① 此年日记在第五册,本册首页第一栏下方有"长乐郑振铎西谛藏书"印。

正月初八日(2月3日) 迎春,初微雨回晴。

正月初九日(2月4日) 鞭春,观剧、春宴。

正月初十日(2月5日) 接本府宪至泰、万二邑。查盐枭会匪事。

正月十一日(2月6日) 送本府至万安。出城,为陈月秋迁乔事。午后段、陈二兄请酒。

正月十二日(2月7日) 戊子日丁巳时,为瑞光开学,申正府宪回,亥正上船赴省,十六(2月11日)至省,另纸记。

二月廿一日(3月18日) 开船回县。

二月廿六日(3月23日) 至吉安府。

二月廿七日(3月24日) 开船,驻横坑。

二月廿八日(3月25日) 巳刻到署。丁亥正月十二日巳时,瑞光虽五岁,实三长岁零三个月。

二月廿九日(3月26日) 清理案牍,查办《县志》等事。

三月初一日(3月27日) 天雨,行香拜客,查办《县志》,晤王体仁廪生。

三月初二日(3月28日) 派冯十兄上省解钱粮税契,申发藩宪禀帖。

三月初三日(3月29日) 课瑞光书,订正志书序文,放告。

三月初四日(3月30日) 查办窃案滋事捕役。

三月初五日(3月31日) 查比一、二、三、四钱漕。

三月初六日(4月1日) 抵万安邻封相验,起早前行,由窑下坐船回。

三月初七日(4月2日) 查问胡明秀抢广东武举一案。

三月初八日(4月3日) 着裘镐赴广。为十一师吉在广不回一事。新捕厅汪五兄[1]到县。申刻点卯放告毕,陈月秋来。[2]

---

① 汪五兄,即汪宝成,钱塘人,道光七年任泰和县典史。日记中又称捕厅汪。

② 二月廿一日至廿八日原接写于正月十二日后,且省略“日”(注转下页)

三月初九日(4月4日)　查阅案牍，拜新捕厅汪、粮厅张并段三兄毕。查志书。

三月初十日(4月5日)　卯正起，查发请于马家洲设官盐子店禀帖。是日清明节，午后查阅志书。

三月十一日(4月6日)　查志书，咏王凤山《田地》一诗，晚请段、张、汪饭。

三月十二日(4月7日)　行耕籍礼，酉正上船至府，次日卯正至郡。

三月十二日(4月7日，补录)　酉刻上船[①]。

三月十三日(4月8日)　抵庐陵，问萧其俊案，拜郡城诸友。

三月十三日(4月8日，补录)　黎明至郡，拜刘五太爷、蒋韵泉先生，拜郡城诸寅好，同钱曙峰三尊至庐陵问萧其俊案，晤杜先生、孔先生、卢海洲先生。戌正住茅家试馆。

三月十四日(4月9日)　抵庐陵，问萧其俊，该犯佯死，不便问供。

三月十四日(4月9日，补录)　辰刻至庐陵，张云亭、孔、卢诸友谈星命。复提萧其俊问供，佯病无供。午后至府署与蒋韵泉谈及太尊我见。一切，犯多言之过。申刻至庐陵晤李心湖司马，言悖而入，竟悖而出，又犯多言之过。旋即回寓，沈友寿田谈贵州普三爷作县令，一时任性，捉罗姓一贼，有贼妇，有姿色，自刎，一命。贼受饥，扑死同事人犯，二命。罗贼竟伏诛，三命。贼子幼孩饿毙。四命。普三县令旗人。有好儿子，后皆不振一事。又谈狄观察署臬司事，有△县兄弟争过继，酿成逆伦重案，母死于毒，一媳自缢，一媳极刑，两子亦军罪拖毙，一家遭灭门之祸。臬、道、府、州、县五官，相继而殂，狄观察，

(续上页注)“二月”诸字。二月廿九日至三月初八日亦省略“日”，径补。

① 1827年4月7日至4月10日除日记原文外，另附纸一张夹在当年日记中，内容较为详细，故补录于相应日期之后。

翰林出身。即湘浦太尊之弟也。闻言可畏。是日午前,闻李心湖司马谈渠平日问一命案,有熬审问出真据,用黄历按日问供。里脚有补后尸女确证一事,亦问案▨心之一法也。亥正即安。大雨雷电,夜不能寐。本拟次早带萧其俊一案回署。

三月十五日(4 月 10 日) 移寓高照厅署,提该犯[1]熬问,申正赴李参府席。

三月十五日(4 月 10 日,补录) 辰刻李心湖司马来寓,余以昨日恶言入耳,又多唐突之言,以至不欢而散,又犯性急之病,蒙沈友寿田规劝,甚是甚是。辰正至钱三尊署,又至高照厅署借数掾,移寓,带萧其俊问供,不动声色,第停其水谷,令丁役看守。申刻至李云亭参府,同席张云亭、张表弟老九,席上因李参府六公子丙戌武殿撰,张云亭谈及伊乡姚秋农总宪,平日读书先难后易,姚总宪己未殿撰,作诸生时名□,字金田,因梦大魁文田,改名文田。其太翁为诸生,因贫就王县丞幕,名肇堂,杭城人,官至藩司。姚太翁始终只一东主,其夫人大家女,通文理,课秋农读书,至《左传》始从事闵先生。秋农兄弟七人,其幼弟因督学太严,功课不完,不令饮食,致幼年自缢,其兄亦相继而殂。闻此可为督课过严者戒。秋农由中书得大魁,其太翁目睹其感,并见衡文主试,太翁于七十余岁,又生幼子女,亦罕之事。是日晤高照厅,年五十九岁,长嗣已四十岁矣,有孙男十余岁。其如君于丙戌之秋得次子,兄弟前后四十年。晤钱三尊,与余同庚,四十后始得子,今六男二女。三尊有太翁,乾隆丁酉孝廉,由县令捐知府,现任广西府,于去冬十月得曾孙,钱太翁年七十四岁,竟于去腊生一幼子,曾孙长于幼子两月。古云“三代同生”,竟有其事,噫,亦异矣!

三月十六日(4 月 11 日) 取萧其俊供,午后赴钱三尊席,晚住茅家试馆。

---

[1] 该犯,指萧其俊。

三月十七日(4月12日) 卯正动身,申初抵署。

三月十八日(4月13日) 放告,问义仓一案,又郭大□□费案,发郑盐运司禀,又答赵别驾催颜料帮费信。周梦岩学政之叔来见。

三月十九日(4月14日) 问案,午后查志书,酉刻观剧。

三月二十日(4月15日) 考书院。生“知及之,仁能守之,庄以莅之”,童“抑亦先觉者”。

三月廿一日(4月16日) 阅卷,王榛巢世兄来。

三月廿二日(4月17日) 问袁姓报刘工人失足溺水一案,又黄氏自缢一案。

三月廿三日(4月18日) 捉贼五名,问案,放告。酉刻观剧。

三月廿四日(4月19日) 发乡征信。

三月廿五日(4月20日) 县试头场,前次题三月二之中,未冠:“吾十有五”节,“有如时雨化之者”。诗题“亥有二首六身”“上丁释奠”。

三月廿六日(4月21日) 阅卷,一、六都,五、二毛,三、七王,四、八马。四舅嫂来署,晚观剧。

三月廿七日(4月22日) 阅卷。雨亭、乘六、七兄、元八、黄新之三弟、陈潹会表弟俱回虞。

三月廿八日(4月23日) 阅卷。

三月廿九日(4月24日) 出草案,委员吴经厅名临之。过境。

三月卅日(4月25日) 冯十兄自省回,比较,陈三兄自郡回。

四月初一日(4月26日) 行香礼毕,午后至西门外匡姓祠诣勘匡阮霸占公地一案。

四月初二日(4月27日) 五鼓进考棚,初覆童生“温听其言也[厉]”,“君子信[而后劳]其民”,诗题“林花着雨胭脂湿”。毛:四、八,王:一、六,马:二、五,徐:三、七。

四月初三日(4月28日) 阅卷,放告。

四月初四日(4月29日) 阅卷,问案。

四月初五日(4月30日) 阅卷,出招覆案。

四月初六日(5月1日) 内子生日,演剧。

四月初七日(5月2日) 覆试、二覆童生。“未有好义其事不终者也”,赋得“脉望朝(浮)[含]绿字香”。

四月初八日(5月3日) 阅卷。

四月初九日(5月4日) 阅卷,出招覆案。

四月初十日(5月5日) 问案,比较。委员娄大兄提萧贺氏一案人证。

四月十一日(5月6日) 进试院三覆,“小人之中庸也”“桐叶知闰”,赋“一心咒笋莫成竹”。

四月十二日(5月7日) 阅卷,酉刻出案。委员狄四兄来。

四月十三日(5月8日) 阅卷,放告。

四月十四日(5月9日) 第四覆童生,“发乘矢而后反”至“西子”,“而后人侮之,家必自毁”。

四月十五日(5月10日) 阅卷,午后出案。

四月十六日(5月11日) 第五覆童生,“同心之言,其臭如兰”“作德心逸日休”二句。巳正起身至龙泉县相谈,酉刻驻滩头司,百嘉巡检吴来见。

四月十七日(5月12日) 申初至龙泉县代验盐犯,龙邑东关外有浮桥。李畬斋三兄、苏捕厅巡检至。

四月十八日(5月13日) 卯正起行,申正至。上船。

四月十九日(5月14日) 巳正,船至三矶头,上岸乘舆回县,阅卷。罗世兄来,有家信。

四月二十日(5月15日) 出榜。罗仪春一、袁怀璁二、胡文耀三、刘家绰四、陈丹荣五、朱增六、匡鸿烈七、王式金八、萧品瑶九、匡爱日十。

四月廿一日(5月16日) 委员娄解萧姓人证回省,冯十兄解钱粮上省。

四月廿二日(5月17日) 查阅积案,沈二兄省委龙泉提案。是夜有大雨。

四月廿三日(5月18日) 问案,放告,委陈三兄至五都、四都乡征。

四月廿四日(5月19日) 抵二都罗姓相验,过二都乡征局,至罗姓祠晤段三兄。

四月廿五日(5月20日) 比原差未验而返,晤段三兄,又至三都乡局查三都图差,并不在乡。酉刻回署,途中阅《花间》▨语。是日王榛巢赴赣。

四月廿六日(5月21日) 至百嘉,奉本府委验刘姓控滩头司刑拷毙命一案,至巡检署,未会。坐船回窑下,舟中住,阅《七修类稿》。

四月廿七日(5月22日) 至郭、刘二姓诣验,尸已腐烂,无从相验。起身回署。

四月廿八日(5月23日) 问案,放告。段三兄自乡局回,滩头司吴来署。

四月廿九日(5月24日) 部署贺节,发省信、府信。

四月卅日(5月25日) 比较。

五月初一日(5月26日) 行香。

五月初二日(5月27日) 问案。

五月初三日(5月28日) 放告,整理书籍。

五月初四日(5月29日) 拜节,张溱自万安解抢犯陈仔回。

五月初五日(5月30日) 同城贺节。

五月初六日(5月31日) 萧春台往乡,与威如、从如讲时文。连日密云不雨,是夕亥、子二时大雨。

五月初七日(6月1日) 早接钦天监副使高,名守谦,回西洋国过境,会南安司马史。原籍余姚人,官印麟善。午后魏福自省回。

五月初八日(6月2日) 放告,段三兄往五都乡征,张四兄自郡城回。

五月初九日(6月3日) 整理书籍。

五月初十日(6月4日) 问案,比较。

五月十一日(6月5日) 整书,阅《今古奇观》。午后王兰皋之万安任,来署畅谈。

五月十二日(6月6日) 送王兰皋之任,即赴五都彭姓查办拒捕之案。出城里许接段三兄信,当即回署。

五月十三日(6月7日) 问翁姓争产之案,放告。接河南信阳州吏目沈表大兄信。

五月十四日(6月8日) 接到藩署递来京中星伯中翰一信,袭镐回。

五月十五日(6月9日) 行香,问案,观剧。

五月十六日(6月10日) 写信,问案。

五月十七日(6月11日) 出城诣验,里许而返。午后李畬斋三兄来。

五月十八日(6月12日) 问案,放告。比短差,截回万安二月十二抢南□龙木□之犯。

五月十九日(6月13日) 赣州王四爷来县,旋即至郡问罗、刘命案,又问万安抢案。张溱回署,悉蜀口洲万安官兵拿获盐船事。

五月二十日(6月14日) 比较。

五月廿一日(6月15日) 问命案,马伯贤、菽才再侄回绍。

五月廿二日(6月16日) 办奏销银钱解省,段三兄自乡征回。

五月廿三日(6月17日) 问案数件,放告。

五月廿四日(6月18日) 刘雨田兄回赣,商办拿河匪事。

五月廿五日(6月19日) 写星伯京信。

五月廿六日(6月20日) 写鹤田信。

五月廿七日(6月21日) 查庆威弟兄星命。龙泉李三兄来。

五月廿八日(6月22日) 早起祝城隍神寿,晚祝老太太□□□□□□。

五月廿九日(6月23日) 正祝老太太寿,午后大雨,晚请同寅。

闰五月初一日(6月24日) 行香谢寿,晚请酒、演剧。是日接京中蒋师、马五兄[①]信。

闰五月初二日(6月25日) 荐段辅之三兄行,请酒,观剧。

闰五月初三日(6月26日) 送段三兄登舟,出西门谢寿,发省中各宪处志书并禀贴。

闰五月初四日(6月27日) 写京信。

闰五月初五日(6月28日) 阅制艺。陈月秋来。

闰五月初六日(6月29日) 发寄星伯中翰京信。

闰五月初七日(6月30日) 阅《七修类稿》。

闰五月初八日(7月1日) 接藩台合□诗。放告,问案。

闰五月初九日(7月2日) 答藩宪诗,发禀。陈月秋来署。

闰五月初十日(7月3日) 问案,天热免比较。连日微疾感冒。

闰五月十一日(7月4日) 问案二件,萧春台禀辞回家。

闰五月十二日(7月5日) 发禀获抢犯福。冯十兄并冯老八来。

闰五月十三日(7月6日) 放告,傍晚大雨畅足。时日张福自乡局回。

闰五月十四日(7月7日) 高照厅到县,奉府委查仓谷。

闰五月十五日(7月8日) 行香毕,请高大兄席,酉刻上府。

闰五月十六日(7月9日) 卯刻抵郡,辰刻谒府宪,会晤王□□四兄。巳刻同面食,奉府札与庐邑协拿西冈窝户罗家蔼。出府至三府钱并各寅好拜客,抵庐陵道喜,晚至寓着短差回署。

闰五月十七日(7月10日) 至庐陵问(肖)[萧]其俊、王尚荣、谢连济三案,晤顾廉畦,又晤何四兄,金九兄,广夫家荣□兄、钟鼎翁。

闰五月十八日(7月11日) 辰刻上府,太尊以先密拿窝户一事怫然,于予亦怏怏而回。未几县信至郡,犯已妥获。程六兄上府,予见蒋韵泉先生并见□□□,当晚着张溱回。

---

① 马五兄,即马慎庵。日记中又称慎庵比部。

闰五月十九日(7月12日) 在郡寓，晤何四兄，送顾廉畦至梁经厅署。

闰五月廿日(7月13日) 县解罗家万等至郡，同程六兄问供。午后晤札大兄。

闰五月廿一日(7月14日) 谒府尊，以庐邑与泰邑捕役争殴一事，复有凌厉之词，予以古人唾面当令自干为勉，何必深办。巳刻至庐陵，即起身回县。亥初抵署。

闰五月廿二日(7月15日) 晤委员娄大兄，家畏三侄来署见。

闰五月廿三日(7月16日) 问沐□□人陈南方俚抢案，放告，遣张溱晋省。

闰五月廿四日(7月17日) 阅王□□先生《静谈》。

闰五月廿五日(7月18日) 阅《静谈》。

闰五月廿六日(7月19日) 阅《法戒》。

闰五月廿七日(7月20日) 阅《法戒》。

闰五月廿八日(7月21日) 天晴霁，演戏酬神，志丰登之喜也。

闰五月廿九日(7月22日) 写陶岳处信。是日委员金大兄来提罗教振，捕役王等拿获府宪查办窝户罗家蔼于兴国地界，拘到问供□解。

闰五月卅日(7月23日) 微得感冒，静摄半日，午后办禀盐宪设卡。

六月初一日(7月24日) 行香，会同城学师并委员。午后问案三起。

六月初二日(7月25日) 问池碧莲会匪并朱老七□□。

六月初三日(7月26日) 放告，欠犯疏枷，查比玩差。

六月初四日(7月27日) 阅《道因碑》。

六月初五日(7月28日) 金委员回省，阅《地理大全》。

六月初六日(7月29日) 祭狱神。

六月初七日(7月30日) 阅《法戒》。

六月初八日(7月31日) 放告,问案。王兰皋由府回万安来署。

六月初九日(8月1日) 阅《法戒》。

六月初十日(8月2日) 写禀信。

六月十一日(8月3日) 疲倦静摄。

六月十二日(8月4日) 静摄。南昌高姓报河匪抢案。

六月十三日(8月5日) 放告,问案。生员阙廷策,争论书院文字,言不逊,请两学师[①]到案戒饬。

六月十四日(8月6日) 问曾姓抢案。

六月十五日(8月7日) 行香毕,会汪、陈二位。

六月十六日(8月8日) 查《宋史·隐逸传》,《新唐书·□□传》。

六月十七日(8月9日) 查程六皆兄星格,午后吴钰送剧祝龙泉八弟寿,万安瑞粮厅大兄来。

六月十八日(8月10日) 下乡至四都相验,住回龙寺,舆中阅《七修类稿》。

六月十九日(8月11日) 诣罗姓山棚相验,午后仍住回龙寺,阅《七修类稿》。

六月廿日(8月12日) 午刻回县,捕役获抢犯林流明古。

六月廿一日(8月13日) 问案,卫所朱二兄来。问案,亭上延客。

六月廿二日(8月14日) 拜朱二兄、张四兄,问案。

六月廿三日(8月15日) 问案,放告。

六月廿四日(8月16日) 出城相验,中途拦词返,午后观剧。

六月廿五日(8月17日) 查阅稿卷。

六月廿六日(8月18日) 阅《□形》,晚验伤问供。

---

① 应指蔡象颐、游稚松。

六月廿七日(8月19日) 问万安□□抢犯。

六月廿八日(8月20日) 写《幼学琼林》三纸。午后放告，问案。

六月廿九日(8月21日) 谕各差比较，午后观剧。

七月初一日(8月22日) 辰刻行香，晤同城，查法帖。

七月初二日(8月23日) 问抢案，札查清江。

七月初三日(8月24日) 苏理堂襟兄来署，放告，后送理堂赴粤。

七月初四日(8月25日) 查阅《后汉书·蔡邕列传》，魏福自府城回。

七月初五日(8月26日) 晤同城验伤，问案。郑春回吉水，送李大兄□元夕。

七月初六日(8月27日) 王凤山明府来署，午后回拜龙粮厅，张四兄席。

七月初七日(8月28日) 阅《法戒》。

七月初八日(8月29日) 放告，带问案。

七月初九日(8月30日) 罗大兄自京由家乡回任，面晤一切。新补粮厅冯四兄名宽来署，差往南赣，顺道差过面晤同席。

七月初十日(8月31日) 阅京中星伯九侄信，并连报禹畴、八叔等信。

七月十一日(9月1日) 问康、乐两姓争坟山一案，发状榜并书院案，后荐张四兄、朱二兄行，接庐陵信知本府十三□。

七月十二日(9月2日) 阅《法戒》。

七月十三日(9月3日) 阅《法戒》，放告。

七月十四日(9月4日) 阅《法戒》，龙泉同冯十兄晋省。

七月十五日(9月5日) 行香，后阅《法戒》

七月十六日(9月6日) 阅《法戒》，晤陈月秋。

七月十七日(9月7日) 往西乡诣验，至武侯街阅陈月秋倒骑龙营地，坐辰向戌，奇穴也。午后抵马家洲看设盐卡地段，至南富看王凤山明府各营地，坐辰向戌一处佳。回县已起更矣。

七月十八日(9月8日)　放告，问案。

七月十九日(9月9日)　袁三兄来，又写京信。蒋、▨、曾、马、星伯、八叔连报▨。

七月廿日(9月10日)　写京中连报并八叔信。

七月廿一日(9月11日)　写陆心兰先生信。

七月廿二日(9月12日)　请罗大兄写星伯并马慎庵五兄信。

七月廿三日(9月13日)　荐王凤山明府观剧，发京信并戴中堂信。寄京书十二部。[①]

七月廿四日(9月14日)　送王凤山登舟，问案。

七月廿五日(9月15日)　比较五租，定催科章程。

七月廿六日(9月16日)　胡三世兄来，接胡盟皃兄信。

七月廿七日(9月17日)　拜客，问案。

七月廿八日(9月18日)　送卫▨▨▨▨二兄登舟。放告，问案。

七月廿九日(9月19日)　阅卷，问案。读唐诗。阅《静谈》，夜望星象。

七月三十日(9月20日)　座大堂问刘姓控案，龙泉自省回。比较，立新定章程。

八月初一日(9月21日)　行香，谒万寿宫，午后马▨▨▨▨至粤东。

八月初二日(9月22日)　祭文昌宫，拜客，问案。午后寿五兄[②]

---

① 原稿中另夹红纸一张，正面写："楹帖成付、饰篦一柄、试牍一部、字学一部、墨卷一本、试录一本、天师一个、金果一个"，背面写："上声诗韵"，未知是否即所寄京书目录。

② 寿五兄，即寿椿严。日记中又称寿玉堂。

至龙泉，过境晤。

八月初三日(9月23日) 感冒，微风。

八月初四日(9月24日) 祭文庙，五更即起，已而中止。午后问案二起，比五租。

八月初五日(9月25日) 问案三起，比五租。

八月初六日(9月26日) 问案，发状榜。

八月初七日(9月27日) 午后诣乡，住回龙寺，舆中阅《法戒》。

八月初八日(9月28日) 至石田邓姓职员，字鼎堂，年六十六岁，齐眉，六子九[孙]，玄孙三。留早饭，巳刻抵白羊坳相验，回寓石田邓姓。

八月初九日(9月29日) 酉初回县，舆中阅《法戒》。石田上五里许杨门岭李姓山有吉穴，坐北朝南，土屏出左辅星，九门楼下十里许溪中石关，右旋一山，双土亦左辅，体逆局亦应结好地。

八月初十日(9月30日) 寅初拜万寿，午后问案。本道委员李二兄查河，本家新河七侄自粤回绍到署，发刘允中叔信。

八月十一日(10月1日) 问案□起，补比陈欠。

八月十二日(10月2日) 接□□□家鉴堂别驾奉宪查河，到署面晤。鉴堂别驾，吾族辽东支后裔，尚书徐绩之孙，提台徐昆之子。

八月十三日(10月3日) 问案，放告。拟缉捕河匪禀稿，观剧。

八月十四日(10月4日) 拜谒乡贤杨、罗、欧、萧、曾、文六处，忠义孝弟乡贤周、王、刘司马诸祠。观剧。

八月十五日(10月5日) 行香拜客，谢寿观剧。

八月十六日(10月6日) 问案，陈月秋来，补比五租。

八月十七日(10月7日) 发省中董山长信，发本道宪查河匪禀。

八月十八日(10月8日) 问案，放告。

八月十九日(10月9日) 王勉斋二兄来，查办盐□□。

八月二十日(10月10日) 同王勉斋上船至蜀口洲，乘舆至马家洲，一更回署。

八月廿一日(10 月 11 日)　请王勉斋观剧,查王定九尚书、蒋丹林师星命。

八月廿二日(10 月 12 日)　阅《晋史》,送王勉斋至万安。接省抄知抚宪署□□。抚署被灾有信稿,须查出补录。

八月廿三日(10 月 13 日)　问案,放告。

八月廿四日(10 月 14 日)　至武溪街相验,阅《七修类稿》,回署晤王榛巢世兄。

八月廿五日(10 月 15 日)　送王榛巢,发九江府钱信。问案,比五租。

八月廿六日(10 月 16 日)　接端木子彝信,读《观音经》,夜接家鉴庵别驾。

八月廿七日(10 月 17 日)　查匡阮控案卷。

八月廿八日(10 月 18 日)　问案,放告。接本道宪周过境,酉正见,谈至亥。

八月廿九日(10 月 19 日)　早送本道宪周,午后问案,夜观剧。

九月初一日(10 月 20 日)　文、武、城隍诸庙行香。回署晤同城寅好,午刻有广东扇客报黄坑口被抢千金之案,当即诣勘被抢情形。是夜住通津桥。

九月初二日(10 月 21 日)　巳刻抵万安晤魏三兄、潘二太亲翁、张昆祥二兄,叶二都阃并会娄十三先生、王二先生、吴二巡检,二更回船。

九月初三日(10 月 22 日)　辰正回署,赣县陈二尹①东野三兄来畅谈,同登快阁。

九月初四日(10 月 23 日)　问案。都昌赵并余凤山来县,不见,送资斧回去。

---

①　陈二尹,即陈大森,江南泾县人,道光间任赣县县丞。日记中又称陈东野。

九月初五日(10月24日) 固江司汪二兄来,府委查河。比五租。

九月初六日(10月25日) 卯刻开仓,即诣三都九图相验,八十里住云光寺。

九月初七日(10月26日) 冒雨至深山诣验,申刻回云光寺住,阅《七修类稿》。

九月初八日(10月27日) 卯刻启行,午刻至三都乡局,酉刻回署,接邱大人信。

九月初九日(10月28日) 问案。

九月初十日(10月29日) 比较,盛二兄委员过境。

九月十一日(10月30日) 闻捕役陈华等已获抢案盗犯,午后巡河船获匪类四名。

九月十二日(10月31日) 陈太翁到署,查《进贤县志》,阅唐诗,委员吕来。

九月十三日(11月1日) 问案,放告。

九月十四日(11月2日) 王勉斋二兄、汪二兄自万安回,问盗犯王冬斗保▨▨▨夜登舟至郡。

九月十五日(11月3日) 辰刻至庐陵,至考棚、府署并各处。午后庐陵便饭,议札、李、程交务,三更回船。

九月十六日(11月4日) 顺风挂帆回县,舟中阅李、杜五古诗一卷。戌初到署。

九月十七日(11月5日) 发状榜,清理案牍,元贵同七兄来署,阅家信。

九月十八日(11月6日) 放告,陈东野三兄回,谈及前南昌府杨名(伟)[炜],号星街,阳湖人。为新昌县案抵南京,谒制宪陈,名大文。司阍索门规不上名柬,杨哗于门,制宪陈座大堂,见杨太守,斥除谓,杨答以不能▨▨,职授于天子,非制府所得除也。如有劣迹,奉旨后,头亦可除;不奉旨,冠不可除。陈不能答,后因此告病归。杨星街翰林出守，风裁峻整，至今可想。

九月十九日（11月7日） 阅《左传》昭公上两卷，午后陈东野兄来谈放龟杀□磔狗果报等事。谈黎湛溪先生作县令廉正事。

九月二十日（11月8日） 送陈东野回赣，寄刘善堂信，午后比较。

九月二十一日（11月9日） 持斋，为谷生虫祈城隍神除灾。候补县张印复。过境。

九月廿二日（11月10日） 接本道宪周，谒祷城隍神，捕役张文获米羹盗犯于龙泉，问案。晚候补县张五兄。名复，甘肃人，甲子举人，丁丑大挑同年，先四□□。

九月廿三日（11月11日） 问戴姓控山案，又罗姓争田案，放告。

九月廿四日（11月12日） 查家□□画像。定次日封仓，接杨春洲二兄信。

九月廿五日（11月13日） 问案，比五租。

九月廿六日（11月14日） 接广东魏藩台，印元烺，丽泉先生。祭魏太夫人田灵柩□见，魏方伯词甚款洽，午后回署。陈月秋诸生来。

九月廿七日（11月15日） 问永新贺姓控陈姓拐卖一案，查魏方伯母田太夫人命。

九月廿八日（11月16日） 查魏丽泉方伯并刘本府命星格，查《本草》："虎骨酥炙、白龙骨、远志肉，等分为末，生姜汤日三服，久则令人聪慧。白羊肉半斤切片，以蒜、薤食之，三日一度，甚妙，壮阳益肾。陶弘景曰：'牛羊乳实为补肾，故北人食之多肥健，白羊乳三斤、羊胰三副和捣，每夜洗脸涂擦，且洗，面黑令白。'肾虚精竭：羊肾一双，杜仲长二寸、阔一寸一片，同羊肾煮熟食①。切于豉汁中，以五味米糅作羹粥食。又方，羊肾去脂切，肉苁蓉一两，酒浸一夕，去皮，作羹，下

① 此段小字《本草》原文在"老人肾硬"条下。

葱盐五味食。误吞铜钱:羊胫骨烧灰,煮粥食之即下。鼾黯丑陋:用羖羊胫骨为末,鸡子白和敷,旦以米泔洗之,三日如素,神效。”

九月廿九日(11月17日) 阅《本草》《医灯》。

九月卅日(11月18日) 问案,比较。候补县萧三兄名琯,贵州人。往南康,过境进署。

十月初一日(11月19日) 行香。

十月初二日(11月20日) 临帖。

十月初三日(11月21日) 临帖,候补府经李十兄印树矩。到署,催道款,候补县杨雨楼大兄名世荣。过境遇雨,留署数日。李▨▨,四川人,接谈数次,颇称相得。李十兄系李太翁七十所举幼子,今年六十有四。杨雨楼癸酉拔贡,由教习班于今夏抵江者。

十月初四日(11月22日) 问争山一案结。

十月初五日(11月23日) 问白羊坳曾姓命案结。午刻袁怀璁来见,系本年四月间取县试第二名,今得府批者。

十月初六日(11月24日) 送杨雨楼抵万安,问梁、萧二姓争塘一案,晚同李十兄赴罗芝田大兄席,接张溱获盗犯刘冬仔禀。

十月初七日(11月25日) 李十兄抵万安,徐二兄苏州人。奉府委查河抵署,赵二兄湖州人。过署。

十月初八日(11月26日) 阅邸报,举人胡、名元鼎。职员石名▨▨进会放告。

十月初九日(11月27日) 延胡孝廉、彭训导、石职员同席,送志书,又石姓匾。

十月初十日(11月28日) 卯初起,抵慈恩寺,祝太皇后万寿。张溱解盗犯四名到案,问供。萧三兄过境,晚祝罗老伯母九十寿辰。

十月十一日(11月29日) ▨刻,陶老丈到署。诣慈恩寺,拜罗老伯母九十寿。回拜胡孝廉、石职员,接暹罗国贡使,谒南安府张,高州府金,印兰。佛冈同知徐,印香祖,丁卯举人,丁丑大挑。江苏人,号秋楚。午后演剧,请陶丈接风。

十月十二日(11 月 30 日)　问罗姓与寺僧控案。捕役拿获河匪陈天俚等六名。陈天俚迭犯盗案,法无可贷。笞百二,午置石灰桶,于仪门,观者如堵。午后罗大兄请客谢寿,观剧于署。

十月十三日(12 月 1 日)　问案,放告。是夜监犯陈(俆)[天]俚枷毙于灰桶,家人王高病卒。

十月十四日(12 月 2 日)　枷示盗尸于江干。众口大快。

十月十五日(12 月 3 日)　行香,问案。差传▨劣梁志锜、杨△,结三案。

十月十六日(12 月 4 日)　丑正接学宪差使,天早,舟顺,过未见,责长宁办差家人。午后问案,陶丈乘船抵万安潘少府署。

十月十七日(12 月 5 日)　定训蒙课,读简易法,笔戒威如二则。

十月十八日(12 月 6 日)　放告,问案。冯十兄解[五]年地丁▨▨▨▨省。

十月十九日(12 月 7 日)　问案。阅《渊鉴类函》,黄庭坚曰:"士大夫三日不读书,则义理不交于胸中,对镜觉面目可憎,向人亦语言无味。"《魏略》曰:"侍中董遇好学,避难投闲习诵,人从学者,遇不肯教之,云:'先读百遍而义自见。'"《吴志》:"阚泽,字德润,好学无资,佣书以供纸笔,所写既毕,诵读亦遍。"萧颖士七岁能诵数经,背碑覆局。《论衡》曰:"郊天鼓,必麒麟之皮;写《孝经》,亦必曾氏之策乎?"萧钧字宣礼。手写五经,置巾箱中。杨子曰:"书,心书也。书法形君子小人见矣。"《中论》曰:"艺者,心之使也。故礼以考静,乐以敦爱,射以平志,御以和心,书以缀事,数以理烦。"《文心雕龙·练字篇》曰:"夫文象立而结绳移,鸟迹明而书契作,斯乃言语之体貌,文章之宅宇也。"《法书本象》曰:"真书如立,行书如行,草书如走。"郑樵《通志》曰:"独体为文,合体为字,文有八象,字有六类。八象不至则有假借之文,六体不及则有假借之字。"郑寅《包蒙》曰:"伏羲之八卦,皆当时之古文也。三皇尚忠,五帝尚质,三王尚文。八卦,忠也。古文,质也。籀,文也。篆则[王]降而霸矣,隶其秦之法令书乎?古隶,[隶]

之古文也;八分,隶之籀也;楷法,隶之篆也;飞白,八分之流也。行,楷之行也;草,楷之走也。隶以规为方,草则圆其矩。而六书之道散矣。"郭忠恕曰:"小篆散而八分生,八分破而隶书出,隶书悖而行书行,行书狂而草书圣。自隶以下,吾不欲观。"宋濂曰:"司马光有言,备万物之体者,莫过于字。"是晚雨亭弟同黄三表弟▨▨弟▨。

十月廿日(12月8日) 问案,比较。彭贡生履中,匡贡生定规送志局银▨▨▨▨。是日鼎梅[①]诞日,散学一天。

十月廿一日(12月9日) 发状榜,查阅积案。陶丈自万安回署。

十月廿二日(12月10日) 查阅诸信,吕大镛二兄府委催考费到县。

十月廿三日(12月11日) 问案,举人王新恩控王景平开标拜会等事。放告。

十月廿四日(12月12日) 写家信。十二叔、六叔、国珍[②]寄,天桂侄、闻兰寄各位。

十月廿五日(12月13日) 写信候王济苍兄、周藕香二叔,委员徐二兄查河获戴姓二船户,巡道宪委候补府经吴临之大兄催兑漕。

十月廿六日(12月14日) 龙泉八弟于辰刻上船回绍。午后阅唐诗,有"岂(是)[知]林园主,却是林园客"之句。酉刻席上与毛竹书谈对语,"酒杯提手六国印,花影满身一品衣"竹书句。予忆上高徐香,票名骧,辛酉馆选后散知县,今在广西臬司监追亏项。香有联语"相对无猜惟酒盏,等闲难着是渔簑"句。又《随园诗话》:"蚁垤犹存封建意,棋枰如见井田心。"[③]又李云亭参戎对:"园笋若争滕薛长,江鸥如狎晋秦盟。"皆佳。

十月廿七日(12月15日) 阅唐诗,赵守备至县。

---

① 鼎梅,即徐鼎梅,后更名徐虔复,徐迪惠弟之子,后过继给徐迪惠。

② 国珍,即徐国珍。

③ 今本作"蝼蚁尚存封建法,围棋时见井田心"。

十月廿八日(12月16日)　阅《毫素集》[1]、苏颖滨文。问案，放告。

十月廿九日(12月17日)　问郭、王二姓控债务案，比较。

十一月初一日(12月18日)　卯起行香，委员徐二兄查河销差，□□兄、陈三兄同馆汪谈吴縠人先生品地之高。居乡不与公事，有盐案钦差在杭，当事□求，先生出“不宜深究”四字，许酬五万金，先生托故他往。又谈杭城居家之乐，开典最便，又谈居京都之妙。接阅《新进诸生录》，道□□□县取十名□老貌不扬，予以文理通，考起前列进大半。

十一月初二日(12月19日)　阅唐诗，晚请陶丈。

十一月初三日(12月20日)　阅唐诗，午后接陈晓峰[2]太守，谈省城近状，并查办赣南会匪事，四更后即安。

十一月初四日(12月21日)　送陈太守，旋接樟树徐别驾、李守备、程廷涛四兄过境。

十一月初五日(12月22日)　朝贺冬至，查河。寿玉堂五兄到署，午后请毕、曾、寿席饮。

十一月初六日(12月23日)　发藩宪禀，派张溱往赣，查办会匪要犯，戌刻送陶丈上船，余亦登舟赴郡。

十一月初七日(12月24日)　午后到郡，谒太尊，至庐陵会程六皆学院前禀到。酉正回船上。

十一月初八日(12月25日)　卯正上院谒学宪，拜钱三尊太翁，丁酉举人，四十由挑选任县令，官至思州知府。年七十四致仕，怡养别驾署中，闻中年曾任太谷县，致仕而囊无余资，七十岁选思州府，引见时上称科分老矣，而精力未衰，钦命至远任，七十三犹举幼子。余谒见时，其精神气色丰采数倍于三尊。童颜鹤发，真地行仙也。□其八字，甲戌年丁卯月丙午日乙未时，木火通明，三奇六合，天干连珠之格。

---

[1] 《毫素集》，徐承清撰。徐承清，字晏公，号铁治，浙江上虞人。

[2] 陈晓峰，即陈煦，道光七年任赣州知府。日记中又称陈太守、陈太尊。

钱太尊八字印旺身旺:甲戌、丁卯、丙午、乙未。至庐陵晤程六皆谈八字,谈时务,顺道买书于宝田斋,见谢姓书客。登舟,陈月秋等来见。未刻挂帆南上,舟中阅唐诗,行五十里驻。

十一月初九日(12月26日) 舟中阅唐诗,加纤夫。酉正到沿津渡,上岸。亥正抵署。

十一月初十日(12月27日) 比较,问案。

十一月十一日(12月28日) 课鼎梅读诵《玉局心忏》。晚盗犯吴兰幅解到,研讯。半夜又拿获会匪钟老五。

十一月十二日(12月29日) 候补县王大兄名万。奉宪委往赣南协拿会匪案,到船上会晤。午后接张溱信,查拿会匪首犯有端倪。问案,吴兰幅供认抢劫,钟老五供认会匪。酉刻褚十二兄至,候补县杨雨楼兄自龙泉来,查本道信。

十一月十三日(12月30日) 辰与杨雨楼同膳,课威如、从如《四书》题,得姚雪门廉访文稿、诗稿,阅《平定两金川▨》[1],中有"昔曾致讨,而师至则服,师去则叛,贪猾实极,非大惩创,何以使边圉息事?此圣人不得已用兵之心"云云。因念今者西寇逆回,张格尔滋事,我皇上亦不得已而用兵耳。午后放告,晚与杨雨楼谈诗文。

十一月十四日(12月31日) 卯起送杨雨楼回省,阅姚雪门廉访诗集,袁三爷并袁怀瑭新生来见,游、蔡二学师自府回见。

十一月十五日(1828年1月1日) 行香拜客,接本道宪札,查拿会匪。阅稿案,书客宝田斋王、经国斋谢携书数十种到县。晚问案二起。

十一月十六日(1月2日) 查阅新买各种书籍。袁三兄、萧春台到。

十一月十七日(1月3日) 查阅书籍,委员张四兄到,奉府催钱

---

① 日记原稿字迹不清,道光《泰和县志》卷二十八《艺文志》收入此文,题为《平定两金川大功告成纪》。

粮，范二兄查□□。

十一月十八日(1月4日)　查阅书籍。问案，放告。委员寿椿(严)[岩]五兄到署。

十一月十九日(1月5日)　陶中翰查仙七□□自粤东回，到署畅叙半日。送程仪、书籍登舟。

十一月廿日(1月6日)　寿五兄查河匪回，问案，比较，写京信。

十一月廿一日(1月7日)　阅王仁山十三经策案，阅《易》八宫次序。

十一月廿二日(1月8日)　生员周作沛自广西回，接周梦岩学政。扇对□物各种理值。魏福等办省仓事务，并寄京中银信。

十一月廿三日(1月9日)　问案，放告。

十一月廿四日(1月10日)　府委陆六兄永阳巡检查会匪，催漏税罚款，问案。

十一月廿五日(1月11日)　问案，查《字学七种》，郭姓候补典史来见，府经梁三兄□。

十一月廿六日(1月12日)　阅《易经卦变图》，赣差被劫报案。

十一月廿七日(1月13日)　阅《易》。候补从九邵保之三兄到县催漕。

十一月廿八日(1月14日)　问案，放告。

十一月廿九日(1月15日)　阅《文文山先生集》。夜半王勉斋到署，往赣公干。

十一月卅日(1月16日)　诣乡祠，验萧姓荒庵勒毙刘姓之案。舆中阅《河洛精蕴》。酉刻回署。查陈三兄寄到书籍。

十二月初一日(1月17日)　行香，问案。接龙泉河口来信，连报京中信，陶丈省中信。查陈三兄[1]寄到书信。

---

① 1月16日、17日、18日的日记中，暂无法根据上下文分辨“陈三兄”身份，索引列入“陈三兄(待考)”一条，俟考。

十二月初二日(1月18日) 蒋副榜四兄来,周秀才作沛、作湘兄弟来会晤,▨同乡被水小住数日,往粤东。上船作陈三兄、陈太尊信。

十二月初三日(1月19日) 委员梁三兄到署,午后上船回郡,问案二,放告。又问刘在理与叔西堂谋毙刘陇光命案,争住庙产小事,致伤三命,可悯可惨。是日陈月秋生员来署,范二明之,名振村来署同席。谈签诗灵验。范题予"观察图照",又谈扶鸾三灵。陈月秋言江西△科扶鸾问乡试题,乩仙有"泄漏天机罪也"之句,后得"非礼勿视"四句题,"罪"字奇验。范说四川△科乩坛问试题,武帝到坛,谕周将军告云:周曰:"予武夫也,不知何题,只知八山反背而已。"后得"非礼勿视"四句,"八山反背"奇应。予谈"不知不知真不知"乩语,后得"不知命"三节题,亦奇验。毛竹书说壬子科浙省乡试前问题,乩仙有"难说不说"之语,后出"君子易事而难说也"三句题。陈谈新建西山梦神庙,昔戴莲士[①]先生祈梦问签,有"世事无心想,功名两不成"之句。公于乾隆戊戌科中状头,官至宰相,亦奇矣。予谈吾虞凤鸣山仙女庙祈梦,车都堂[②],名纯,前明人。仙女与笠帽,推出门外,后官至军州事。又范探花,名衷之。父白衣也,为三秀士肩衣物至仙女庙祈梦。三秀士因于寤寐中闻"一床三秀才,白屋出鼎甲"之句,后范子中探花,三人老于一衿。予又谈丙辰冬月同表兄胡仁甫秀才,同至凤鸣山,见青鸾祈梦,夜得作端章甫题句文章。又胡表兄梦仙媪指予言曰"此子有异路功名"云云。予又记次日问签,有"只许徐卿受命诏"之句,时儿子应衡未出世,予问筶占子息事,有"早把心田改,许汝子必得"之句,后于十二月初三儿子应衡生,亦奇应。是冬父执胡国陵先生为卜,先曾祖祖考扦葬择吉,向在管,予谈签诗有"徐卿"之句。胡谈渠入学之前年,仙女庙祈梦,问签有"富贵功名胡可得"之句,皆奇验也。又父执

---

① 戴莲士,即戴衢亨,字荷之,一字莲士,江西大庾人。

② 车都堂,即车纯,字秉文,浙江上虞人,明正德间进士。

贾锡功伯贡生在座，说渠同族有童生，至仙女庙祈梦，有“遇张果老可得功名”之梦，屡试不售，后于考棚座中见壁上画张果老骑驴，恍然有悟，竟入☐☐。又谈近科△△于嘉庆年间☐乩问试题，得“从容中道圣人也”之题，屡试不验，至道光元年举于乡，始悟当年乩题，当读以“从容中，道圣人也”，从容中，迟也；道光，圣人之元年也。予于是叹思，神之体物不可遗，文章之妙道无穷也。又数日前阅《滦阳消夏录》载关帝灵签，有“阴里相看怪尔曹，舟中敌国笑中刀。藩篱剖破浑无事，一种天生惜羽毛”，亦乡试前问题签诗。后得“曹交问曰”至“汤九尺”，三题应第一句。“天之生物必因其材而笃焉”，二题应第三句。“夫子莞尔笑曰”至“牛刀”。首题应第二句。☐异矣。而予平日问签诗，奇应之事又悉数难终矣。

十二月初四日（1月20日）　新生萧品瑶兄弟来署。午后写家书、问窃案。

十二月初五日（1月21日）　阅《河洛精蕴》，问窃案。

十二月初六日（1月22日）　阅《河洛精蕴》，查《四库书目》，问万安捕役剜目一案。

十二月初七日（1月23日）　阅《河洛精蕴》，催解款银上省。

十二月初八日（1月24日）　发戴中堂崔夫人讣告。

十二月初九日（1月25日）　接闻义、石珊到省仓信，发九江府钱禀帖。

十二月初十日（1月26日）　接广东藩宪至沿津渡，一更后回署。舟中阅《河洛精蕴》揲蓍占卜一卷。张四兄自府来查河。

十二月十一日（1月27日）　雨雪，辰刻上船接臬宪[1]差，至午始得开船。未及二里，舵断坏，船不能行。申刻换船，至沿津渡已二更矣。

十二月十二日（1月28日）　辰刻见臬宪，拜倪、寿二师爷。会

---

[1]　臬宪，即兴科，萨克达氏，字振堂，满洲镶黄旗，道光七年至八年任江西按察使。

王兰皋明府。林四兄按知、赵二兄从九舟中同席。午刻回署。

十二月十三日(1月29日) 问案,放告。发省仓信,职员郭绣光来见。

十二月十四日(1月30日) 查信稿,阅《纲鉴总论》。

十二月十五日(1月31日) 行香,午后抵考棚,即郭绣光席。彩觞。

十二月十六日(2月1日) 为罗芝山大兄祝寿,彩觞。

十二月十七日(2月2日)[①] 查《周易卦变说》。讼自遁变泰归妹。丁亥十二月。

讼自遁变泰归妹

需
水天 ☰☵ 天水
讼

☰☶ 天山
遁

《本义》:卦变自遁而来,为刚来居二而当下卦之中。易其二、三两爻无意义。今按文王之《易》以反对为序,《讼》之反为《需》,《讼》之九二即《需》之九五,自《需》外卦而来,于内卦得中,故曰刚来而得中。

☳☱ 雷泽
归妹

否
天地 ☷☰ 地天
泰

《本义》言《坤》往居外,《乾》来居内,又自《归妹》来,则六往居四、九来居三也。按,自《归妹》来一义,则曲徇两爻相比之变法耳。经言小,统指三阴;言大,统指三阳,岂可以《归妹》之中间一阴当

① 十二月十七日(2月2日)日记有两则,第一则录《周易卦变说》,第二则记事。

小、一阳当大乎？然则两爻相比为变例，推之《泰》《否》不可行，何不以《否》反为《泰》，《泰》反为《否》？即是卦变，《经》文显然，推之他卦亦可旁通。

否从渐来随三位

泰（倒）　地天（倒）
☰☷ 天地　否
☴☶ 风山　渐

《本义》：《乾》往居外，《坤》来居内，又自《渐》卦而来，九往居四、六来居三也。按，自《渐》来一义，说同《泰》卦。

蛊（倒）　山风（倒）
☱☳ 泽雷　随
☱☵ 泽水　困
☲☳ 火雷　噬嗑
☲☵ 火水　未济

《本义》：《随》本自《困》卦九来居初，又自《噬嗑》九来居五，而自《未济》来者兼此二变，皆刚来随柔之义。按，《蛊》反为《随》，《蛊》之上九来为初九，在二阴之下，是刚来随柔也，义甚明白直捷，一卦自一卦来，安有二卦三卦之理？九五之刚，《彖》中不论也。凡言来者，皆是内卦，九五未有称来者。

随（倒）　泽雷（倒）
☶☴ 山风　蛊
☶☲ 山火　贲
☵☴ 水风　井
☵☲ 水火　既济

《本义》：或曰刚上柔下，谓卦变自《贲》来者，初上二下；自《井》来者，五上上下；自《既济》来者，兼之，亦刚上而柔下。按《随》反为《蛊》，《随》之初九自下而上为上九，《随》之上六自上而下为初六也。

《随》之义在于刚来随柔，故不曰柔上而刚下，《蛊》则须兼言之，《咸》《恒》则二卦对举，各有其故也。

首困噬嗑未济兼

火雷
噬嗑
贲
山火

《本义》：本自《益》卦六四之柔，上行以至于五而得其中。按《贲》反为《噬嗑》，《贲》之六二上行为六五也。凡言上，皆自内卦而上于外卦，四与五同在外卦，不得言上，凡言柔进而上行者仿此。石氏介曰："凡柔则言上行，刚则言来，柔下刚上，定体也。刚来，如《讼》《无妄》《涣》等，刚体本在上而来下，上行如《晋》《睽》《鼎》《噬嗑》等。柔体本在下，今居五位为上行。"此知类聚《经》文以求义例矣，不知刚之所以言来者，必其反卦先有刚在外卦也。柔之所以言上行者，必其反卦先有柔在内卦也。《讼》《涣》之九二由《需》《节》之九五也，《无妄》之初九，由《大畜》之上九也。《晋》《睽》《鼎》《噬嗑》之六五，由《明夷》《家人》《革》《贲》之六二也。不然则上下无恒，刚柔相易，不可为典要，孔子言之矣，岂有刚常居上，柔常居下之理？使上下有定体，则当其位者，不必言上下往来矣，而《经》中又有言刚上柔下，柔来者，又将何以解之耶？吁，文王之易以反对为次序，始读易即知之，从近身一卦取卦变，以求合《经》文，如拾芥之易，而先儒乃忽之。

蛊三变贲井既济

《本义》:卦自《损》来者,《柔》自三来而文二,刚自二上而文三,自《既济》而来者,柔自上来而文五,刚自五上而文上。按《噬嗑》反为《贲》,《噬嗑》之六五来为六二,以文初三之刚,又分《噬嗑》之初、四,上为上与三,以文四、五之柔也。《贲》为文饰,刚柔交错,必以《离》明为主,此即重《离》之卦,四爻刚变为柔,以一柔文二刚者,得《离》体之正,以二刚文二柔者,得离体之似,故论下体则亨,论上体则仅小利有攸往。以其柔与刚等,《离》体未真,必若重《离》之卦,皆以一柔文二刚,乃为重明以丽乎正也。文明之卦,重《离》为盛,次则为《贲》,以其上下皆有《离》也。若使一阳二阴之下,无一阳以间之,则不见有文饰之象,故独于此卦名《贲》,《贲》之反为《噬嗑》,亦同此三刚三柔,然下体为《震》,象颐动而噬物,故以噬颐中之物取象,反之则觉刚柔交错,文章烂然,故《贲》之名不可易也。曰分刚上而文,柔则是分《噬嗑》之初与四,初上而四,亦若从之以上,其实是下,非上也,此圣人属文炼字炼句如此。

附:《端阳日书家信后》

终南三妹好安居,中妇传家子读书。风雅远宗唐四杰,牢骚只酹楚三闾。游踪难定依樯燕,宦况无聊笑釜鱼。独酌蒲觞来薄醉,愁当极处转轩渠。

肖严有《风尘自立图》。肖□初□□□。

十二月十七日(2月2日) 午后署中诸友为雨亭补祝五十彩觞,是日彭副爷来署,赴马家洲查盐,张四兄查河回署。

十二月十八日(2月3日) 阅《河洛精蕴》,勾股法、律吕法。查威如作文抄袭成文了事,毫无廉耻,闷闷终夕。是日张溱自赣回。

十二月十九日(2月4日) 午后迎春登舆有感,口占自题观察图小照。是夕彩霞班送剧至□上鞭春。

十二月二十日(2月5日) 午初咏《赠毛竹书选士》七言律句,即用竹书《留别诗》原韵。未刻送新生入学。是日封篆备席,观剧。

戌、亥时有雷电,旬日雨雪,江水骤涨。

十二月廿一日(2月6日) 问案,午后上府,带康可春至庐陵问案。

十二月廿二日(2月7日) 辰刻至庐陵,抵府署,拜三府又李参府。

十二月廿三日(2月8日) 至庐陵,上府会蒋韵泉。申正动身,四更回署。

十二月廿四日(2月9日) 接京中星伯等信,阅省中诸信,陆六兄回府。张世兄来。端木信。

十二月廿五日(2月10日) 清理尘牍,部署年终酬应郡中一切,派潘荣上府。

十二月廿六日(2月11日) 送萧生春台回家,午后送年,再题养正简易卷首。灯下阅《玉海·辞学指南》一卷,讲编题、作文、诵书诸法,知考试功令,古今不一,士子应试,揣摩时尚,为逢时利器,至今一辄也。宋博学鸿词科,一习制语、诏书、表、露布、檄、箴、铭、记、赞、颂、序,限二百字以上,惟记、序限三百以上。制须四六,起四句能包卷题意佳。铺排不尽,择题中体面者谈,轻者带及,起四句说除授之职,下散语略说除授之意,或四句或六句,其言△颂德一段切贴语要,说旧任一段,如自△道△,一段说新官,于乎一联,或引故事,或说大意,后段或四句散语,或止用两句散语结,毋冗,制须典重。诰。诏。

十二月廿七日(2月12日) 阅宋沈括《学斋占毕纂》一卷,载《稗海》谈易理可来。夜阅陈月秋送《诗学[法]度针》[1]卷首,全集一卷。

十二月廿八日(2月13日) 阅《辞学指南》二卷。"有贯穿百家之学,而守之以中;有酬酢万变之才,而持之以正。"☐坐观文殿学士制中警句。鹿苑再加二句"有阅历世情之久,而出之以和",用以自儆

---

① 此书为清徐文弼编。

也。真西山曰："某掌制，每觉文思迟滞，即看东坡。汗漫则看曲阜曾。"倪正文曰："文章以体制为先，精工次之。"予谓体制即时艺〼法，体制既得，字句又精工，方是穿杨之技。刘后村曰："四六家以书为料，料少而徒恃才思，未免轻疏；料多而不善融化，流为重浊，二者胥失之。"李公父欲应词科，西山指竹夫人戏曰"试进封制"，末联云"保抱携持，朕不安丙夜之枕；辗转反侧，尔尚形四方之风"，西山称赏。汪龙溪北海督府训辞"尽长江表里之封，悉归经略；举宿将王侯之贵，咸听指挥"。变为长句，尤为密布。

十二月廿九日（2月14日）　除夕理岁终一切，复戴可亭相国书。

道光八年(1828)戊子日记

戊子春王正月元旦日(2月15日) 寅正起,礼天地神明,拜祖先,诣武庙,朝贺各庙行香。辰刻雨雪交加,查年内连旬雨雪水涨发。午后读《文赋》。

正月初二日(2月16日) 查阅旧日时文十余篇,是日请同城并署中诸友。

正月初三日(2月17日) 请同城并绅士喜酒。

正月初四日(2月18日) 接臬宪差使,晚阅《无双谱》。

正月初五日(2月19日) 新生匡爱日、职员郭光洛来,午后春茗。

正月初六日(2月20日) 委员张四兄回郡,长宁张十三兄过境,借盘川拜会,送洋银五十元。

正月初七日(2月21日) 写粤东苏理堂襟兄复信,又京都家星伯中翰复信。

正月初八日(2月22日) 阅《宋名臣言行录》,接九江钱太尊复信,申刻请杨副爷、袁三爷。

正月初九日(2月23日) 阅《言行录》。

正月初十日(2月24日) 写家信,请客。晚李畬斋三兄自郡回县,过宿署中。

正月十一日(2月25日) 写信,着裘镐顺带至省。

正月十二日(2月26日) 张九爷到,闻义、志铨同到。午后赴罗芝田兄席。

正月十三日(2月27日) 阅《尔雅》。

正月十四日(2月28日) 接阅诸信。

正月十五日(2月29日) 行香,午后观灯。

正月十六日(3月1日) 阅《明史纪事本末》议大礼一卷。

正月十七日(3月2日) 饯毛竹书山长行,王三兄进见。委员徐二兄来。

正月十八日(3月3日) 送毛竹书、马叔和、沈凤树并二尹罗芝田上省,写诗赠毛竹书行。陈月秋先生上馆。

正月十九日(3月4日) 接王凤山腊月初六京信,又接家莲峰编修、陶七爷荐卡商何姓信。午刻点刘冬仔四犯解府,晚请何卡商便饭。

正月二十日(3月5日) 开印请酒,检点书籍。

正月廿一日(3月6日) 读周是修先生《刍荛集》,作序一篇。

正月廿二日(3月7日) 廪生杨锡环等禀见,议宾兴田亩事。

正月廿三日(3月8日) 下乡诣验刘、夏二姓命案,是日口外发回遣犯百卅余名,过境殊费开发。

正月廿四日(3月9日) 写周梦岩学政信,陈三兄见,约次日上府。

正月廿五日(3月10日) 开征,点册书卯。午后请先生酒,梁枚之同年选广东始兴县,过境晤会,送《县志》一部。

正月廿六日(3月11日) 阅《消夏录》,阅《说海》。

正月廿七日(3月12日) 阅张杨园先生《愿学记》一卷。

正月廿八日(3月13日) 放告。辰刻接广东臬宪姚亮甫[①]先生舟中相见,承逾格垂青,长谈十余里,又过船相见,扐谦之至。过境大宪蒙许可如此,莫谓竟无知己之人也。

正月廿九日(3月14日) 阅《古逸》一书。

正月卅日(3月15日) 委员曾副爷印普满。回赣,家二兄回署。

---

① 姚亮甫,即姚祖同,字秉璋、亮甫,道光七年至八年任广东按察使。

答高观察别驾信。

二月初一日(3月16日) 卯起行香,至考棚课生童。生到十一名,题“物有本末,事有终始”。童六十名,“而后知”至“知至”,诗题“川广自源”。阅孙星衍观察《尚书注疏·尧典》一卷。酉刻回署,阅省信。

二月初二日(3月17日) 阅生员课卷,副爷到马家洲,会问刘、夏二姓命案。

二月初三日(3月18日) 卯初起,祭文昌宫,陈三兄自郡回。

二月初四日(3月19日) 读文信国公集,晚阅星命。接马慎庵、王勉斋诸信。

二月初五日(3月20日) 考《山海经》。

二月初六日(3月21日) 阅《结邻集》[1]。

二月初七日(3月22日) 寅正祭丁,巳刻马参府,印有章,号训庭,为案来署,写信并银二百,托寄至京星伯中翰处。午刻登舟上府。

二月初八日(3月23日) 辰刻抵郡,至府署,晤蒋韵泉先生。至庐陵早饭,晤程六皆、金九兄、胡粮厅,拜梁参军、钱曙峰三尊,谈张二舅太爷在河南居官等事。拜梅松友前辈,谈伊生平出处,系乾隆戊寅年丙辰月辛亥日戊戌时,己酉选拔,任教职六年,俸满升知县,嘉庆己未至浙江任龙泉,署兰溪,调归安。未及到任丁艰,至十七年选江西万载,庚辰年调庐陵,癸未春离任,罢官后侨寓庐陵,宦囊粗供衣食,今年七十一岁,戊子、乙卯、乙亥、壬午。又举一子,据云年二十余,生子女后,三十年未添丁口,五十五以后生二女三子,亦难得之事也。申正至李云亭参府,同席程六皆、孙大兄、张官行四、曹、吴二副爷,李参府座中联楹有“莫负春秋佳日去,最难风雨故人来”,“手柔弓燥秋风兴,浅草平原春日游”,集苏诗。“客去茶香留舌本,睡余书味在胸中”,皆佳句也。

---

① 此书为周亮工所编,收二百余人尺牍。

二月初九日(3月24日) 候行李到齐,午后换船至吉水,风大不能行,驻西关外。闻周星垣三兄抵任,进城拜晤,并会李三兄。夜周来舟中,谈在江南办案事。是日阅《结邻集》。

二月初十日(3月25日) 开船三四十里,风甚不能行。阅《结邻集》。

二月十一日(3月26日) 开行。《结邻集》十五卷,计六本▢日阅毕,尺牍家言,包括经济、学问、文章,有益身心非浅。周雪客选手甚高,雷湘邻重镌尤雅。余得此书,珍同拱璧矣。但涉猎一过,领其大旨,获益何在?请先以开章第一节牢记在心,庶几平日切身之病,从此力除,不特谨言伊始,兼之养气有基。"忆成童舞象之年,读周庙金人铭,知其文之善,而不能体于身,忽忽逾知非之岁,头胪如许,德业无闻,不自勇改,蹉跎已矣。"录之日记,意以自新。自后每日三省,即于此立功过格,自今伊始,昼之所言,夜必焚香告天,有陈言记一过,有漫言记二过,有绮言记三过,有谑言记四过,有流言记五过,有矜己之言记六过,有短人之言记七过,终日无过记五功。戊子乙卯月十一辛巳日丙申时,鹿苑手识于峡江舟中。刘念台先生去此矜己之言与短人之言,戋戋之陈言,悠悠之漫言、谑言、绮言、流言,终日无可启口,此即不睹不闻入路处也。《刘蕺山先生集·学言》上卷:多言浮也,谑言淫也,辨言愎也,巧言佞也。①

二月十二日(3月27日) 辰巳间抵樟树镇,阅《河洛精蕴》。

二月十三日(3月28日) 辰巳抵省至仓,各宾前禀到,谒刘太尊、董彝山太尊、陈晓峰太尊、钱太尊,至陶宅晤老丈家莲峰太史、陶松君。寓王阳明祠。

二月十四日(3月29日) 见臬宪与盐道,答谒钱小坰太尊,会高石琴。

二月十五日(3月30日) 谒见抚宪,寅起至天后宫、城隍庙,官

---

① 原稿中"《刘蕺山先生集·学言》"一句用红字抄录。

厅会各寅好，至藩署晤韩、珠两总运，谈道库筹银事。发帖请定亲喜酒，陶丈来寓。是日闻西陲获回逆首犯张格尔，捷音长扬，威将军封公，杨大人封侯。①

二月十六日(3月31日) 早至蒋四兄寓，早饭同席吴竹庵、王兰皋、何名寘、蒋二兄、盛三兄。至陶宅贺施四兄完姻。抵莲峰太史处拜夏观察森圃先生，谈十年契阔。谒戴可亭相国，晤毕回寓。

二月十七日(4月1日) 早谒方伯，见即回寓。请钱太尊，同席约二十人，子初散席。

二月十八日(4月2日) 早阅抚宪新署拜客，送经秋山太尊、董彝山太尊酒，晤戴相国，即同夏观察至府亘门外看地，回至家莲峰太史处，同席夏观察、钱太尊、陶松君。夜阅沈苹滨先生诗文集。

二月十九日(4月3日) 戴可亭相国拜会，黄庚垣大兄、黄三兄、王勉斋二弟拜会。黄庚垣世兄八字庚午四月二十四日未时。

二月二十日(4月4日) 同夏观察、黄三兄、许二兄、夏二兄等至望城冈看铁帽山腰，站铰椅山吉地，一更回寓。

二月廿一日(4月5日) 至藩署禀辞，抚署禀辞见，即出城至生米，夜五更抵桐冈。

二月廿二日(4月6日) 登览桐冈吉地，得正穴。晤森圃观察，至杨〼山，又至马腹岗，合白象卷鼻形穴，赋诗送别，舆至闸口，途中见坐艮向坤一地，形局颇可，印桐冈，夏家润家地。渡江至市汉，谒可庭相国，于凌姓号畹春。当铺生裕。

二月廿三日(4月7日) 天雨起风，乘舆至三江口，晤戴十三缄之公子，黄十世叔保之，黄四兄昭岚，寓黄宅当铺。丰城桐槽，徐中山王发地，由丰水去六十里，由市汉至茅坊廿五里，又三里至左家山，即其地也。

二月廿四日(4月8日) 登舟阻风，不能解缆，咏《随可亭相国

---

① 威将军，即萨尔图克·长龄，字懋亭，蒙古正白旗人，道光六年封扬威将军；杨大人，即杨芳，字诚斋，贵州松桃人。

览胜诗》,又作传家山图。船住三江口。

二月廿五日(4月9日) 开船,咏《谒可亭相国》七言排律十六韵,船住李家渡。

二月廿六日(4月10日) 天雨,冒雨至草湖毛玉龙家,同中堂览小坟园,地假,中堂颇以为可。登传家山,雨甚不能细览,中堂不甚惬意,回住蒋坊。

二月廿七日(4月11日) 同中堂至佛头岭,会万溪云司马,印台。南昌三江口人,会新昌张姓地师,万司马之侄,生员△。申刻至蒋坊黄四太爷坟上,横冈结穴,亥龙入首,坐庚向甲兼申寅,局势完美,福泽绵远之地。道光元年黄范亭侍御手葬亲之地。朱姓点。

二月廿八日(4月12日) 同中堂至黄氏享堂,坐未向丑,规模可观。自蒋坊南行八九里,名长冈岭,曹姓。所看地▨▨于路旁,取得一凹脑天财穴,前有特朝文星,后有特座大贵人。下砂逆转,作案重重,上砂绕抱,作第三重案,水法之元,秀峰特连。龙自兑方开帐,起金面,过脉束细如蜂腰。日起,有鹤膝横转,亥气起,微高肩顶,坐癸结穴,所谓厚处还从薄处裁也。地极大,穴甚的,余虽霎时点出告知,中堂笑而不阅,同游五六人亦无可言者,留归造化可也。赋七律一章。又四五里至乌栏张姓所看地,来龙星峰特起,开帐尚欠尊严,局势颇逆。穴落阳基,无可寻觅。回船,午刻着赵(贵)[福]返至长冈岭前,向陈姓买山,系辰巳间,予看山时,有陈姓招售也,时即开船,抵三江口。

二月廿九日(4月13日) 同戴十三公子舟至市汊,接省仓并县中诸信,着役萧洪留信在市汊等赵福,予即换船,行二十里住。

三月初一日(4月14日) 卯起乘舆至丰城界茅坊看地,▨▨▨落庚脉,有金面坪冈可裁,穴左右两砂绕抱,前有湖有▨,形局尚可。往返约五十里,午后回船,挂帆前行,住离丰城不远,阅《结邻集》。

三月初二日(4月15日) 舟至樟树,夜赵福、萧洪自市汊来见,仍着至长冈岭买地,去银五十两,洋七十三元。阅《结邻集》。

三月初三日(4月16日) 雨行三十五里住,阅《瀛奎律髓》,离新淦廿五里住。

三月初四日(4月17日) 巳刻至新淦拟起旱,忽闻舟转北风,即于起更抵峡江,舟中阅《瀛奎律髓》。

三月初五日(4月18日) 峡江起旱,夜至吉水,晤周星垣三兄,寓署。

三月初六日(4月19日) 晤顾廉畦大兄。起旱,午刻抵府署谒太尊,即至庐陵晤程六皆兄、金九兄,即起旱至凤凰岭住。夜▨雷霆以风。

三月初七日(4月20日) 卯起行里许,大风,至十里大雨,午刻回署,牌楼左柳木风折,署中房屋瓦飞雨漏,是辰大风报。公出署一月,诸事安静,闻前月初九,有差役携帽至府城,失足落水被溺一事。署中见诸友并同城。晤委员高二兄,印学易。号简堂,二尹,南京人,现寓陕西。面谈高太尊,印大椿。号晴江,又号半臂先生,以诞降时右手肘少▨故有此号。今年七十有二,系乾隆丁丑六月十八未时生,幼读书,年十九由南京至四川、西藏、苗疆等游幕,办军需事,年未三十即称。竟又游幕至陕起家,善左腕书,今七十余,犹矍铄如旧。年卅五时,丁外艰,无兄弟,简堂亦鲜兄弟,已举一子,半臂先生已含饴弄孙矣,亦希闻之事,故载之。简堂辛亥正月二十五日卯时生。

三月初八日(4月21日) 阅王右军《二谢帖》,是晚龙泉八弟到署,阅诸信。

三月初九日(4月22日) 登城楼,望江水涨发,已进城门。卯时武庙、城隍庙祠求晴。

三月初十日(4月23日) 问刘、夏二姓命案,早接马廿二叔广东信。晚遣张妹氏至。

三月十一日(4月24日) 委员高简堂前往万安,家人谢升告知高动身时嫌礼菲,啧▨▨▨。是日余因劳困,又昨晚为张△至闷闷发气,殊绝困顿。午后拔贡袁生、生员萧春台、袁怀璁来署见,晚莼才到署。

三月十二日(4月25日)　六叔同邬雪舫先生父子、郑表弟并十三前后至，午刻行耕籍礼于先农坛，至考棚拜客，接星伯中翰京信。

三月十三日(4月26日)　天复雨，放告，阅星伯中翰《新[疆]赋》。

三月十四日(4月27日)　写陆心兰方伯、李润堂镇台、武小谷七兄信。

三月十五日(4月28日)　行香，查刘、夏二姓控争洲地案卷，问郭、罗抢案，梁、杨抢案，查新买书籍《天文大成》等书。是晚遣张妹氏回船。

三月十六日(4月29日)　阅《书画舫》，阅《六书说》，发吴学院禀。

三月十七日(4月30日)　阅《六书说》，覆段三兄借银信，阅马号新买马匹。

三月十八日(5月1日)　阅《六书说》。放告，带问案。夜观剧。

三月十九日(5月2日)　阅鹤田诗稿。是夕菽才等从罗大兄处饮醉而归。

三月廿日(5月3日)　阅《瀛奎律髓》，委员黄名□□过境住。

三月廿一日(5月4日)　拟呈《中丞阅边诗》。

三月廿二日(5月5日)　丑正起，午刻抵府城，谒韩中丞，谒府宪，晤程六兄。即冒雨出城，三更住凤凰墟店，知赵福买地回。

三月廿三日(5月6日)　卯初动身，巳正回署。晤魏三兄、萧二兄。署峡江。酉初接中丞，进大公馆，会王者香大兄，亥正即安。

三月廿四日(5月7日)　寅初起，至公馆晋谒中丞，呈素写之诗，问吴樏堂夫子家□□□，中丞深为嘉尚。即送至通泽桥公馆，饭后叩送行辕，申初回署，差务妥帖，屡荷青盼。

三月廿五日(5月8日)　请罗大兄下乡，天大雨。

三月廿六日(5月9日)　写长冈岭等风水说帖，委员杨春泉五兄名淦，候补府经。来署，谈心相得，面订金兰。

三月廿七日(5月10日) 写陶丈信,写程六兄信,晚观剧。二更后罗大兄回署,夜子正闻义、十三、十七,上船回家。

三月廿八日(5月11日) 问谢姓命案,放告。

三月廿九日(5月12日) 审结命案两件,申刻杨春泉五兄自万安回,把盏订交,谈及周观察,幼在煤炸胡同裁缝手艺,时蒋节相授徒于周松荫巡政家,以此见知,亦异数也。

三月卅日(5月13日) 送杨春泉五兄程仪百两。回省,问案,接萧健魁控抚宪状牌。

四月初一日(5月14日) 行香,接本府宪至塔下,即上流至三矶塘接抚宪,阅《瀛奎律髓》。

四月初二日(5月15日) 接抚宪至蜀口洲,晋谒舟中。又送至印峡江,谒府宪。酉正回署。是日菽才索欠,付银二百二十两,并寄星伯信回去。委员李三兄勘刘、曾二姓坂山案,陆六兄、李二兄过境。

四月初三日(5月16日) 送李三兄回郡,问谢日▨命案,又问邱奥玉与萧月章争纸▨案,放告。委员范九兄来。

四月初四日(5月17日) 行雩祭礼,着魏福至九江府送礼,邬雪舫父子同雨亭回绍。邬雪舫兄在泰和二十二日,予以疾辞。

四月初五日(5月18日) 阅《畴人传》。阮制宪集天文家书,从九周三兄名开过境。是日观剧,署有差会衙戏。

四月初六日(5月19日) 内子生辰。巡捕衙送彩。阅《唐史本纪》《史记·周本纪》。

四月初七日(5月20日) 问案,验生伤,拟报谢石▨▨奸杀小功服兄详稿。

四月初八日(5月21日) 放告。杨雨楼大兄催道款来署,谈及杨侯遇喜,杨侯名芳。出身艰苦,禀有异才,洵我朝名将也。午前阅西疆平定奏报,令人眉飞色舞。

四月初九日(5月22日) 阅时艺,大雨数阵,课鼎梅读。

四月初十日(5月23日) 比较钱漕。

四月十一日(5月24日)　阅志铨制艺。赣州王别驾，名友沂，溧阳人。王侍郎之嗣，虽报资得官，擅文词，予见其翰墨，诗余、古文、小品甚佳。据云尤长时艺，惜学师震川，未售于时。申刻到署，谈至子初，殊为款洽，气味有如兰之雅，别驾号春泉，又自称三一居士，年十六七，居春明，作贵介公子，所交王侪峤、吴三尊诸名公，数日宴会，多优伶进酒，然会必谈文，或分韵联句，或题咏篇什，如诗不成，不特罚依金谷酒数，窃虑见笑优伶，故得擅词场之胜。

又谈及新淦朱明府，名庚。时当物故，亦溧阳人，时艺与史太守□齐名，□□□系溧阳老作家，课明府学制艺，未免失之过度。□艺不佳，在学则足踢堕楼，在考试则罚跪市肆，令自扬其短等事。又谈史文靖[1]相国剔历中外，其家楹联有“子午卯酉，丑未戌辰”，八榜科名鼎盛，况兼己亥、寅申，祖孙、父子、叔侄、弟兄一门□□联翩。更有门楣宅相，史姓即春秋史烈女一宗，科第人文，为溧阳之冠。前明有史玉洋公者，官至卿贰，大富，积大阴功，有以万金筑水堤，始知捐工代赈。今则利□百世。又以万金买吉穴，代得吉地，其最胜者曰“桂花坟”。是以后裔昌盛。又春泉别驾之弟为寿州牧，谈寿州民风强悍，治尚严峻，然重义轻利，颇有古侠士气。寿州有坡名芍坡，为天下第一巨坡，系孙叔敖创筑。又谈孙中丞、陶云亭中丞能知人，善用属员。

半日之谈，可奉为圭臬者多矣。因识之。

四月十二日(5月25日)　问案，王春泉别驾往赣去。

四月十三日(5月26日)　阅《墨鹄时艺》，问罗云亭报满贯窃案，阅《尔雅释诂》。

四月十四日(5月27日)　读《洛诰》《大诰》《康诰》，理“回也，闻一”二句题。徐□文。

四月十五日(5月28日)　行香，理“吾未见刚者”节，方作。

---

① 史文靖，即史贻直。

四月十六日(5月29日) 理"其事上也敬"二句,成作。午后接暹罗国贡差,晤徐秋楚,佛冈同知、署三府徐七爷、参府李大爷。

四月十七日(5月30日) 送暹罗国贡使回署,理"务民之义",郑作。

四月十八日(5月31日) 阅稿案。理"务民之义敬"二句,史作。午后放告。委员候补从九倪二兄,名友桂。又委员候补粮厅倪三兄,名泰明。同时抵署。倪本上虞人,倪文正公后裔,相国初徙居海宁,倪二兄之父,乾隆丁丑进士,由沭阳县官至汉中司马,名学珠。谈及海宁陈中堂之始祖本是高姓,高无后,以内侄陈姓为嗣,高甚式微,死无以葬,柩停破屋中,遇雷电毁屋成坟,后即大发。其坟在海宁东门外四十里烁桥地方,有数抱檀树。即陈氏发祥始祖。陈中堂有园名安澜园,为海宁第一览胜之所。圣驾南巡必住跸数日。又谈前吉安府吕太尊讳喆。者,系沭阳县人,其祖由高中堂书办授意袁子才,充当库房,即名吕又祥。捐米入官至知府。清贫回籍。其子吕昌际,由县丞官至平阳府,升济宁道,平阳府任内民间送盐款银至百万之多,始大富。吕太尊在吉安府,有德政,属员多感佩不忘云。吕太尊,印喆,予到江西试用时,接见数次,年未四十,卒于舟中,无嗣,可悯。

四月十九日(6月1日) 署三府徐送差回郡。

四月二十日(6月2日) 比较,□张福信。理《宪问》"耻有道",谷严作。午后义士陈长契送席,王世兄[①]来。

四月廿一日(6月3日) 理"可以为仁矣,难矣",银文昭作。

四月廿二日(6月4日) 理"古之学者为己"□节,林昌言元作。

四月廿三日(6月5日) 理"乐则韶舞",薛作。

四月廿四日(6月6日) 杨雨楼大兄自万邑来署。杨雨楼八字:庚戌五月初九辰时。理"乐则韶舞",顾作。

---

① 王世兄,即王榛巢。

四月廿五日(6月7日)　同杨雨楼登快阁，谒杨祠，送出城。理“君子矜而不[争]”节，王作。

四月廿六日(6月8日)　理“君子不可小知”全节，赵作。作鹤刻《龙文鞭影序》。

四月廿七日(6月9日)　理“君子不可小知”一句，徐越作。阅月秋选元魁墨。

四月廿八日(6月10日)　理“天下有道，则礼……子出”，朱作。午后放告，问案。接端木鹤田二月来信。

四月廿九日(6月11日)　理“言思忠，事思敬”，王焕章作。比较，冯十兄到署。

五月初一日(6月12日)　行香，理“君子有三畏”，赵作。接京中连报信，又陶丈信。

五月初二日(6月13日)　理“齐一变”节，徐鳌作。问案。

五月初三日(6月14日)　理“齐一变”，陆鼎金作。阅《小雅》三十页，问案，张新选兄回。

五月初四日(6月15日)　理“志于道”三句，任应烈作。阅《大雅》。

五月初五日(6月16日)　贺节祭祖，宴客。写端木子彝信。

五月初六日(6月17日)　理“君子笃于亲”，潘作。写复署新建张[①]信。写连报二京信。

五月初七日(6月18日)　理“君子笃于亲”节，万作。申刻杨肖□来署。

五月初八日(6月19日)　理“太宰问于子贡”节，刘作。放告，问案。

五月初九日(6月20日)　送张新选兄回归安，寄端木鹤田信。

---

① 新建张，即张湄，字春槎，河南汲县拔贡，道光二年任清江知县，道光八年署新建知县。

理"衣敝缊袍"至"耻者"，王辞☐。

五月初十日(6月21日) ☐☐比较，与陈月秋论文，理"闵子侍侧"节，项文。

五月十一日(6月22日) 袁副爷来，住马家洲。理"点，尔何如"之撰，朱文。王修道生员来。

五月十二日(6月23日) 廪生杨锡环等六人为节孝汇论事来见，理"三子者出"四句题文。马家洲卡员至。

五月十三日(6月24日) 写连报京信。放告，问案。白羊坳杨副爷来。

五月十四日(6月25日) 写星伯中翰先生、蒋丹林师京信。吕二兄至。

五月十五日(6月26日) 行香，比五租，问案。

五月十六日(6月27日) 接星伯侄四月初来信，即写复信。晚观剧。

五月十七日(6月28日) 理"问'知'，子曰……者直"。

五月十八日(6月29日) 理"为君难"一节。六叔同师吉自广东来，放告，观剧。

五月十九日(6月30日) 问案三起，送六叔回绍，派冯十兄解钱粮上省。

五月二十日(7月1日) 问案二起，比较免。罗芝田大兄自三都乡局回。

五月廿一日(7月2日) 问案一起，陈太翁来，匡☐林年兄来见。理"鸡鸣而起"☐章文。

五月廿二日(7月3日) 问案一起，理"若太公望、散……知之"，王庭文。朱廷兰报盗案。

五月廿三日(7月4日) 卯起赴东沔洞朱廷兰家勘抢案，舆中理金雨堂排律"中天下而立"题文。夜驻朱姓祠。

五月廿四日(7月5日) 卯起回，舆中理"入其疆……以地"，李来泰文，理排律。申正回署□广东奏折，寄京中星伯中翰要信。

五月廿五日(7月6日)　[阅京报]。生员戴陶铸、严、郭等来署。问案四件，比五租。

五月廿六日(7月7日)　理“唐虞禅夏后……一也”，马作。

五月廿七日(7月8日)　苏子瞻曰：“博弈之交不日，饮食之交不月，势利之交不年。惟道义之交，浅不见浓，久不见淡也。故君子之交淡如水，小人之交浓如醴。”理“天下有道”至“大贤”，刘作。

五月廿八日(7月9日)　问案，放告。下午为老太太祝寿。

五月廿九日(7月10日)　祝寿，演剧。

五月卅日(7月11日)　问案，比较免。

六月初一日(7月12日)　行香，谢寿。

六月初二日(7月13日)　查阅《文钞》，接赣州府陈老太太差，会陈三爷。未刻，沈节斋舅太爷溘逝。发陶丈并沈凤树兄信。

六月初三日(7月14日)　送舅太爷柩安置双鹤亭。问案，放告。

六月初四日(7月15日)　查《文钞》题目录。酉刻，沈凤树兄到。接阅京中三月间来信。

六月初五日(7月16日)　晤罗、张、陈同城诸位，问案。

六月初六日(7月17日)　阅《文钞》，问案二起。

六月初七日(7月18日)　阅《文钞》，查陈月秋星命。戊□□元、袁贡生[①]来见。

六月初八日(7月19日)　问案，放告，疏众枷犯，阅《诗经·周南》。

六月初九日(7月20日)　□□[验伤]。阅《诗经·召南》。

六月初十日(7月21日)　阅《邶》《鄘》《卫》《国风》。问案。

六月十一日(7月22日)　阅《国风》，阅京报。

---

① 袁贡生，即袁怀球。

六月十二日(7月23日) 阅《国风》毕,问案。

六月十三日(7月24日) 录"小戎俴收"诗。理李石台"择可劳而劳之"文,放告。

六月十四日(7月25日) 理"行夏之时"四句,熊次候文。

六月十五日(7月26日) 行香,理"上好礼"三段题文。

六月十六日(7月27日) 理"非礼勿视"四句题文。

六月十七日(7月28日) 理"巍巍乎其有"节,李文。

六月十八日(7月29日) 理"必也临事而惧,好谋而成",章文。

六月十九日(7月30日) 龙泉生日,观剧。

六月廿日(7月31日) 八都有分发湖北从九刘名运珠,行五。服阕起咨来署谒见。发麻城县调马冈何十兄处俞十一弟一信,接衢州。

六月廿一日(8月1日) 府董彝山太尊来信,即答禀。辰刻赣州游击佛三爷厢白旗人,名佛尔精阿,号松鹤。上年休置因交务不副,由庐陵来泰,商售人参一两,纹银二百。松鹤游府在赣十余年,予虽初会,知其人长者,即备银如数应命,即在罗芝田署中早面。佛三爷八字,癸未六行现酉运末。乙卯二月初九寅□。□造七岁。□□。

六月廿二日(8月2日) □□来见,萧春台来署。

六月廿三日(8月3日) 放告,问案。

六月廿四日(8月4日) 问案,阅志铨制艺,袁三兄来署。

六月廿五日(8月5日) 问案,接省信,悉调(帘)[廉]各厅县并署(帘)[廉]缺等员。生员周作沛来署。

六月廿六日(8月6日) 刘从九五兄来署,发湖北麻城调马冈何宅俞十一妹一信。午后王孝廉名天锡,行二。乙酉顺天乡试,中式前已由誊录议叙知县,百官人,由粤东回浙来署,送《志书》等件,赆仅十元。又查河委员张十兄到县。

六月廿七日(8月7日) 夜子时立秋,酷暑亢旱已久,早禾丰收,秋作山花需雨甚急。

六月廿八日(8月8日) 放告,接李参将署南昌,协带兵奉查盐枭团窝。陈太尊来。

六月廿九日(8月9日) 问许光明修谱一案,发书院七八两月▨课,阅随园续《齐谐记》。是日禁屠。午后得雨一二阵,发本府丧明之痛,复赣州陈接□禀。晚起更时得雨一二阵,夜间凉快。

六月卅日(8月10日) 阅《高厚蒙求》。松江徐俊著。夜得时雨。

七月初一日(8月11日) 行香,午后着潘荣上郡,祝府太太寿,发庐陵信。

七月初二日(8月12日) ▨▨酹魁,先诣文昌宫行香,回署揲蓍,陈月秋占卦得小畜九三"舆说辐,夫妻反目"爻辞,时游学博以为得副车之象。至大堂行礼毕,诣文庙送诸生至状元坊回署。晚观剧,庐陵使来借鲊答。

七月初三日(8月13日) 问案,放告。前任万载陈大兄、福建人,名文衡,号讷斋。又李游击、山西人,名长寿,号松严。吴副爷来署,夜雨。

七月初四日(8月14日) 陈讷斋大兄上万安去,午后武小谷七兄抵署。

七月初五日(8月15日) 陈月秋解馆,应试。午后潘荣自郡回,接庐陵信。

七月初六日(8月16日) 读《毛诗》,大快。问案。

七月初七日(8月17日) 读《毛诗》,阅《注疏》,恍然有悟。

七月初八日(8月18日) 拜罗老伯母寿,阅《诗》,放告。是夜大雨。

七月初九日(8月19日) 阅《诗经·郑谱序》,摘录疏语。裘镐到。

七月初十日(8月20日) 写祝周藕香仪部七十寿言,问案。

七月十一日(8月21日) 阅《刘蕺山先生集序》。学使雷铉。"张考夫曰:'世儒之为教也,好言本体,而先生独重工夫;多逞辞辩,而先生率以躬行;竞尚虚无,而先生返以平实。'呜呼!尽之矣。"汤大宾《序》:“先生之言曰:‘孔孟既没,有宋诸大儒,起而承之,厥功伟焉。二百余年,得阳明子,其杰者也。夫周子其再生之仲尼乎!明道不让颜子,横渠、紫阳,[亦曾、思之]亚,而阳明见力直追孟子。自有天地以来,前有孔、颜、曾、思、孟五子,后有周、程、张、朱、王五子,[斯道可为]不孤。’”“读其书,想见其为人,大抵以性善为宗,以伦纪为准,以存诚为先,以主敬为要。”“于课业则言过不言功,远利也;于征古则记善不记恶,隐恶扬善也。不杂释典,不参道书,正学术也,不及应验,不入梦语,绝附会也。由是穷而乐,达而检,患难而不忧;由是坐而言,起而行,独处而不愧;由是生而顺,死而安。俟诸儒而不惑,抱阳明之才而无其遇,造阳明之学而化其偏,一灯绝学,星星不堕。则信乎纷纷异同者,皆妄也。”①彭启丰《序》:“先生之学,切磋于东林,而别启津梁,瓣香在阳明而柱其流失。阳明教人致良知,先生教人证独体。盖取《大学》梦觉人鬼两关而一之。虽竖义少异程、朱,总以敬为常惺惺法。盖全乎天,斯全乎人,出乎人已入乎禽。先生忧人类之终绝,著为《人谱》,一发千钧岌岌是惧。”《本传》末语门人曰:“学之要,诚而已。主敬其功也,敬则诚,诚则天。良知之说,鲜有不流于禅者。”

问案三件。

七月十二日(8月22日)　阅《人谱》。毕副爷令郎篆白羊坳来署。

七月十三日(8月23日)　阅《人谱》。问案,放告。

七月十四日(8月24日)　写家信,又刘允中二叔信,未刻接广东主考李、印钧,直隶人,丁丑翰林。田。名嵩,陕西人,庚辰翰林。

七月十五日(8月25日)　□正起送广东主考,行香,送先儒孙子讳奇逢入圣□□庑。午刻佛松鹤三兄带令子到署谢前次赠礼,送

---

① 本段墨污处据傅彩《康熙本〈人谱〉序》补,见吴光主编《刘宗周全集》第六册《附录》,浙江古籍出版社,2007年,第713页。

酒席、水礼又程仪十四元。戌刻登舟，望月抵郡。

七月十六日(8月26日)　辰刻至庐陵晤程六皆兄，同至府署谒太尊，晤吴爱晖先生，回至庐陵赴席，观剧。同座李云亭参戎、范大兄、经历邵大兄符、县丞张梅坞、捕陶三兄、府照金大兄。亥初散席回船。李云亭参戎：丙戌、乙未、癸亥、癸亥。

七月十七日(8月27日)　卯刻送府宪登舟上省，即抵署三府徐七兄署拜王太夫人寿，面晤七兄，又至舟回晤。巳正登舆起身，戌初回署。

七月十八日(8月28日)　罗大兄、汪五兄来晤。问案，放告。晚阅威如剿袭成文，忽然怒发，强勉忍之。而二十赴省之意，由此中止矣。

七月十九日(8月29日)　阅《诗经》，问案。派何明等下乡收租谷。

七月廿日(8月30日)　接鹤田六月初七来信，阅邸抄，知慎庵比部以繁缺知府用。

七月廿一日(8月31日)　阅《诗・大雅》。见相士李。改志铨"君子上达"题文。

七月廿二日(9月1日)　阅《读诗要旨》，陈升自维杨来，谈胡心田厚颜事。

七月廿三日(9月2日)　问案，放告。

七月廿四日(9月3日)　阅《人谱》，恍然有得。

七月廿五日(9月4日)　阅《人谱》有得，问案，比五租。

七月廿六日(9月5日)　阅《人谱・会语》，问案。

七月廿七日(9月6日)　阅《人谱・会语》讫，问案。接蒋丹林师并星伯中翰六月十八日来信。

七月廿八日(9月7日)　阅鹤田信中《卦变说》，录于五经摘要。放告，问案。

七月廿九日(9月8日)　辰起，家僮偶获黄鼠狼，查《本草》。《博物志》:徐偃王之母,产卵弃之,孤独老母取覆之,出一儿,后继徐国。《异说》云:汉末有马生人,名曰马异,及长,亡入胡地。《南方异物志》云:岭南溪峒中,有飞头蛮,项有赤痕,至夜以耳为翼飞去食虫物,将晓复还如故也。《搜神记》载:吴将军朱桓一婢,头能夜飞,即此种也。

八月初一日(9月9日) 另载存城日课。

道光四年(1824)及以前日记存稿

嘉庆丁丑九月十九日(1817年10月29日) 到江西省,戊寅八月望(1818年9月15日)后到义宁州摄篆,到署五日即得周雨亭[①]回任信。九、十月补署清江,未及两月卸事。己卯(1819年)四月补署进贤,庚辰(1820年)秋季卸事。

道光元年辛巳(1821年) 五月初,复署清江县。

此须清录存稿:

道光二年壬午(1822年) 正、二、三、四月为清江交务事受侮于接任张湄不少,一时悉数难终。五月二十六日(1822年7月14日)登舟回籍。

六月中旬(1822年7—8月)回绍,谒家碧堂先生,时值干旱,舟不能进城。予坐小船见碧堂大兄,年九十三,得见一面。十八日(1822年8月4日)到家,恸哭先君子灵柩前,老母再三慈顾,勉力支持以襄葬事,数日即抵章镇阅朱林桥地。先寓半月庵,后寓章家庙。时有吕蕙兰先生亦商酌一切。七月(1822年8—9月)即造坟于左肩穴,此系先君子亲指之所,族国珍兄告知。及开土一尺之下有异邻吉土,因即造坟,接造庄屋,然左肩一穴,余谙形势未甚惬意,仍于丁丑年八月(1817年9—10月)间所拟中腹体察,知右手包穴砂为张姓锄破,略觉模糊。又张姓族众人多,中间立穴,殊费嘈杂,暂缓再图。因留八弟龙泉,先将庄屋造起,予往郡城,践陶姓之约。八月底(1822年10

① 周雨亭,即周澍,号雨亭,浙江钱塘拔贡,嘉庆二十二年任义宁州知州,二十三年回任。

月)至南湖,同陶玉峰伯岳、渭泉兄等,阅板仓山、金钗山、义封山、沉凤及门前田穴新旧诸地。九月初(1822年10月)闻碧堂先生去世信,即至郡城吊唁,并斟酌碧堂翁六月间面属葬事。抵烂东瓜,又阅樵风经大菱地。九月底(1822年11月)回家,部署十月□日殡。

先君子于朱林桥左肩穴,时先后到朱林桥看地者,刘其康十叔、王济苍大兄,皆以中穴为正结。乃于壬午年十月十八(1822年12月1日)吉时先君子进矿肩穴一。暂殡,次日余即于中穴开土,张姓阻挠,余以理直答之,又以小利间之,虽费周章,颇觉得法。而同余造坟者,有余姓廷臣,共事数日。中正两矿,一于甲申□月□日卜葬先考允斋府君,一为老母寿穴;左附两矿,一于壬午十月廿四日(12月7日)葬元配刘孺人,一鹿苑自定寿穴;右手两矿,一扦亡儿端人,亦壬午十月廿四日先葬,一扦亡儿元聘张氏女附右。中穴造坟。后予回家冬至(12月22日)祠祭,时改坤宅老屋,定丑方开门,乌石陇唐太君、钱太君。祖妣坟,定癸丁兼丑未向。择吉十二月十△日庚申日(1823年1月29日)改向,予即出门至郡城,又阅大菱地,至湖州归安学署,晤端木子彝,讲《地理元文》数日。抵维扬谒曾宾谷[1]师,于盐院署寓关帝庙,封印后登舟回江西,除夕〼在芜湖过年,览蟂矶江,谒孙夫人庙。

正穴吉土四郭俱葬定:

仁字于壬午十月廿四日葬元配刘孺人。
义:庚寅十二月葬太孺人张。
礼:甲申三月葬封翁允斋府君。
智:壬辰九月廿一扦亡儿端人。
信字今空。
附端人冥配张。

① 曾宾谷,即曾燠,字宾谷、庶藩,号西溪,江西南丰人。

甲午(1834年) 首夏鹿苑又识。

癸未新正(1823年2月11日) 大风[转小]。初四开船，至正月望日抵江，寓陶丈宅中，同到江西者，余廷臣兄。时闻兰二哥在陶宅处馆，晨夕把晤其间，为陶汇翁伯岳办铰椅山，黄宅办铁铆山，又至建昌县泊槎阅曾宾谷师葬太夫人梁下燕形穴。此予戊寅年为曾宾谷师指定，并构山造穴等事。春夏数月，晨夕阅地理理气书，间作诗文，并临法帖，时在陶宅，会徐莲峰太史，约至徽州看地，因于八月廿六日(9月30日)同余廷臣上船，是日舟住七叉。廿八日抵饶州鄱阳县，晤陈玉湖明府，游陶母坟。陶婆坟，陶侃葬母地，予有诗。九月初六(10月9日)至景德镇，换小船，至石溪滩起旱，二十里住祁门县城外。十五日起旱六十里至德汀，十六日至屯溪换昌化船，于十八日由浦口至梁下望紫阳山，龙脉甚妙，寓观音阁。即至徽州府城北关外徐村晤昭度兄，看莲峰太史祖地，小住歙州十余日，觅得紫阳山大地，费价五百金，托江姓向曹姓妥买，中有饶舌。会晤歙州劳九明府如斋，杭州人，始妥协钉界。另有记。游斗山魁杓亭。于十月初四(11月6日)午刻开船，初九抵家住老屋，十三日魏妾移回侍侧，二十日戌刻五弟举次子，瑞光生。十一月初五(12月6日)至朱林桥，初七至平冈，初十至府城，十二回下管。十二月初二(1824年1月2日)至县城，初四至梁湖，初九上府，十一回梁湖，十二游山看新地两穴，十三至郑家堡东溪周姓住，十四回管。是岁在家度岁。

甲申正月(1824年1—2月) [展]拜祖先神像，行香各庙。灯节后万榕堂进士来管会晤，旋至万宅贺喜，便道览杨王后坟，阅万宅金沙锣发族地，又榕堂发地，晤张主事、后土。叶八兄同年，名煌。往澜水田拜周藕香仪部，父执也。至东阁马渚等处，往余姚阅王阳明公枫山发地，太阳金开口小，山落平阳，气魄极大。惜值天雨，不能远览。由后陈塘路过大岭回家，清明祭扫祖墓，天色晴和，一一到墓，旋于三月□日□时(1824年3—4月)卜葬先君子于中福正穴，礼字。时值服阕,即由县起咨,晤周东序父台,至府、至省,至湖州归安学署晤端木子彝,往维扬会胡心田、谒曾宾谷师,遇徐莲峰太史,见吴退旃通政使,游平山等处,晤鲍盐商,约抵歙州。即回湖州,邀端木子彝同至下管。到旗斗、到嫩滩牛皮、到塔山岭、到陈溪、到栖禅寺、到乌石陇,到周村。由朱林桥抵郡城,同至樵风经至禹陵南镇,复至杭城览净寺雷风塔,余点出正穴,陆心兰方伯祖坟、邹中堂常州人,其发坟在杭。祖坟、冯姓回向坟、王朝光坟路旁长钳穴,刘青田手指。旋即与端木分别,于五月初四(5月31日)出城,初五搭一回空船先抵严州。顺风一日,直上严州。初六早开船,恰值顺风,傍晚抵严州府,仅隔三十里。初七早抵严州城外,舟人以从来罕有之事,亦快意也。即觅小船至歙州,初八、九到,晤鲍三爷,览鲍姓祖地,一二处有回回献羞形穴,即觅得芦鞭龙大地,坐辛向乙。告知鲍姓作紫阳山印矿。▨▨穴,二丈许。于十三日前抵江西,月内到省,六月(6—7月)初禀到。时首府宪即郑梦白[①]先生、南昌县文三爷、新建雷湘邻二爷。予在省城候补,六月奉委至进贤问案,七月(7—8月)奉委至临川问案,八月(9—10月)初得署泰和信,二十日报省垣接印,旋即启行。先至铰椅山为陶吉庵伯岳定寿穴,开土二尺半,即见异邻吉土,陶丈快慰之至。余乃乘舟南上,同船进贤齐为棖孝廉、海宁王同治孝廉。王于己丑中进士,即选知县。月内至吉安府谒见铭禹民太尊,时庐陵县马璇图大兄、署县丞胡盟凫兄。

九月初三日(10月24日) 舟至泰和矶头塘,初四日进城谒县城隍神祠,进署拜印。是日附城生监职员等先后来贺禀见者十余人,遣役持帖谢步。

余莅任之初,颇知泰和生监朋充银匠,先却八家银号陋规,定于大堂设柜征收,以便粮户画一时价完粮,免致店铺低昂价值,完粮而串又迟发。今粮价不增,随完随给串票,民间称便,输将日见踊跃矣。此一件先记大概,容再补述。

---

① 郑梦白,即郑祖琛,字梦白,道光四年任南昌府知府。

一、泰和近城生监，往往把持衙门，藐视官长，予于到任之初不轻拜客，略示崖岸。中有佥人，希官长之先拜□于众，亦积习使然也。予竟置若罔闻。至初六（10 月 27 日）辰刻，署粮厅王[1]进署，问予何日拜客。予答以："奉宪委来此作宰，不知拜客。且泰邑近城，并无科甲仕宦真实绅耆，所称乡绅者，生监、职员而已。若辈敬重邑宰，当先拜贺，我不拜客。"署粮厅王诺而即去。予知彼之来也，为佥人所使，探吾消息也。我不先拜客，彼将即求禀见矣，先亦何为？乃于粮厅之出也，出其不意，即传伺候。亲拜前两日之来见者，其未来者不必往拜，中有数辈，后竟不能入吾之门。衣冠匍匐街中，见余出仪门站躲街上店铺，未片时，余已回拜进署。似亦不逆不忆而先觉之一端也。尽绝佥壬，而优礼正士，余之素性也，在任却终始如一。

一、泰和积疲已久，最掣肘者，莫如漕务。予于九月廿四（11 月 14 日）开仓收漕，祀仓神毕，漕书以杨褒忠户上米若干，继以陈三元户上米若干[2]。

---

① 粮厅王，即王原培，道光四年署泰和县丞。

② 本册末有"长乐郑氏藏书之印"。

附　录

徐迪惠，原名肆三，字闻诗，弱冠登嘉庆戊午乡荐，九上公车不第，由大挑署江西进贤县、义宁州事，所至有声。授泰和县，迭清要案，重修邑志，创设义渡，百废具兴，会连年旱潦，捐廉赈给，收埋淹胔。尝与青田端木国瑚参定《地理元文》。奉旨召相万年吉地，解任进京，旋以母丧归，徙居郡城明尚书徐人龙故第。性戆直，好施与，尝捐田百二十亩作会试公车路费，士林德之。著有《象洞山房诗文集》行世。

子鼎梅，更名虔复，字宝彝，幼颖悟，稍长博览强记，年十五以诗赋受知姚学使元之，有神童之目。中道光己酉科副车，戊午后不复应试，肆力诗、古文、词，与越中诸名士游，生平意气凌厉，议论风发，不可一世。咸丰十一年九月，粤匪陷郡城。先一日抱诗文稿至余姚，依其戚蒋进士联福居。迨贼陷余姚，拥虔复去。所识黄某先在贼所，见虔复诧曰："若胡至此?"虔复曰："若从贼耶？吾惟死耳!"黄咋舌不语，趋白贼，虔复才足用。贼属黄款之，虔复愤不食，骂贼求死。俄而大饮啖，数日，贼防稍弛，虔复中夜起，得贼佩刀，倚柱袒而触，且触且呼黄曰："徐虔复死矣!"黄惊起，已浴血僵，贼为具棺葬。事闻，赠直隶州判云骑尉世职。著述多毁于火，惟《寄青斋诗词稿》尚存。

弟之子作梅，字岭香，登同治戊辰进士，任广西东兰知州，旋知思恩县有声，民为立去思碑。授北流县，有巨盗据塘复固，羽党数千，作梅令绅富设团勇，复请兵合击之。盗夜劫营，作梅趣勇奋击，盗自相杀获首百六十余级，大吏保以同知，用摄贵县篆。俗多盗骸坛勒赎者，为著《地理须本天理说》以晓谕之，并释无辜胁从多名。在官六年，积劳卒于昭平途次。

——《（光绪）上虞县志校续》卷十二《人物》

《象洞山房诗稿》一卷，《文稿》一卷。徐迪惠撰。

《徐氏一家言》□卷。徐迪惠重辑，皆采管溪徐氏一姓之作。案：明徐希欧尝编辑《徐氏一家言》，国朝徐有光又有《续编》，至迪惠复重辑之。

——《（光绪）上虞县志校续》卷三十九《经籍》

人名字号音序索引

B

八叔 1827.8.31,1827.9.9,1827.9.10
巴彦布(巴大兄,巴德安,巴明府) 1825.3.4,1826.10.11,1826.10.12,1826.10.13,1826.10.14
白镕(白大人) 1826.1.15
柏福 1825.10.9,1825.11.6,1825.12.1
鲍三爷 1824.6.3
鲍盐商 1824.3/4
毕副爷令郎 1828.8.22
毕天芸(把总毕,毕把总,毕副爷) 1825.7.25,1826.5.5,1826.6.16,1826.6.30,1826.8.30,1826.12.27,1827.12.22
毕梧樵 1825.10.16,1825.10.17

C

蔡象颐(蔡学博,蔡学师,训导蔡) 1825.3.16,1825.3.21,1825.4.8,1826.6.20,1826.10.31,1827.8.5,1827.12.31
昌文氏 1826.11.22
长龄(威将军) 1828.3.30
曹副爷 1826.5.5,1828.3.23
曹开正 1826.11.27
曹亚开 1826.12.4
曹毓秀(曹三尊,曹竹居,三府曹) 1825.12.15,1825.12.22,1825.12.24,1825.12.25,1826.2.13
车纯(车都堂) 1828.1.19
陈,司阍 1825.2.21,1826.2.11
陈长契 1827.1.23,1828.6.2
陈大森(陈东野,陈二尹) 1827.10.22,1827.11.6,1827.11.7,1827.11.8
陈大文(制宪陈) 1827.11.6
陈丹荣 1827.5.15
陈典(陈太翁) 1825.4.24,1826.10.11,1826.10.13,1827.10.31,1828.7.2
陈二如(陈年兄) 1825.10.16,1825.10.18,1825.10.21,1825.12.31
陈芳衢(陈生员) 1826.1.26,1826.4.21,1826.6.10
陈俯庵老六 1826.7.24

陈庚（陈三兄，陈巡司）1826.3.23，1826.3.25，1826.5.7，1826.11.19，1826.11.21，1827.1.7，1827.2.6，1827.4.25，1827.5.18，1828.3.9，1828.3.18
陈国华（陈三兄）1826.9.30
陈华 1826.6.16，1827.10.30
陈漈会表弟 1827.4.22
陈老太太 1828.7.13
陈六兄 1826.1.3
陈明开 1825.3.26，1825.4.4
陈清 1825.12.10（补）
陈三兄（待考）1826.3.1，1827.12.18，1828.1.16，1828.1.17，1828.1.18
陈三元 1824.11.14
陈绅士 1826.5.5
陈升 1826.7.7，1828.9.1
陈氏，杨士奇之母 1825.6.17
陈司马 1825.2.27
陈天俚 1827.11.30，1827.12.1
陈委员 1825.6.21
陈卫官 1826.3.1
陈文衡（陈大兄，陈讷斋）1828.8.13，1828.8.14
陈献章（陈白沙）1826.11.12
陈秀才（陈六生员，陈六秀才，陈六诸生）1825.2.19，1825.4.17，1825.4.18，1826.8.30
陈煦（陈太守，陈太尊，陈晓峰）1827.12.20，1827.12.21，1828.1.18，1828.3.28，1828.8.8
陈循（陈芳洲公）1825.6.17
陈仪 1826.7.4
陈绎（陈三兄，陈三爷，委员陈）1826.6.19，1826.7.15，1827.1.15，1828.7.13
陈友谅 1826.5.22
陈玉湖 1823.10.2
陈元龙（海宁陈中堂）1828.5.31
陈月秋，生员（月秋）1826.7.4，1826.7.19，1826.8.31，1826.9.25，1826.10.8，1826.10.15，1827.1.15，1827.1.27，1827.2.2，1827.2.6，1827.4.3，1827.6.28，1827.7.2，1827.9.6，1827.9.7，1827.10.6，1827.11.14，1827.12.25，1828.1.19，1828.2.12，1828.3.3，1828.6.9，1828.6.21，1828.7.18，1828.8.12，1828.8.15
陈中孚（陈大人）1825.10.26
陈子廷 1825.7.8
陈仔 1827.5.29
成格（成抚宪，成果亭，成中丞，抚，中丞）1825.2.27，1825.3.2，1825.10.3，1825.10.13，1825.10.14，1825.10.15，1827.1.20
乘六 1827.4.22
程，庐陵 1827.11.3
程含章（程月川中丞）1825.3.18
程皆（程六皆，程六兄）1826.9.30，1826.10.14，1827.7.11，1827.7.13，1827.8.9，1827.12.24，1827.

12. 25，1828. 3. 23，1828. 4. 19，1828.5.5,1828.5.10,1828.8.26
程四兄 1826.6.17,1826.6.19
程廷涛四兄 1827.12.21
橙庵三侄(澄庵三侄) 1825.3.1,1826.2.23
池碧莲 1827.7.25
褚十二兄 1827.12.29
从如 1826.10.1,1826.11.1,1827.5.31,1827.12.30
崔夫人,戴均元夫人 1828.1.24

D

戴缄之,戴均元子 1828. 4. 7,1828.4.13
戴均元(大学士戴,戴可亭相国,戴相国,戴中堂,可亭相国,中堂) 1825.4.5,1825.4.6,1825.5.2,1825.9.3,1826.2.23,1826.2.28,1826.3.8,1826.4.13,1827.9.13,1828.2.14,1828.3.31,1828.4.2,1828.4.3,1828.4.6,1828.4.8,1828.4.9,1828.4.10,1828.4.11,1828.4.12
戴衢亨(戴莲士) 1828.1.19
戴日暄 1825.6.6,1825.12.9(补)
戴陶铸 1825.5.26,1828.7.6
戴委员 1826.6.19
戴县丞 1825.7.31,1826.5.30
戴永宁 1826.10.11
道宪(本道宪,赣南道宪) 1825.7.31,1826.3.5,1826.3.6,1826.3.7,1826.5.30,1826.7.15,1827.10.7,1828.1.1
邓鼎堂 1827.9.28
狄观察,狄湘圃之弟。1827.4.9(补)
狄尚䌹(狄湘圃) 1826.2.28
狄四兄 1827.1.14,1827.5.7
董奂山 1826.3.21
董梁 1827.1.13
董其昌(董华亭) 1825.3.4
董山长 1827.10.7
董彝山太尊 1828.3.28,1828.4.2,1828.8.1
杜甫(杜工部) 1826.11.23
杜先生 1827.4.8(补)
杜友 1825.4.24
端木国瑚(端木,端木鹤田,端木子彝,鹤田) 1823.1.29,1824.3/4,1825.4.26,1825.4.27,1826.2.27,1826.3.7,1826.11.23,1827.6.20,1827.10.16,1828.2.9,1828.5.2,1828.6.8,1828.6.10,1828.6.16,1828.6.20,1828.8.30,1828.9.7
段正邦(段辅之,段三兄) 1826.10.5,1826.10.16,1826.10.31,1826.11.4,1826.11.8,1826.11.21,1827.1.7,1827.2.6,1827.4.4,1827.4.6,1827.5.19,1827.5.20,1827.5.23,1827.6.2,1827.6.6,1827.6.16,1827.6.25. 1827.6.26,1828.4.30

F

樊五兄 1825.8.28
范大兄 1828.8.26
范二兄 1828.1.3
范九兄 1828.5.16
范硕甫 1826.1.10,1826.1.11
范振村 1828.1.19
范衷之 1828.1.19
方国珍 1826.5.22
方太夫人 1826.2.6
冯 1824.3/4
冯炳(冯捕衙,冯二兄,冯公,冯兰坡,冯少府,冯尉,坡司马) 1825.8.5,1825.8.20,1825.9.14,1826.4.5,1826.7.1,1826.7.4,1826.7.26,1826.8.7,1826.8.29,1826.8.30
冯二兄,委员 1825.9.20
冯桂山 1825.2.28,1826.3.7,1827.1.19
冯宽(冯四兄) 1827.8.30
冯监 1826.6.30
冯老八 1825.11.20,1827.7.5
冯十兄 1825.7.31,1826.1.5,1826.12.5,1827.3.28,1827.4.25,1827.5.16,1827.7.5,1827.9.4,1827.12.6,1828.6.11,1828.6.30
佛尔精阿(佛三爷,佛松鹤) 1828.8.1,1828.8.25
佛尔静阿子(令子) 1828.8.25
福申(福学台,福禹门,学宪) 1826.2.26,1826.3.12,1826.12.21,1827.12.4,1827.12.25
府太太,刘体重夫人 1828.8.11
黼评二弟 1826.10.4
副爷 1828.3.17

G

高,南昌人 1827.8.4
高大椿,高学易之父(高太尊) 1828.4.20
高福 1825.12.8(补)
高观察别驾 1828.3.15
高仁 1825.12.8(补)
高守谦 1827.6.1
高学易(高二兄,高简堂) 1828.4.20,1828.4.24
高以本(高石琴) 1826.3.6,1826.10.26,1828.3.29
高照厅(高大兄) 1826.8.28,1826.11.13,1827.4.10,1827.4.10(补),1827.7.7,1827.7.8
耿,广东盐运司 1826.12.13
耿维祜(粮,粮道,粮耿,粮宪) 1825.2.26,1825.3.2,1826.2.24,1826.3.9,1826.3.12,1826.3.22
谷严 1828.6.2
顾廉畦 1827.7.10,1827.7.12,1828.4.19
顾孺人,杨士奇高高祖母(顾氏) 1825.

6.17
顾委员 1825.3.24,1825.3.27
关监督 1826.12.18
贵岩卿 1825.4.24
贵正元(捕衙贵,贵威卿,贵巍卿,贵严卿) 1825.3.20,1825.3.21,1825.3.26,1825.4.8,1825.5.3,1825.6.20,1825.7.27,1825.7.29,1825.8.10,1825.11.5,1826.3.1
郭,候补典史 1828.1.11
郭逢川 1825.6.15
郭光洛(郭职员) 1826.7.1,1826.12.7,1828.2.19
郭庆恩 1826.4.28,1826.7.26,1826.7.27
郭生员 1828.7.6
郭绣光 1828.1.29,1828.1.31
郭英俊 1825.8.17
郭祖宸 1826.1.1
果齐斯欢(镇粤将军果) 1825.4.22,1826.11.8
果协台 1826.2.22

H

韩别驾(韩三尊) 1826.9.8,1826.9.12,1826.9.13
韩少君 1826.5.28
韩文绮(抚宪,韩大中丞,韩抚宪,韩三桥中丞,韩巡政,院宪,中丞) 1825.11.3,1826.2.24,1826.3.1,1826.3.16,1826.12.30,1827.10.12,1828.3.30,1828.4.2,1828.5.5,1828.5.6,1828.5.7,1828.5.13,1828.5.14,1828.5.15
韩总运 1828.3.30
何葆亭(何四兄) 1826.2.13,1826.11.15,1826.12.11,1826.12.13,1826.12.17,1826.12.23,1826.12.30,1826.12.31,1827.1.31,1827.7.10,1827.7.12
何卡商 1828.3.4
何明 1825.12.8(补),1826.1.2,1828.8.29
何十兄 1828.7.31
何氏,游永汉之妇 1826.10.19
何太翁,何葆亭之父 1826.12.11
何锡光(莲花何) 1826.9.30
何名寘 1828.3.31
洪守愚观察 1825.2.27,1825.2.28
胡鉴章(胡参军) 1826.5.13,1826.5.17,1826.10.5,1826.10.31,1826.11.8
胡盟皃(胡委员) 1824.10.12,1825.3.26,1825.3.27,1825.4.5,1825.7.20,1825.7.29,1825.8.3,1825.8.23,1825.9.29,1825.10.4,1827.9.16
胡舫亭(舫亭表弟,胡表弟) 1825.4.3,1825.7.1,1825.10.18,1826.1.5,1826.2.11,1826.2.12,1826.2.18,1826.4.5,1826.5.8,1826.5.

10,1826.11.23
胡国陵 1828.1.19
胡粮厅 1828.3.23
胡明秀 1827.4.2
胡仁甫(胡表兄) 1828.1.19
胡三世兄 1827.9.16
胡山长 1825.7.16
胡氏,杨士奇祖母 1825.6.17
胡文耀 1827.5.15
胡心田 1824.3/4,1825.8.24,1825.11.6,1826.3.1,1828.9.1
胡琇 1825.11.18
胡元鼎(胡孝廉) 1826.4.21,1826.10.26,1827.11.26,1827.11.27,1827.11.29
皇太后(太皇后) 1825.11.15,1825.11.17,1826.11.9,1827.11.28
黄保之(黄十世叔) 1828.4.7
黄道周(黄石斋) 1825.8.14
黄二表弟 1825.10.31,1825.11.1,1826.7.6
黄范亭 1825.8.27,1828.4.11
黄庚垣大兄 1828.4.3
黄公 1826.3.2
黄贵 1826.3.30
黄九爷 1825.9.7,1826.3.8,1826.3.10
黄俊民观察 1825.8.27
黄立诚世兄 1826.2.24
黄三兄 1828.4.3,1828.4.4
黄慎斋 1826.11.5
黄氏,杨士奇高祖母 1825.6.17
黄式亭 1825.8.27
黄四太爷 1828.4.11
黄委员 1825.9.14,1825.9.16,1826.12.10
黄新之(黄三表弟) 1827.4.22,1827.12.7
黄昭岚 1828.4.7
慧光僧(慧光禅师) 1825.5.2,1825.5.3,1825.12.3,1826.2.10,1826.4.6,1826.5.4
霍松轩 1826.2.25

J

季司马 1826.12.30
继昌(藩台,藩宪,方伯,莲龛) 1826.7.7,1826.9.1,1826.9.17,1826.9.18,1826.10.2,1826.10.3,1826.10.4,1826.10.11,1826.10.12,1826.10.13,1826.10.14,1827.3.28,1827.7.1,1827.7.2,1827.12.23,1828.4.1
继司马 1825.3.4
家畏三侄 1827.7.15
贾锡功 1828.1.19
蒋二兄 1828.3.31
蒋副榜四兄(蒋四兄) 1828.1.18,1828.3.31
蒋节相 1828.5.12
蒋举人 1826.8.25

蒋琳如 1826.8.2,1826.8.4
蒋三兄 1826.11.20,1826.12.27,1827.1.5,1827.1.18
蒋祥墀(蒋丹林师,蒋师) 1825.9.23,1826.11.10,1826.12.21,1827.6.24,1827.9.9,1827.10.11,1828.6.25,1828.9.6
蒋孝廉 1826.10.27
蒋韵泉 1827.4.8(补),1827.4.9(补),1827.7.11,1828.2.8,1828.3.23
金大兄(金委员) 1827.7.22,1827.7.28,1828.8.25
金光悌(金中丞) 1826.3.1
金九兄 1827.7.10,1828.3.23,1828.4.19
金兰 1827.11.29
金先生 1826.8.18
靳,候补县丞 1826.12.11
靳二兄(委员靳) 1827.1.21,1827.1.26
靳天祥(靳四兄) 1826.6.27,1826.7.21
经秋山太尊 1828.4.2

K

康福凑 1825.6.4
康福分 1825.6.4
康洪 1825.12.8(补)
康可春 1828.2.6
康宇 1825.6.4
康煜 1825.11.18,1826.6.8
孔先生 1827.4.8(补),1827.4.9(补)
匡▨林年兄 1828.7.2
匡爱日 1827.5.15,1828.2.19
匡贡生 1827.12.8
匡鸿烈 1827.5.15
匡阮 1825.3.15,1825.4.12,1827.4.26,1827.10.17
匡文魁之侄 1826.11.29
匡职员 1825.6.22,1825.9.9

L

蓝曾氏 1825.4.4
劳如斋 1823.10.21
雷(宁州雷) 1826.3.12
雷铉 1828.8.21
雷学淦(雷三爷,雷湘邻,新建雷) 1824.6/7,1825.3.1,1825.3.4,1826.3.17,1826.3.19,1826.8.27,1826.10.2,1826.10.11,1826.10.13,1826.10.14,1826.11.5,1828.3.26
黎六兄之子 1826.8.30
黎湛溪 1827.11.7
李,庐陵 1827.11.3
李(相士李) 1828.8.31
李八仔 1825.4.15
李参将(参将李) 1825.10.14,1826.6.20,1826.10.3,1826.12.30,1828.8.8

李昌发 1825.4.15,1825.4.16
李长寿(李游击) 1828.8.13
李大兄 1827.8.26
李大爷 1828.5.29
李二兄 1827.9.30,1828.5.15
李二爷 1826.11.5
李洪发 1826.2.27
李鸿宾(李鹿坪) 1826.9.3,1826.9.7
李光 1826.8.28
李钧 1828.8.24,1828.8.25
李来泰 1828.7.5
李林 1826.11.27
李青,捕役 1825.4.15,1825.4.18
李润堂(李协台) 1826.3.24,1826.3.25,1826.7.16,1826.7.17,1826.7.18,1826.7.28,1826.7.30,1828.4.27
李三兄(龙泉李) 1826.10.1,1827.6.21,1828.3.24,1828.5.15,1828.5.16
李畬斋(三兄) 1826.6.5,1827.5.12,1827.6.11,1828.2.24
李升 1827.1.19
李石台 1828.7.24
李石溪(李司马) 1826.3.11,1826.10.11,1826.12.30
李世讨 1825.7.15
李守备 1827.12.21
李树矩(李十兄) 1827.11.21,1827.11.24,1827.11.25
李太翁,李树矩之父 1827.11.21
李委员 1825.6.11
李心湖 1826.10.2,1826.10.27,1827.4.9(补),1827.4.10(补)
李云亭参戎(李参府) 1827.1.31,1827.4.10,1827.4.10(补),1827.12.14,1828.2.7,1828.3.23,1828.8.26
李云亭六公子 1827.1.31,1827.4.10(补)
李沄(李臬台) 1825.6.18
李贞玉 1826.8.5
李中 1825.10.16,1826.5.11
李宗昉(李芝亭,李学台) 1825.2.28,1826.11.10
练才 1826.11.26
梁参军 1828.3.23
梁光斗 1825.9.11
梁枚之 1828.3.10
梁三兄(梁府经,梁经厅) 1827.7.12,1828.1.19
梁通 1827.1.29
梁同书(梁山舟) 1825.3.4
梁志锜 1827.12.3
廖昌海 1825.7.28,1825.7.31
廖常泰 1826.1.27
林昌言 1828.6.4
林流明古 1827.8.12
林四兄 1826.6.22,1826.7.14,1826.8.10,1828.1.28
林委员(林二兄,委员林) 1825.10.30,1825.11.1,1825.11.4

凌,畹春当铺 1828.4.6
刘别驾 1826.2.23,1826.3.24,1826.3.25,1826.5.25
刘常 1825.12.8(补)
刘超群 1825.5.31
刘从九 1828.8.6
刘冬仔 1827.11.24,1828.3.4
刘家绰 1827.5.15
刘立 1825.12.8(补)
刘亮 1825.12.7(补)
刘陇光 1828.1.19
刘培厚(刘四兄) 1826.9.3
刘其康 1822
刘其勋 1825.3.24,1825.9.12,1825.9.29
刘青田 1824.3/4
刘仁 1825.12.8(补)
刘孺人,徐迪惠元配 1822.12.7
刘善堂 1827.11.8
刘绅士 1826.5.5
刘体重(本府,府宪,府尊,广信府刘,刘府宪,刘太尊) 1825.2.26,1826.9.30,1826.10.1,1826.10.11,1826.10.13,1826.11.5,1826.12.2,1826.12.14,1826.12.30,1826.12.31,1827.1.4,1827.1.6,1827.1.31,1827.2.1,1827.2.5,1827.2.6,1827.2.7,1827.7.9,1827.7.11,1827.7.14,1827.11.16,1827.12.24,1828.3.28,1828.4.19,1828.5.5,1828.5.14,1828.5.15,1828.8.26,1828.8.27
刘同升(刘司马) 1825.4.7,1827.10.4
刘文鸿(刘守备,刘总司) 1825.3.23,1825.4.1,1825.4.14,1825.4.16,1825.4.24
刘五太爷 1827.4.8(补)
刘西堂,刘在理之叔 1828.1.19
刘小崖 1826.9.7,1826.9.11,1826.12.20
刘荀 1826.5.21
刘义 1826.7.29
刘雨田 1827.1.13,1827.6.18
刘玉 1825.8.10
刘裕 1826.1.30
刘云 1825.5.31
刘允中 1826.3.8,1827.9.30,1828.8.23
刘运珠 1828.7.31
刘在理 1828.1.19
刘宗周(刘念台,刘蕺山) 1828.3.26
六叔 1827.12.12,1828.4.25,1828.6.29,1828.6.30
龙粮厅 1827.8.27
龙升 1826.2.5,1826.10.26
娄大兄 1827.5.5,1827.5.16,1827.7.15
娄十三先生 1827.10.21
卢海洲 1825.3.10,1827.4.8(补),1827.4.9(补)
卢四先生 1826.3.11

卢象升 1826.5.17
卢友 1825.8.12
陆鼎金 1828.6.14
陆候补 1826.10.16,1826.10.17
陆六兄 1828.1.10,1828.2.9,1828.5.15
陆言(陆心兰侍御,陆心兰方伯) 1824.3/4,1825.10.8,1827.9.11,1828.4.27
陆以济(兴国县陆) 1825.7.24
陆沅 1826.8.4
陆贽(陆忠宣公) 1826.9.9
罗才义 1825.12.10(补)
罗芳 1825.7.27
罗家蔼 1827.7.9,1827.7.22
罗家万 1827.7.13
罗教振 1827.7.22
罗老伯母 1827.11.28,1827.11.29,1828.8.18
罗麟祥(粮厅罗,罗大兄,罗二尹,罗公,罗粮厅,罗芝田) 1825.2.19,1825.3.20,1825.3.21,1825.4.10,1825.7.10,1825.7.11,1825.7.26,1825.7.29,1825.8.20,1825.11.7,1825.12.14,1826.1.26,1826.2.24,1826.3.1,1826.4.5,1826.4.12,1826.5.29,1826.6.22,1826.6.30,1826.7.1,1826.7.4,1826.8.7,1826.9.8,1826.9.13,1826.10.5,1826.10.19,1826.11.2,1826.11.8,1827.1.7,1827.1.8,1827.1.13,1827.1.15,1827.8.30,1827.9.12,1827.11.24,1827.11.30,1828.2.26,1828.3.3,1828.5.2,1828.5.8,1828.5.10,1828.7.1,1828.8.1,1828.8.28
罗明章 1826.10.19
罗钦顺(罗文庄公) 1825.4.7,1826.9.19,1827.10.4
罗世兄 1825.12.4,1827.5.14
罗顺 1825.12.10(补)
罗太翁,罗麟祥之父 1826.7.2
罗席珍 1825.6.4
罗祥 1826.8.5
罗仪春 1827.5.15
罗轶群 1826.1.26
罗俑章 1825.9.18,1826.10.17
罗玉岗(罗明府) 1826.2.11
罗云亭 1828.5.26
罗曾氏 1825.5.14
罗芝山 1828.2.1
吕昌际,吕喆之父 1828.5.31
吕大镛二兄 1827.12.10
吕二兄 1828.6.25
吕蕙兰 1822.8
吕六兄(吕委员,委员吕) 1825.10.25,1825.11.4,1825.11.7,1825.11.15,1825.11.24,1825.11.30,1827.10.31
吕申公 1825.4.3
吕又祥,吕喆祖父 1828.5.31
吕喆(吕太尊) 1828.5.31

M

马伯贤 1826.5.10,1826.6.4,1827.6.15
马副爷 1826.5.5,1826.10.9
马南原 1825.3.10
马廿二叔 1828.4.23
马慎庵(马五兄,慎庵比部) 1826.12.21,1827.6.24,1827.9.9,1827.9.12,1828.3.19,1828.8.30
马叔和 1826.10.4,1828.3.3
马璇图 1824.10.12
马有章(马参府) 1828.3.22
毛侍读 1825.8.25,1825.8.26,1825.12.6
毛玉龙 1828.4.10
毛竹书 1826.2.18,1826.5.3,1826.5.5,1826.6.19,1826.8.20,1827.12.14,1828.1.19,1828.2.5,1828.3.2,1828.3.3
梅松友 1828.3.23
孟章 1825.6.14
闵大兄 1825.9.3,1825.10.30,1826.1.3,1826.1.31,1827.1.22
闵先生 1827.4.10(补)
明玉珍 1826.5.22
铭德(本府,府宪,府尊,铭府宪,铭太尊,太尊) 1824.10.12,1825.2.22,1825.3.4,1825.3.23,1825.5.21,1825.5.22,1825.5.24,1825.7.6,1825.8.6,1825.8.7,1825.8.25,1825.9.11,1825.10.13,1825.10.14,1825.12.24,1826.2.13,1826.4.3,1826.7.9,1826.7.10,1826.8.26,1826.8.27,1826.8.28,1826.8.29,1826.9.8,1826.9.12,1826.9.13,1826.9.27,1826.10.1,1826.10.4,1826.10.26
沐都司 1826.6.16,1826.6.17,1826.6.18,1826.6.19

N

倪师爷 1828.1.28
倪泰明(倪三兄) 1828.5.31
倪委员 1826.1.29
倪学珠,倪二兄之父 1828.5.31
倪友桂(倪二兄) 1828.5.31
倪元璐(倪文正公) 1828.5.31

O

欧阳德(欧文庄公) 1825.4.7,1825.6.13,1826.9.19,1827.10.4
欧阳罗氏 1825.3.26,1825.4.4
欧阳亭 1825.5.11,1825.9.8,1826.8.22

P

潘安福 1826.10.11
潘二太亲翁 1827.10.21
潘荣(潘仆) 1825.10.22,1828.2.10,

1828.8.11,1828.8.15
潘少府 1827.12.4
彭副爷 1828.2.2
彭贡生 1827.12.8
彭启丰 1828.8.21
彭训导 1827.11.27
彭璋 1825.11.18
普三爷 1827.4.9(补)

Q

七兄 1826.11.23,1827.4.22,1827.11.5
七侄,从安徽来 1825.7.8,1825.8.16
七侄,从粤东来 1825.5.29,1826.3.1,1827.9.30
齐嘉绍(盐道,盐宪) 1826.2.23,1826.3.9,1826.8.27,1826.8.28,1826.8.29,1827.7.23,1828.3.29
齐为桢 1824.10.12
钱,友人 1826.3.19
钱騋(九江府钱,钱太尊,钱小垌太尊,太尊钱) 1825.2.26,1825.2.28,1825.3.18,1826.2.23,1826.2.24,1827.10.15,1828.1.25,1828.2.22,1828.3.28,1828.3.29,1828.4.1,1828.4.2
钱日炤(钱三府,钱三尊,钱曙峰三尊,三府) 1825.5.21,1826.3.17,1826.4.3,1826.6.13,1826.12.30,1827.1.11,1827.1.14,1827.1.15,1827.1.31,1827.4.8(补),1827.4.11,1827.7.9,1827.12.25,1828.3.23
钱三尊太翁 1827.4.10(补),1827.12.25
钱太君 1822.12.22
钱委员 1826.7.21
秦委员 1825.6.21,1825.7.13
秦缃武(秦省吾) 1826.10.6,1826.10.7,1826.12.6,1827.1.19
庆保(庆大人) 1827.1.17
庆威弟兄 1827.6.21
邱奥玉 1828.5.16
邱树棠(臬邱,臬宪,邱大人) 1825.2.26,1825.3.3,1826.2.23,1826.3.3,1826.3.16,1827.1.13,1827.10.27
邱委员 1825.10.18,1825.12.13
裘,司阍 1825.2.21,1826.2.11
裘镐 1825.7.29,1826.6.28,1827.4.3,1827.6.8,1828.2.25,1828.8.19

R

饶朝逵 1825.9.1
任应烈 1828.6.15
如君,高照厅之妾 1827.4.10(补)
阮元(阮制宪) 1828.5.18
瑞甫 1826.10.9
瑞龄(粮厅瑞,瑞大兄,瑞二尹,瑞粮厅) 1826.8.25,1826.9.13,1827.8.9

S

邵宝之三兄 1828.1.13
邵符(邵大兄) 1828.8.26
沈表大兄 1827.6.7
沈二兄 1827.5.17
沈凤树 1828.3.3,1828.7.13,1828.7.15
沈节斋舅太爷 1828.7.13,1828.7.14
沈括 1828.2.12
沈苹滨 1828.4.2
沈齐贤(沈盐场) 1826.11.24,1826.11.25
沈寿田(沈友) 1825.3.4,1825.4.1,1825.4.24,1825.10.8,1825.10.18,1826.6.27,1827.4.9(补),1827.4.10(补)
沈畹兰 1826.2.27
沈委员 1825.12.16
盛二兄 1827.10.29
盛三兄 1828.3.31
师吉(师吉弟) 1825.7.1,1825.10.22,1825.10.23,1826.2.6,1826.4.17,1826.5.12,1826.7.14,1826.11.24,1827.1.25,1827.4.3,1828.6.29
施二兄 1826.3.7
施粮厅 1825.12.17
施四兄 1828.3.31
十二叔 1827.12.12
十六弟(十六) 1826.11.11,1827.2.7
十六女弟 1826.3.22
十七弟(十七) 1826.11.11,1828.5.10
十三弟(十三,扬州十三) 1825.8.24,1825.11.6,1826.5.5,1826.5.12,1826.7.14,1826.7.23,1828.4.25,1828.5.10
石利章 1825.5.19
石珊 1828.1.25
石职员 1827.11.26,1827.1.27,1827.11.29
史麟善(司马史) 1827.6.1
史太守 1828.5.24
史贻直(史文靖) 1828.5.24
史玉洋 1828.5.24
士明(士明侄) 1826.6.27,1826.7.23
首府宪(首府) 1826.3.17,1826.3.22,1826.3.27
首县 1826.3.22
寿椿严(寿五兄,寿玉堂) 1827.9.22,1827.12.22,1828.1.4,1828.1.6
寿师爷 1828.1.28
菽才 1825.7.1,1827.6.15,1828.4.24,1828.5.2,1828.5.15
舒观察 1826.3.5
顺洪 1825.5.24
四舅嫂 1827.4.21
四叔 1826.3.9
嵩溥(藩,藩嵩) 1825.2.26,1825.3.2
宋,盐犯 1825.4.14

苏捕厅 1827.5.12
苏成额(广东藩宪苏) 1825.4.21, 1825.4.22
苏理堂襟兄 1827.8.24,1828.2.21
苏明阿(藩宪苏) 1826.2.25,1826.7.7
苏辙(苏颖滨,苏子瞻) 1827.12.16, 1828.7.8
孙大兄 1828.3.23
孙明府 1826.3.17
孙奇逢 1828.8.25
孙叔敖 1828.5.24
孙星衍 1828.3.16
孙中丞 1828.5.24

T

汤大宾 1828.8.21
唐尚卓(唐大兄,唐云津) 1826.2.4, 1826.2.6,1826.2.8,1826.3.25
唐太君 1822.12.22
陶敦山二兄 1826.10.12
陶福恒(陶松君)1826.11.16,1828.3.28
陶吉庵(陶伯岳,陶汇翁,陶汇征,陶玉峰伯岳) 1822.10,1823.2.25, 1824.10.12,1825.2.28,1825.8.30,1826.3.8,1826.3.10,1826.3.15,1826.8.14
陶给谏 1825.8.25,1825.8.26,1825.12.6
陶侃 1823.10.2
陶老丈(陶丈,陶岳) 1823.2.25,1824.10.12,1825.2.25,1825.9.11,1827.7.22,1827.11.29,1827.12.4,1827.12.9,1827.12.19,1827.12.23,1828.1.17,1828.3.30,1828.5.10,1828.6.12,1828.7.13
陶母(陶婆) 1823.10.2
陶七爷 1828.3.4
陶润仓 1826.8.3
陶三兄 1828.8.26
陶氏夫人(内子) 1826.5.11,1826.5.12,1826.7.1,1826.8.10,1826.8.22,1827.5.1,1828.5.19
陶澍(陶云亭中丞) 1828.5.24
陶尧章 1825.10.31
陶用壬(陶和) 1826.5.24
陶中翰 1828.1.5
谈司马 1825.2.27,1826.2.23,1826.3.26
谭司马 1826.3.10
天桂侄 1827.12.12
田嵩 1828.8.24,1828.8.25
田太夫人,魏元烺之母 1827.11.14, 1827.11.15
童高 1825.12.8(补)
屠之申(屠藩台) 1826.3.25

W

万榕堂 1824.1/2

万台(万溪云司马) 1828.4.11
万委员 1825.12.4
汪宝成(汪五兄,捕厅汪) 1827.4.3,1827.4.4,1827.4.6,1828.8.28
汪大兄(汪从九) 1825.12.29,1826.1.27,1826.2.6
汪二兄 1827.10.24,1827.11.2
汪全德(汪道宪,汪观察) 1825.6.20,1826.8.26
汪小竹 1826.8.7
汪巡司 1826.8.28
王,宝田斋书客 1828.1.1
王,捕役 1827.7.22
王,王凤山祖父 1825.9.28,1827.7.17
王爱卢 1825.4.15
王侪峤 1828.5.24
王朝光 1824.3/4
王澄 1825.10.22,1826.8.22
王成山 1825.10.24,1825.11.1
王德仰 1825.10.18,1825.12.27,1825.12.28
王篴亭选拔(王笛亭选拔,王选拔) 1826.3.15,1826.3.16,1826.3.17
王定九尚书 1827.10.11
王冬斗 1827.11.2
王二先生 1827.10.21
王凤山(凤山明府,王二兄,王明府) 1825.4.18,1825.4.19,1825.5.17,1825.5.18,1825.5.28,1825.7.5,1825.7.7,1825.7.20,1825.8.5,1825.8.26,1825.9.23,1825.9.28,1825.10.6,1825.10.25,1826.1.7,1826.5.31,1826.6.1,1827.4.6,1827.8.27,1827.9.7,1827.9.13,1827.9.14,1828.3.4
王凤山明府之弟(三兄) 1825.11.12,1826.4.11,1828.3.2
王凤山明府之父 1827.7.17
王高 1827.12.1
王恒 1825.3.13
王洪 1825.12.8(补)
王焕章 1828.6.11
王焜 1825.8.8
王济苍 1822,1827.12.13
王坚 1825.11.18
王景平 1827.12.11
王兰皋明府 1827.6.5,1827.6.6,1827.7.31,1828.1.28,1828.3.31
王勉斋 1827.10.9,1827.10.10,1827.10.11,1827.10.12,1827.11.2,1828.1.15,1828.3.19,1828.4.3
王念之 1826.1.26
王仁山 1828.1.7
王尚荣 1826.12.4,1826.12.5,1827.7.10
王式金 1827.5.15
王侍郎,王友沂之父 1828.5.24
王四兄(王四爷) 1825.5.30,1827.6.13
王太夫人,徐七兄之母 1828.8.27
王体仁 1827.3.27

王天锡(王孝廉) 1828.8.6
王庭 1828.7.3
王同治 1824.10.12
王万(王大兄) 1827.12.29
王锡之 1826.1.26
王羲之(王右军) 1828.4.21
王新恩 1827.12.11
王修道 1828.6.22
王绣堂 1826.11.15
王阳明 1824.1/2,1826.2.20,1826.3.24,1828.3.28
王耀开 1826.8.1,1826.8.2
王应礼 1826.1.26
王友沂(王别驾) 1828.5.24,1828.5.25
王友沂之弟(春泉别驾之弟) 1828.5.24
王毓林(王春淑) 1826.4.9
王原培(粮厅王) 1824.10.27
王肇堂(王县丞) 1827.4.10(补)
王者香大兄 1828.5.6
王珍 1825.3.14
王榛巢(王世兄) 1827.4.16,1827.5.20,1827.10.14,1827.10.15,1828.6.2
王直(王文端公) 1825.4.7,1826.10.24
威如 1826.10.1,1826.10.26,1826.11.1,1827.5.31,1827.12.5,1827.12.30,1828.2.3,1828.8.28
渭泉兄 1822.10
蔚占 1826.7.28,1826.7.30
魏福 1826.5.28,1826.6.4,1826.8.7,1826.8.14,1826.9.6,1826.9.15,1826.10.12,1826.12.14,1827.6.1,1827.8.25,1828.1.8,1828.5.17
魏妾 1823.11.15,1826.11.16
魏三兄(万安魏) 1825.4.13,1826.9.2,1826.10.1,1827.10.21,1828.5.6
文,友人 1826.3.19
魏元烺(广东藩宪,魏藩台,魏方伯,魏丽泉) 1826.1.6,1827.11.14,1827.11.16,1828.1.26
魏元炜 1825.4.5
文若苏首台 1825.3.1
文三爷 1824.6/7
文司马 1825.9.5,1825.11.29,1825.11.30,1826.8.27
文天祥(文信国公) 1825.4.7,1827.10.4,1828.3.19
翁贤 1826.8.15
乌太尊 1825.8.3
邬雪舫 1828.4.25,1828.5.17
吴,司阍 1825.2.21
吴,滩头司 1827.5.23
吴爱晖 1826.2.13,1828.8.26
吴副爷 1828.3.23,1828.8.13
吴毅人 1827.12.18
吴瀚周 1825.4.21
吴兰幅 1827.12.28,1827.12.29

吴樑堂夫子 1828.5.7
吴临之 1827.4.24,1827.12.13
吴三尊 1828.5.24
吴退旃 1824.3/4
吴学院 1828.4.29
吴巡检(吴二巡检) 1827.5.11,1827.10.21
吴又可 1826.8.17,1826.8.21
吴钰 1827.8.9
吴竹庵 1828.3.31
武小谷(武七兄) 1826.11.5,1826.12.30,1826.12.31,1828.4.27,1828.8.14

X

夏二兄 1828.4.4
夏森圃(夏观察,森圃观察) 1826.11.8,1828.3.31,1828.4.2,1828.4.4,1828.4.6
暹罗国贡使 1827.11.29,1828.5.29,1828.5.30
肖清芳 1825.6.2
萧楚(萧清节公) 1825.4.7,1826.9.19,1827.10.4
萧道标 1825.5.30
萧德谦 1826.11.2
萧鼎文 1825.3.20,1825.3.21
萧二兄 1828.5.6
萧观旂 1825.5.30
萧琯(萧三兄) 1827.11.18,1827.11.28
萧光 1825.6.1,1825.12.10(补),1825.12.11(补)
萧光熙(萧春台,萧生春台) 1826.1.25,1826.8.22,1827.2.2,1827.5.31,1827.7.4,1828.1.2,1828.2.11,1828.4.24,1828.8.2
萧和(肖和) 1825.12.7(补)
萧和元 1825.6.2
萧洪 1828.4.13,1828.4.15
萧焕(肖焕) 1825.12.7(补)
萧健魁 1828.5.13
萧举人 1825.3.23
萧举人(萝卜村) 1826.9.13
萧蓼 1825.5.30
萧伦源 1826.11.28
萧品瑶 1827.5.15,1828.1.20
萧其俊 1825.9.4,1826.7.8,1826.7.28,1826.7.31,1826.8.16,1826.8.27,1826.8.29,1826.8.30,1826.12.30,1827.4.8,1827.4.8(补),1827.4.9,1827.4.9(补),1827.4.10,1827.4.10(补),1827.4.11,1827.7.10
萧其俊胞叔 1826.7.31
萧翘新 1825.6.25,1825.7.26
萧绅士 1827.1.22
萧时松 1825.5.4,1825.10.5
萧苏材 1825.6.2,1825.6.5
萧文彬 1826.7.31
萧义士 1826.9.11

萧寅璜 1826.8.12
萧元吉 1825.5.30
萧月章 1828.5.16
解缙 1826.5.25
谢,经国斋书客 1827.12.25,1828.1.1
谢厚奉 1825.7.26
谢连济 1827.7.10
谢升 1828.4.24
兴科(臬宪) 1828.1.27,1828.1.28,1828.2.18,1828.3.29
熊次候 1828.7.25
徐,本家三兄 1826.3.5
徐鳌 1828.6.13
徐碧堂(碧堂先生) 1822.7/8,1822.10
徐鼎梅 1827.12.8,1827.12.28,1828.5.22
徐端人(应衡) 1822.12.7,1828.1.19
徐二兄 1826.4.6,1827.11.25,1827.12.13,1827.12.18,1828.3.2
徐福 1825.10.17,1825.12.1
徐幹 1826.6.16
徐公 1826.3.2
徐国珍(国珍,国珍兄) 1822.8,1827.12.12
徐绩 1827.10.2
徐鉴堂别驾(鉴庵别驾,徐别驾) 1827.10.2,1827.10.16,1827.12.21
徐俊 1828.8.10
徐昆 1827.10.2
徐莲峰(莲峰编修,莲峰太史) 1823,1823.10.21,1824.3/4,1828.3.4,1828.3.28,1828.3.31,1828.4.2
徐鲁得(应宿先生) 1826.8.19
徐茂 1825.9.12,1826.6.4
徐南士 1825.7.15,1826.2.22
徐庞(徐鹿门别驾) 1825.5.13
徐七兄(徐七爷,署三府徐) 1828.5.29,1828.6.1,1828.8.27
徐瑞光,徐闻礼次子 1823.11.22,1827.2.7,1827.3.25,1827.3.29
徐升 1825.4.3,1825.4.10,1825.12.27
徐石泉 1825.12.5
徐松(星伯,星伯九侄,星伯舍人,星伯侄,星伯中翰) 1825.9.26,1826.8.7,1826.9.1,1826.12.21,1827.6.8,1827.6.19,1827.6.29,1827.8.31,1827.9.9,1827.9.12,1828.2.9,1828.2.21,1828.3.22,1828.4.25,1828.4.26,1828.5.15,1828.6.25,1828.6.27,1828.7.5,1828.9.6
徐闻兰(家二兄,兰二哥,闻兰二兄/哥) 1823.2.25,1825.3.4,1825.12.29,1826.1.5,1826.5.8,1827.12.12,1828.3.15
徐闻礼(闻礼,五弟) 1823.11.22,1825.4.24,1825.5.9,1827.1.16
徐闻善(八弟,八弟龙泉,龙泉,闻善) 1822.8/9,1825.2.21,1825.5.11,1825.8.17,1825.9.25,1826.1.5,

1826.2.13,1826.4.7,1826.4.24,1826.5.9,1826.10.1,1826.10.4,1826.11.10,1826.12.25,1827.1.16,1827.8.9,1827.9.4,1827.9.20,1827.12.14,1828.1.17,1828.4.21,1828.7.30
徐闻义 1828.1.25,1828.2.26,1828.5.10
徐骧(徐香) 1827.12.14
徐香祖(徐秋楚) 1827.11.29,1828.5.29
徐秀峰(秀峰,秀峰侄) 1825.7.1,1825.7.7,1826.6.7
徐耀 1826.7.4,1826.12.7
徐越 1828.6.9
徐允斋,徐迪惠之父(先君子) 1822.8.4,1822.12.1,1824.3/4
徐昭度 1823.10.21
徐职员 1825.4.18,1825.6.22,1825.9.9
许二兄 1828.4.4
许光明 1828.8.9
许委员 1826.5.11
许伊远 1825.4.6
薛文清公 1825.2.25

Y

严生员 1828.7.6
严氏,杨士奇生祖母 1825.6.17
严委员 1825.4.11
杨,相士 1825.8.4
杨褒功 1825.6.17
杨褒忠 1824.11.14
杨芳(杨侯) 1828.3.30,1828.5.21
杨复圭,杨士奇高祖 1825.6.17
杨副爷 1825.7.29,1825.9.15,1828.2.22,1828.6.24
杨淦(杨春泉) 1828.5.9,1828.5.12,1828.5.13
杨高 1825.12.10(补)
杨公 1826.3.2
杨公辰,杨士奇生祖 1825.6.17
杨季贤四兄 1826.2.25
杨家璜 1826.9.4
杨琚 1825.6.17
杨仁一,杨士奇祖父 1825.6.17
杨讱(杨春洲,杨春洲二兄) 1825.3.29,1825.4.10,1825.5.17,1825.5.22,1825.6.10,1825.6.12,1825.7.3,1825.7.22,1825.7.29,1825.8.20,1825.9.6,1825.9.8,1825.9.10,1827.11.12
杨绅士 1826.5.5
杨士奇(杨文贞,杨东里) 1825.4.7,1825.6.17,1826.5.25,1826.7.16,1826.9.19,1827.10.4
杨世荣(杨雨楼) 1827.11.21,1827.11.24,1827.12.29,1827.12.30,1827.12.31,1828.5.21,1828.6.6,1828.6.7
杨叔球,杨士奇高高祖 1825.6.17

杨外委 1825.7.31
杨炜(杨星街翰林) 1827.11.6
杨委员(杨从九) 1825.2.18,1825.2.19,1825.3.21,1825.7.31,1825.10.3
杨锡环 1828.3.7,1828.6.23
杨贤可,杨士奇曾祖 1825.6.17
杨寅秋 1825.6.17
杨子将,杨士奇之父(公父) 1825.6.17
杨总爷 1825.9.4,1825.9.6
姚柏石 1826.8.28,1826.8.29
姚棻(姚铁松中丞) 1826.2.6
姚太翁,姚文田之父 1827.4.10(补)
姚文田(姚秋农,姚总宪) 1827.4.10(补)
姚熙复(姚老师,姚学师,姚竹香) 1825.4.20,1825.6.18,1825.6.19,1825.6.20,1825.6.28,1825.9.5,1825.9.6,1826.4.21,1826.6.8,1826.6.20,1826.7.4,1826.7.23,1826.8.30,1826.10.5,1826.11.21
姚颐(姚雪门) 1825.9.27,1826.10.25,1827.12.30,1827.12.31
姚预 1825.6.21
姚元之(伯昂太史) 1825.9.26,1826.8.7,1826.12.21,1827.1.20
姚祖同(姚亮甫) 1828.3.13
叶二都阃 1827.10.21
叶煌(叶八兄) 1824.1/2
易副爷 1826.7.20
银文昭 1828.6.3
尹榕 1826.1.26
游永汉 1826.10.19
游稚松(游学博,游学师) 1826.12.10,1826.12.11,1826.12.27,1827.8.5,1827.12.31,1828.8.12
于谦(于少保) 1826.5.26
余,姚熙复女婿 1826.11.2
余凤山 1827.10.23
余三兄 1825.7.1
余守备(守备余) 1826.6.16,1826.6.17,1826.6.18,1826.6.19
余廷臣 1822.12.1,1823.2.25,1823.9.30
俞十一弟 1828.7.31
俞十一妹 1828.8.6
雨亭 1826.5.19,1827.4.22,1827.12.7,1828.2.2,1828.5.17
禹畴 1825.3.24,1827.1.14,1827.8.31
毓岱(毓中丞) 1825.7.13
元八 1826.5.10,1826.6.4,1827.4.22
元贵 1825.12.27,1826.3.15,1827.11.5
袁拔贡 1826.11.10,1828.4.24
袁大先生 1826.1.15
袁大爷 1825.9.27
袁副爷 1828.6.22
袁洪 1825.11.2
袁怀瑭 1827.5.15,1827.11.23,1827.12.31,1828.4.24

袁怀恩 1826.1.26
袁怀球(袁贡生) 1825.11.27,1825.12.5,1828.7.18
袁枚(袁简斋,袁子才) 1825.2.21,1828.5.31
袁三兄 1827.9.9,1828.1.2,1828.8.4
袁三爷 1826.4.6,1827.12.31,1828.2.22
袁太守 1825.9.27
袁秀浦 1825.4.6
袁员外郎 1825.2.19
袁贞衢(袁寺丞) 1825.8.21,1826.5.23
允斋府君,徐迪惠之父(先君子) 1822.8.4,1822.8/9,1822.12.1,1824.3/4

Z

曾栋 1825.12.8(补)
曾普满(曾副爷) 1828.3.15
曾如骥(曾忠愍公) 1825.4.7,1826.9.19,1827.10.4
曾孺人 1825.6.17
曾绅士 1827.1.22
曾顺 1825.6.3
曾文 1825.6.2
曾锡龄(龙泉县曾,曾蔚然,曾二兄,曾明府) 1825.3.9,1825.5.16,1825.5.22,1825.5.27,1825.8.12,1825.8.13,1826.3.25,1827.12.22
曾泳英 1826.6.16
曾燠(曾宾谷) 1823.1.29,1823.2.25,1824.3/4,1827.9.9
曾翥 1825.6.3
札大兄(札大爷,札公) 1825.5.23,1825.10.13,1826.8.27,1826.8.28,1826.8.29,1826.9.27,1826.10.14,1826.10.18,1827.7.13,1827.11.3
翟少君,翟声渊之子 1825.4.16
翟声渊,早禾司巡驿,道光三年任(翟巡厅) 1825.6.15,1825.9.21
詹老师 1825.9.7
詹同 1826.5.24
张,南安府 1827.11.29
张,司阍 1825.2.21
张按司狱 1826.3.1
张表弟 1827.4.10(补)
张大雅 1825.6.6
张地师 1828.4.11,1824.4.12
张二舅太爷 1828.3.23
张福 1825.2.19,1825.9.18,1825.10.30,1825.12.15,1826.6.29,1826.7.17,1827.7.6,1828.6.2
张复(张五兄) 1827.11.9,1827.11.10
张格尔 1827.12.30,1828.3.30
张官 1828.3.23
张介侯 1826.3.11,1826.10.1,1826.10.11
张九兄 1826.10.2
张九爷 1828.2.26

张考夫 1828.8.21
张昆祥二兄 1827.10.21
张老四 1825.4.21,1825.10.22,1825.10.23
张联桂 1826.10.26
张粮厅 1827.1.23,1827.4.4,1827.4.6
张湄 1822,1828.6.17
张梅坞 1828.8.26
张妹氏 1828.4.23,1828.4.24,1828.4.28
张妹丈,在上虞梁湖 1825.4.3
张妹丈,在广东 1825.6.23,1825.8.31
张珊洲 1825.3.23,1825.3.29
张绍良 1826.11.17
张十 1825.3.27
张十三兄 1825.11.18,1828.2.20
张十兄 1828.8.6
张士诚 1826.5.22
张氏,徐端人冥配 1822.12.7
张世兄 1828.2.9
张寿堂 1826.7.8
张四兄 1827.6.2,1827.8.14,1827.8.27,1827.9.1,1828.1.3,1828.1.26,1828.2.2,1828.2.20
张太孺人(老太太,老母) 1822.8.4,1822.12.1,1825.4.3,1825.7.14,1825.8.17,1826.7.4,1827.6.22,1827.6.23,1828.7.9
张委员 1825.2.18,1825.2.19
张文 1827.11.10
张问陶(张船山) 1826.12.24,1826.12.29,1827.1.1
张五兄 1826.11.6
张仙洲 1825.10.22,1826.3.22
张孝廉 1825.11.5
张新选 1828.6.14,1828.6.20
张杨园 1828.3.12
张映壁(张二) 1825.3.27,1825.3.29
张云亭 1825.3.10,1826.2.13,1826.8.18,1826.8.28,1826.9.27,1826.11.6,1827.4.9(补),1827.4.10(补)
张溱 1825.10.24,1825.11.23,1826.6.2,1826.6.29,1826.7.1,1826.9.8,1826.9.10,1827.1.24,1827.5.29,1827.6.13,1827.7.11,1827.7.16,1827.11.24,1827.11.28,1827.12.23,1827.12.29,1828.2.3
张振洋 1825.6.10,1825.9.20
张之栋 1825.11.5
张主事 1824.1/2
章合亭(章八兄) 1826.8.6,1827.1.25
赵,都昌 1827.10.23
赵别驾 1827.4.13
赵二兄 1827.11.25,1828.1.28
赵福(赵贵) 1828.4.12,1828.4.13,1828.4.15,1828.5.5
赵怀玉(赵收斋) 1825.3.22
赵守备 1827.12.15
郑表弟 1828.4.25

郑春 1827.8.26
郑方坤 1826.8.26
郑盐运司 1827.4.13
郑祖琛(郑梦白) 1823.6/7
志铨 1828.2.26,1828.5.24,1828.8.4,1828.8.31
忠司马 1826.2.24
钟副爷(钟把总) 1825.3.21,1825.4.1,1826.10.17
钟江龄甥 1826.12.31
钟金堂 1825.5.29,1826.3.1
钟老五 1827.12.28,1827.12.29
钟亲翁(钟鼎翁,钟太翁) 1826.3.26,1826.7.30,1827.7.10
周东序 1824.3/4
周观察 1828.5.12
周继炘(本道,本道宪,道宪周,吉南本道,首府周,盐首府,周道台,周道宪,周太尊) 1825.2.26,1825.3.3,1826.2.21,1826.3.9,1826.8.7,1826.8.13,1826.8.14,1826.8.21,1826.9.24,1826.9.27,1826.10.1,1826.10.4,1826.10.15,1826.11.5,1826.11.6,1826.11.24,1826.11.25,1827.1.15,1827.1.26,1827.10.18,1827.10.19,1827.11.10
周将军 1828.1.19
周开 1828.5.18
周龙陈 1826.4.28
周藕香 1824.1/2,1825.4.3,1827.12.13,1828.8.20
周人杰 1825.11.14
周人杰甥 1825.11.2
周士价(周介人二兄) 1826.10.16,1826.10.17
周是修 1828.3.6
周四太爷 1825.4.12,1825.6.11
周松荫 1826.3.25,1828.5.12
周先蕴 1825.4.11
周孝廉 1825.7.21
周星垣三兄 1828.3.24,1828.4.18
周益三 1825.11.20
周雨亭 1818.9
周在浚(周雪客) 1828.3.26
周之沛 1826.10.28
周作楫(周梦岩,周梦岩太史,周梦岩学政) 1825.4.19,1828.1.8,1828.3.9
周作楫之叔(周梦岩学正之叔) 1827.4.13
周作沛,周作楫族弟 1828.1.8,1828.1.18,1828.8.5
周作湘,周作楫族弟 1828.1.18
朱二兄 1827.8.13,1827.8.14,1827.9.1
朱庚 1828.5.24
朱芰湖(二兄) 1826.2.16
朱检之 1826.1.14,1826.1.15
朱库官 1826.3.1
朱老七 1827.7.25
朱七先生 1826.1.5,1826.11.20

朱乔增（朱七兄，朱友）1825.5.20，1825.9.6，1826.9.27，1826.11.5
朱轼（朱文端公）1825.9.17
朱司马 1825.7.2，1826.10.13
朱四兄（朱七先生之子）1826.7.22
朱廷兰 1828.7.3，1828.7.4
朱依 1826.2.5
朱增 1827.5.15
朱总运 1825.2.26，1826.3.22
诸七兄 1826.3.1，1826.8.28
珠总运 1828.3.30
邹守益 1826.5.25
邹中堂 1824.3/4

象洞山房文诗稿

序　跋

姚　序

扬子《法言》云："通天、地、人曰'儒'，通天、地而不通人曰'伎'。"然则人欲毅然自立，以斯道为己任，非兼综三才不可也。徐君鹿苑，博学多文，以名孝廉赴公车。通天文之学，凡天官、占验、遁甲诸书，靡不洞悉精微，旁溢而为形家言，鉴别之当，虽景纯复生，不是过焉。然君雅不欲以此自见，而就教者踵相接，由是名动京师。顾数奇，九试南宫不偶，而与余有李郭之谊。每计偕北上，出其所作诗文相证，未尝不为之击节叹赏。生平不沾沾制艺之学，而肆力于古甚深，故其为文倔强离奇，不名一体，而精神迸跃，独开生面，实为一代作手。既不得志于春官，谒选得豫章令，所莅皆卓然有声。岁庚寅，以精堪舆受知今上，传乘诣都，方事之殷，不暇论文。未几以内艰去官服阕，即引疾退，而与余音问稍疏矣。逮余奉命视学两浙，嗣君鼎梅出余门下，始得晤君于故里。见所著作益富而精，为踊跃久之。余入都后亦即乞退，自是遂隔绝。今春得其嗣君书，述君已返道山，且裒其遗集，问序于余。余因思诗文一道，古今作者，奚翅万家，而要其人可传，斯其业不朽。君植品既纯，而所学又足以辅之，故能上答主知，下慰民望，为他日传循吏者首所取法，是有合乎"通天、地、人曰'儒'"之旨。而谓其发为文章，犹不足信今传后焉，此则理之所必无者也。爰不辞而为之序。

时道光二十七年岁次丁未孟春之月通家愚弟姚元之拜序

墓 表

自陈图南传杨曾之学，而墓道吉凶之说，儒者韪之。朱子语言文字，散见于地理诸书者，指不胜屈，而蔡季通且勒为成书。嗣后刘中山、刘诚意咸以帷幄元勋，负厥盛名，而熊襄愍经济雄才，俯视一世，其撰《性气先生传》，亦津津以龙穴沙水自喜。班掾曰形法吉凶，“非有鬼神，数自然也”。阐理以明数，则亦诚非小道矣。

近世儒学之士精地理者，吾乡则有徐鹿苑先生。先生讳迪惠，原名肄三，字闻诗，别号鹿苑。世居上虞之下管溪，祖、父咸以积善勤学著于乡。先生生而颖异，自其总角时，闻地理家言，已能知其义蕴，稍长，能文章，饩县学，为名诸生，尤究心于《青囊》《天玉》诸书，奥辞僻语，一经点化，神而能明。间为亲友相地，必以常理详说其所以吉凶之故，虽老妪能解其言，而同时地师之负籍籍名、高自位置者，辄俯首帖耳，不能作一响亮语，其学识殆有以震慑之也。嘉庆戊午，领乡荐，九试礼闱不第，顾数数客游辇下，遇交游之投气者，辄为其先人相墓地。久之，京师言地理者，亦咸屈一指称先生。先生既不得志于春官，乃就县令选，历任江西义宁、进贤、清江、泰和诸州县，皆以廉明慈惠为士民荫赖。而官泰和稍久，尤得有所设施。学校、义仓诸良规，至今为江右式法。然先生终以地理自喜，所至必因其山川、城郭之形势而吉其向背。又与进士端木国瑚订正《地理元文》一书，以救当时地师之失。故上官同僚，下暨士民，莫不哗称先生之地理，而吏绩转隐焉。道光庚寅六月，朝廷以先生通晓堪舆，旨下巡抚吴公光悦，资遣来京相，钦使如易州，于泰陵红桩百里之遥，选得莲花塞、岳合庄、龙泉峪三吉壤，覆命叙劳，擢同知。当是时，先生地理之名闻天下，会丁内艰，回籍服阕，遂不复仕。先生性勤果，筋力强健，虽年老常喜登涉。其平生所游历，一丘一壑，必审其脉络以取裁葬地，入选者图记甲乙之最为一编，题曰“无价宝”。其葬亲也，即其所选之最善而易得者营之圹，故不逾期而成礼以葬，裕如也。

尝试论之，信救贫催官之说，舍其为父母之本谋，而谋其孙子，孝子之所不安也。然不择地而葬之，一任土蚀蚁饮其亲之肤血，亦岂孝子之所忍出哉？士大夫居恒于阴阳术数之学漫不经意，迨至遭罹大故，始招一二方术士而与之谋。听其言，既诞不足信；责其效，又急不得验。道听途说，旁皇无主，于是有因循不葬者矣，有屡葬屡易者矣。当此之时，虽日抱其亲之柩，而呼天号泣，奚益哉？若先生者，性近于是，学精于是，固足以阐理明数，而为朱蔡之流亚，非夫人所可及。然而观其大略，得其粗粗，假手于人，而有以别其能否，听言于人，而有以择其是非，选十得数，得三用一，于救贫催官之说无所冀，而求免夫土蚀蚁饮之患，则先生之所以葬其亲者，固夫尽人所可效法者也，岂非慎终送死之急务也哉。

先生居乡十余年，设管溪义仓，创经正书院，度地掩胔，置田给公车士，所以嘉惠乡党士民者甚厚。其所居曰"菘园"，四方文士讲求学问，与夫术士之乞奖借声誉者咸造焉。所著自地理诸书外，有《象洞山房诗文稿》。道光乙巳年十二月二十九日卒，年七十岁。元配刘宜人，生二子：长之楷，学有成绩，就试北闱，殁于京邸；次志孝，出嗣于从兄闻政。刘宜人早故，葬株林桥。继室陶宜人、侧室魏氏均无出，因以弟子虔复嗣，复嗣从孙瑞芬为之楷后。道光丙午五月七日葬先生郡城东郊地檠之原，陶宜人暨魏氏祔焉。虔复，字宝彝，初名鼎梅，道光己酉科副贡生，辛酉之难死贼甚烈。余曾为之作传，瑞芬以盐曹筮仕淮上，有子三，鸿晋、鄂寿、鹏宝。彝子焕章，亦郡名诸生，自宝彝之亡十二年，焕章复以先生行状乞墓表，又八年乃克为之。

光绪六年春会稽后学马赓良拜撰

许 跋

鹿苑先生，循吏也，历宰江右剧邑，政平讼理，与民安乐，诪张者不能逞其幻，桀黠者不忍售其欺。至今诵循绩者，辄推挹无异词。即以诗文论,亦自春容大雅,所谓“仁义之人,其言蔼如”也。

道光乙未重九后一日,年愚弟许乃普敬读一过并记于静香斋。静香斋,西江学政院中书斋也。

包 跋

予前在都,闻鹤田道“鹿翁有通天彻地之学”。金秋抵西江,又闻称颂循良者不绝,极憾无缘得接光霁。适姚侍郎述及薄游旧部,即诣谒,一见契心,遂为昆季。继示近著,读之蔼如,其仁者之言也。行当分袂,用识泥爪之因结自数年前者,以为异日重逢之验。

道光乙未孟冬安吴包世臣记

王 跋

鹿苑先生与余为同年友。记在都时樽酒论文,甚相得也。嗣余远宦中州,先生亦出为豫章令,有传其政声者,心窃佩之。及余乞养旋里,先生亦先以忧归,卜居东郭,距余家半里许,遂邀入仿洛会,踪迹益密。暇日出其《象洞山房稿》见示,余雒诵数过,是真能以文章为经济者,即其所著各碑记,爱民之诚,见之事迹,直合循吏、儒林为一手。向令尽其所学,大展经纶,将求之古名臣中,亦不多得,岂惟是堪舆余技上达天聪哉?而先生乃复性安澹漠,戢影菘园,日与文郎读书其中,欣然忘倦。余羡其学之纯,尤叹其品之峻也。

道光戊戌花朝年愚弟王海观跋

胡 跋

鹿苑先生以循吏宰江右之泰和,祷雨赈饥,诚感神鉴。复以精地理受知朝宁,名动公卿,与吾友端木鹤田为莫逆交,耳其名者盖二十余稔矣。今秋率其令嗣应试来省,得申款曲,辱以《象洞山房集》见示,受而读之,见其论断有体,考核崇实,不骋奥博,而经济心性之学渊然流露于腕底,即诗歌亦于性真中寓规诫,不徒述风云月露已也。

展卷三复，为钦佩无已云。

道光十九年九月九日书农弟胡敬跋

孙　跋

忆自己丑暮春之初，余倡集尚齿会，同人忻羡，愿入会者踵至，十余年如一日。古虞徐鹿苑先生迁居郡城东郭，声望日隆，岁乙未甫周甲，社中诸友皆道义交，邀与同会。余素未谋面，一见如故，彼此倾心，性情心术，两人若出一辄，良缘洵由前定也。先生前宰江右时，政绩懋著，今出示《象洞山房稿》，循环展诵，凡碑记、诗文，悉从性真发越，切实典雅，迥异时流。经济文章，明体达用，益深钦佩。夫以先生之为人，论德行则友爱敦睦，论言语则议论宏通，论政事则经权悉协，论文学则博洽多闻，圣门四科几欲兼而有之。至于地理之洞彻，命理之精研，犹余技耳。余愧未通籍，已成老朽，笔墨久荒，矧有大人先生记跋珠玉在前，拙叟何敢复赘一语。只以心殷向慕，不觉情见乎词。遑计续貂，顿忘鸠拙，用缀数言，以志良觌云尔。

道光己亥小春社愚弟孙步康识于黄杨山房之寄啸庐

杜　跋

煦友纪丈百谷、邬君雪舫皆与鹿苑先生至交，为余述先生学问深博，能探造化之原，抉阴阳之奥，出其余技为青乌家言，亦迥异时流。既而相见于王君石友家，先生丰采伟然，议论飙发，顾喜谈地理。余自惭鲁钝，茫若于先生之言也。而先生不鄙弃余，数面益亲。今年七月出《象洞山房杂著》见示，时残暑尚炽，蚊雷聒人，余挑灯读之，达三鼓不觉其倦也。所不敢强不知为知，独堪舆一道耳，其他阐心性、抒经济，如聆雅瑟，如食刍豢，皆足以餍志。而《祷雨纪略》与《粟布相容说》，则尤所服膺，此由衷之谈，非妄以文字谀佞者比也。先生名达主知，循声播宇内，乃乐赋《遂初》，以著述自娱悦。拟诸徐宗，当于野民、仲车间增一席矣。

道光辛丑之秋尺庄愚弟杜煦拜跋

沈 跋

庚寅之春，余有事南昌，闻江右人啧啧称强项令徐鹿苑明府不置，心窃羡之。五月游罗墩，晤湘潭刘君雪碗，说明府为曾中丞宾谷之太夫人择泊槎梁燕寿域，羡不去口，心又异之。至六月明府果奉召入都相度吉地，旋以丁艰回籍，而余亦倦游东归矣。戊戌春，其嗣宝彝受姚荐青侍郎知采芹，明府遣价招余饮，余以素未识荆，且不言贺，故辞不赴。后晤蘁生许君、诗泉郑君，说有笔墨之役，余笑置之。客冬钱君藜阁知余赋闲，言于明府，明府即促札聘予，且云欲著《诗绎》一书，而为宝彝点定文赋，其余事也，余诺之。今春明府先出《徐氏一家言》，嘱余校雠，又出宗谱，属题像赞，而《诗绎》一书，意见未定，且恐余病加剧，遂不果。岂知余本蕃蓏之草，抽心度日者哉！入秋以来，海氛未靖，时事孔棘，百举皆废，而明府复出《象洞山房杂著》属余序。余自念窭人子耳，文不能躏班、张之室，武不能摩甘、陈之垒，徒恃一枝秃笔，东涂西抹，厕足于诸名公之后，亦觉暗然无色焉。再四辞之不获，岂陈侯之爱敦洽欤？抑叶公之好天龙也？迨细读一过，觉语语从肺腑中流出，并非缘饰以为工者。故读《修泰和县志序》，知其心之核而公焉；读《追远纪略》，知其心之诚而敬焉；读《地理元文序》，知峦头为有形之理气，是体；理气为无形之峦头，是用，真括尽堪舆家言焉。至如《鲊答记》《上汪孟棠书》，又如读人间未有书，觉时事多艰，大抵皆泄泄沓沓者误之也。明府一生事业、一生精神具见是书。宜即付梓，为管溪徐氏不传之秘，庶令后之人知汉之徐太极仙于相，今之徐太和仙于地，岂不快哉。

时道光辛丑嘉平月朔，同邑仙源沈桊昌拜序于友直轩

冯 跋

先生为上虞名孝廉，湛深经术，淹通史学，旁及诸子百家，尤邃于地理，乡前辈往往为予言之。嘉庆戊辰，予始识先生于都门，迨其履

任泰和，客有从章贡间来者，每道先生之德政若何，循声若何，修废举坠、育才爱士若何。其发为文辞，则又得山川之助，与人情风尚之所宜，吐磅礴于寸心，而含绵邈于尺素，如是者有年，予悉志之不能谖。道光己亥之春，吴渼陂年伯以一品封君增宴齿会，先生在坐，予亦与焉。盖已乔迁郡城百云先生旧第，奉讳后不复出山，遂得以文字往还，成道谊交。今秋出示《象洞山房》大著，其首篇《重修泰和县志序》不苟同、不立异，以此见直道犹存，而深情若揭。次则《重修县堂》与凡祠庙及快阁、义渡各碑记，综核始末，体大思精，皆有大经济、大识量存乎其间，读之令人神往。客之所谓德政循声、修废举坠、育才爱士者，于此益信而有征焉。《祷雨纪略》《粟布相容说》，蔼如仁义之言，卓哉正大之论，宜为同年友杜尺庄先生尤所服膺者。《追远纪略》、考妣《行述》，当与苏氏之族谱、范氏之义田并传。《〈一家言〉弁言》则又远胜于李氏之《华萼集》，其他如陈事宜、示条约、制集序、论堪舆、为寿言、立铭传以及《上汪太守书》等篇，或单行或排偶，一皆原原本本，洒洒洋洋。揆诸古人，胥合体要，洵宇宙之大文至文也。古今体诗，非出于真性情，即成于大魄力，间或写景怀人，仍不失吟风弄月而归之意。潮读至再三，爱不能释。昔昌黎伯《滕王阁记》谓名列三王之次，有荣耀焉。潮不揣固陋，亦窃愿附诸君子序跋之后，爰缀数言。

道光癸卯冬月初吉珠帆愚弟冯春潮书于大树山房之吟梅轩

寿　跋

伏读三兄大人同年尊作，煌煌大篇，纪事提要，纂言钩玄，其魄力之沉雄，气势之浩瀚，议论之精确，卷轴之浸淫，如潮如海，如火如荼，直合昌黎、眉山为一手，真不朽之盛业也。至于篇什所咏，高明伉爽，沈博绝丽，鲸吞鳌掷，戛戛独造，是诗品中之极贵者。合而观之，非绝顶天分、擅上哲之才智者，十年读书，十年养气，必不能有此宏章巨制。钦佩私忱，子墨难喻，以视敏之雕虫小技，壮夫所不屑为者，奚啻霄壤。所谓“珠玉在前，觉我形秽”耳。亟宜付梓，公诸海内，为艺林独树一帜，俾天下之明眼人赏雄文而推椽笔，岂独为敏一人之私评乎哉？

道光壬寅十月既望年愚弟寿于敏拜跋

文　稿

重修泰和县志序

志以传信也，而潜德宜彰；亦以示公也，而滥竽宜审。兹书自道光三年，前令杨公奉月川程中丞檄，设局编辑。前承冉《志》之旧，后七十余年间风土人物，延邑绅采访，在局秉笔者咸推学博幖庭萧君。至甲申春仲，事未竣而萧君已就选清江。是秋杨公亦解任去。及余莅兹土，梓且垂成，时周姓控碉陂之案未结，局中人亦不余闻也。冬季，梓既讫功，都人士纷纷指新志缺失，以未秉承于官，载笔者又中去，志局执事，不必皆纯谨士也。以故新增孝友至七十六名之多，瑜不掩瑕，无以传信，亦无以示公，请更正于余。余下车之始，案牍既繁，又奉宪谕清理漕弊，嗣又迭鞫巨案，簿书旁午，于笔墨事盖亦无暇及者。虽然，曷尝不于志乘留意哉？读《舆地志》，而知津梁利济也，于是有北关新立之桥，南关怀仁义渡之设；读《学校志》，而观宾兴之典，于是有捐贶士子乡、会试之资，筹给书院膏火银之助；读《公署志》，念官廨宜肃、仓储宜慎，修县堂、添设坊表，复栖凤、哦松二门，并修常平仓等事；读《盐驿志》，就马家洲获大夥盐枭十余艘；读《武事志》，就阆川洞擒滋事会匪首从多名，而境内以靖；读《坛庙志》，而关帝、城隍、真武、何侯诸祠，一时并兴；读《食货志》，储备宜豫，于是捐义仓以策荒政；读《祥异志》，而蛟水偏灾于六、七、八都，捐廉抚恤，无失所者。凡从事之下，兼访人物，即如孝义一条，七十六人之多，若者可以传信，若者可以示公，若者可以存真而去伪，悉心计焉。因念泰邑孝义、节烈、名行卓著者，已列专传，原编所载孝友，不无过滥，使随声和之，无以传信，必一一核实而屏除之。葑菲可采之谓何？夫孝，纯德也。与其专属焉而受者难安，何如善善从长，概言之而人堪自勉。因于丙戌之秋重加订正，凡冉《志》所载孝义、惠恤及杨《志》新增各条，汇志为敦行，以见百行之先，宜彰潜德，即一行之善，亦足励风声，都人士其自勉之可矣。余本至公之意，而又行之以恕，盖其慎也，亦审之熟矣，顾不可以昭人心之大顺乎？且《志》能重人与？抑人能为《志》重耳？不然，子孙敢厚诬其祖宗，使俎豆之间恧然而不自安，吾知忠义文献之邦，定不出此也。续修之重以此，余则仍杨《志》云。

依然直道之行，犹存三代，即此可见史笔之严，又可见史家之恕。纪勤丽谨跋

剀切详明，想顽石亦应点头也。仙源

重修县堂碑记

威仪所以定命也，正衣冠、尊瞻视，列于政之五美。顾出政之地，不先作之肃，欲上宣德意，下达民隐，徒踽踖于颓垣败堵间津津言治化，其于衣冠瞻视，有甚亵而不尊，所虑者，有志兴作，而或侈之也，或因土木以重烦民也，或视为传舍，姑事途泽，垣墉塈茨之弗坚且久也。泰和为西江望邑，前挹澄江，后枕科岭，金鱼绕其左，龙洲翼其右。县治得翔洽之休，因以得名。地多前贤，纯臣硕儒，史不绝书。莅是邦者，亦多贤宰，盖地灵人杰所由来远矣。

余以道光四年承乏视事，届宽政之后，昔时易而玩之者，或且以积习相尝。患在无以振其纲，则散而无纪。因与之更始，即抚字催科中，为力挽颓靡，民气遂稍稍振。《书》曰"作新民"，释之者曰"鼓之舞之"之谓。夫新之以鼓舞，不当新之以观瞻乎？乃听事之大堂朽蚀者，若将压焉，吏民承事，惴惴怀岩墙之惧。甬道空阔，嫌于过旷，堂之下，左右垣墙剥落殆尽，断瓦零甓杂丛莽间，盖不可以终日。亟出岁俸，伐材于山，鸠工陶土，计佣给值。于堂之蚀者易之，朽者新之。甬道建木坊，书《戒石铭》其上。左右垣墙，登筑圬垩，俾皆焕然一新，

又期以朴素浑坚，可历久远。盖尺椽寸瓦、一丝一粟，无烦吾民也。由前以观，正如人之跛倚颓惰，一旦振作之，使肌肤有会，筋骸有束，且宽绰而雍容焉。吾于是可即近取诸身者，罕譬喻矣。

今夫县之有令，犹一身之有心也，丞尉分耳目之司，胥徒供指臂之使，黔赤同发肤之爱，兵卫借爪牙之用，民有脂膏，勿使竭也；民有疴痒，动相关也。好民好，心之所以喜；恶民恶，心之所以怒。慈祥以固民本，严厉以去民疾，上下无隔阂，而血气相流通，时和年丰，精神华美，高堂爽垲，威仪肃然。如论养生者，谓烝以灵芝，润以醴泉，晞以朝阳，绥以五弦，守之以一，养之以和。和理日济，同乎大顺者也。夫天君泰然，百体从令。是役也，工食其力，官乐其成，耳目指臂之胥效，而衣冠瞻视之是尊，即谓汇阖境为一身，而有以肃其威仪焉可。

夹叙夹议，史家所难。竟能详赡若此，盖能行斯能言也。仙源

关帝庙碑记

姑射城南之楼有帝像焉，朔望于是拈香。其地高踞城巅，无周旋升降之位，无堂基房户之交。前此莅是邦者，逢春秋大祭，则承事于北关外庙，盖民间社庙也。距城里许，风朝雨夕，既苦其远，而亦嫌不庄。且庙宇久失修葺，椽瓦剥落，旋就倾圮。余展谒帝君，既窘步于南楼雉堞之间，复局蹐于北关岩墙之下，因急拟创复武庙，举顾城阛，适无隙地。方踌躇间，邑僧慧光将重建慈恩寺于快阁之后，得唐时遗址，广袤如千丈，其为绀宇计，枕北面南，仰望快阁，壁立巍峨，余按之形家言，以廉贞居午位，又弱主不胜强宾，殆非所宜，为之更立吉向，并购余地，将输俸筹款，分寺址之半为关帝庙，僧毅然曰："是何足以烦官府?"因自述瓶钵之外，垦山力田，数十年来稍有所蓄，愿独任焉。余嘉尚之，遂以乙酉春鸠工集事。越明年七月，庙落成，八月朔，请谒帝君于新庙，同官咸在，成礼就位。顾瞻门庑堂楹，宏敞肃穆，较北城外之远，南城楼之隘，相去如何，庶几乎可以佑神矣。因叹此邦人能举坠兴废也！三数年间，如城隍祠及快阁、黄文节祠、元监州何侯祠

次第落成，固矣。若慧光一方外耳，罄其资以兴丛林，其分耳；并关帝庙独力新之，殆禅悦其性、豪杰其事者与！同官各为诗歌以落之，其一曰：

元气浑灏，萃于西昌。神之所在，谛帝往王。新庙登筑，翼翼皇皇。西竺左咫，灵星东旁。忠义仁勇，吾道之坊。

其二曰：

猗神浩气，塞于苍穹。新筑轮奂，惟灵之宫。迎神献舞，东序悬镛。掘地得水，神无不通。千秋祀典，于兹攸隆。

又歌曰：

西昌治兮东垣，旧有址兮慈恩。帝之宫兮霞为轩，神之来兮翩然。而灵幡载乾兮履坤，志春秋兮大义以存。新庙貌兮骏奔，羌奏假兮无言，柴为燎兮萧为燔。疏屏刻桷，丹楹而重阍。黄目酬兮上樽，卜牲兮椎牛而捭豚。祝告兮温温，乐舞兮樽樽。昔何简兮今何繁，谁司木土兮沙门。

时则学博姚君熙复、蔡君象颐、二尹罗君麟祥、营弁毕君天芸及余皆当勒名于石。

重修城隍祠碑记

国家设亲民之官，以一邑治民、事神之事听之于令，民于贤令也，爱之则曰父母，敬之则曰神明。缘其子惠恻怛之意，有默契于聪明正直而壹者，此敬之、爱之、祝之、稷之所由来。然所期雨旸必时，夭沴不作，令更为民请命于境内之神，诚以阴扶默相，能维持于冥冥不可知之中，为境内御灾捍患，则又神之责，犹之父母斯民责也。余宰泰和之明年，邑之城隍祠落成。先是，祠以道光元年毁，前令王公、杨公输廉以倡都人士襄其役，鸠工庀材，越四稔而蒇事。余下车捐俸，资不足焉。

窃惟古者大蜡八，有水庸之祭，说者谓水即隍也，庸即城也，城隍之有祠，神而明之，亦既庙而貌之矣。盖示民严也，其远诸人乎？是知幽明殊轨，而道则贯乎阴阳，故圣人以神道设教，而天下服。事神之道通乎治民，信哉！矧城隍之神，亦犹夫亲民之官耳。与民习近，其阴扶默相维持于不可知之中者，实有以偿民之求，补令之阙，而相通于微者也。余谬膺亲民之任，窃幸比年以来，民和年丰，疾疢不作，将谓令之德足以及此乎？亦赖神之子孙其民，而直以父母之责为己责也。祠既成，因即神之系乎民者而系之以文，亦以见民之不忘其源，而卜神之福我斯民者，应未有既极也。是为记。

重修快阁记

余自需次西江，款仙人旧馆，揽帝子长洲，缅夫滕王高阁，以子安一序，遂尔千古。私心窃谓地以人传，才士词章，顾能若是，得无更有进者。及往来章、贡二水间，见杰阁迥起，画栋珠帘，掩映云表，舟人指谓曰："泰和快阁也。"不禁神王心契，为之诵"落木千山，澄江一道"之句，以为此中人岂徒以词章见哉？想见文节高风，至今不坠。迨甲申秋来宰白下，适文节公之祠方新，遂获谒文节而登斯阁。凭栏展眺，风物茂美，阛都井屋，历历可数。遥见龙洲之外，布帆飞鸟，相与出没于其间，而四围之重冈叠巘，争出献奇。停云覆空，斜阳满树，遂觉心与物适，憺焉忘归，盖不愧平生马少游矣。

欣赏未已，感从以生。窃念夫士大夫流连觞咏，问讯烟霞，每即水木清华之地，以寄其高歌慷慨之情，然不久而其人失传，其地亦随以荒废，岂真有幸有不幸哉？亦其人之未足以矢勿谖耳。即或词章清美，零篇断句，幸以流传，又何足多。若文节政事、文章卓然不朽，史称其治尚平易，吏不悦而民以安。夫世之戕民以逞、趋承大吏者比比矣，文节行其心之是，岂逆计俎豆于斯，以有千古？即快阁为偶尔留题，而快阁以文节传矣。且不止此也，后此文信国"楚囚""汉节"之句，亦于登斯阁发之，其足并有千古者何如！彼王子安四韵俱成，曾不足当一噱，宜此垂数百年，而眷念前徽者，犹能修复旧观，壮登临之胜概。余生前贤后，得于山高水长之下，抗论陈迹，来游来歌，不可谓非吾人之厚幸也。因询重修之举,资出于邑人:曾君敏才,萧君魁堂,刘君典瑞,计数千缗。盖三君者,向往前哲,振坠兴废,可为世风。余乐为记之,俾后来者有所兴起,至于论古之识,亦更有进云。

重修何侯祠碑记

且夫集哀鸿于中泽,治以保赤为先;息牧马于郊垌,功以折冲为大。然而狱成盗鼠,讯堂下之爰书;殃及池鱼,怨城门之失火。疾之已甚,遂占灭耳之凶;退或知难,奚解噬脐之祸。畴克鸡竿立赦,转移于守土之言,狼燧销[硝]烟,扫荡乎近郊之垒。沛全城之大德,存累卵之颠危,如我何侯者乎?侯世居郏县,仕于元廷,以至元十三年来受郡县降款,遂监泰和,捧檄而来,止戈为武。春风一到,则由蘖皆甹;甘雨连旬,而支祈忽出。时则苞桑未固,伏莽潜兴,车虽莫当,嵎且自负,背南人之不反,据西鄙以为忧。揭竿则猬集毛多,桀石则鸱张气盛。虽长林之乌合,火不戢以自焚;而渠帅之雄心,草欲图而尽翦。侯则当阶创议,赦可同仓葛之呼;按剑陈词,情更悯勃苏之泣。谓地中有水道,在畜众容民,城复于隍,事贵包荒,得尚宥其无罪,歼厥渠魁,保民之勋伟矣。无何,粤中兵至,顺流章贡之江;钟步宵惊,匝列鹳鹅之阵。守障皆哭,拔戟谁先?侯则挽六钧弓,聚一州铁,躬冒矢石,誓扫欃枪,卒使申息北门,牵羊雪耻;尉陀南越,班马闻声。民有衽席之安,地无鞠穷之告,力能御寇,德即孚民。至于苏珦至而讼牍以清,桑怿来而盗风顿息,一琴奏雅,五袴胪欢,犹在后已。况夫殁由勤事,依依绿野之亭;伸者为神,赫赫荒城之帜。保障资于身后,不嗟化鹤归来;捍卫等之生前,犹似闻鸡起舞。侯之德可谓盛矣,侯之灵可谓显矣。旧于城之西偏立祠祭祀,岁久倾圮,而邑人顾念先德,重为兴修,水以习饮而弥甘,风以奉扬而勿替。遂蠲吉日,用肃明禋,治蒲之绩犹存,登岘之碑斯在。呜呼!公真不朽,允符祭社之文;吾谁与归,敢励齐贤之志。则岂特勿剪勿伐,低徊召伯之棠;斯爱斯传,俯仰寇君之竹云尔哉。是为记。

怀仁义渡碑记

龙洲怀仁渡为南城外要津，宋景定间曾建济渡庵，后更庵名曰怀仁。世传有僧定光者，尝解绦絷蛟于此。盖章水与贡水合流，由万安汇于泰和之南，江势渐巨，每积雨连旬，水骤涨，弥望无际，凡取道南乡者，舍是莫与适也。由是篙师辄因为利，遇风雨晦冥，舣舟索值，务盈所欲。且因嗜利重载，遭颠溺之患，往来者病之。

余下车后廉得其状，致邑之绅耆而告之曰："昔子产以乘舆济人，孟子谓不知为政，以不得人人济之也。至徒杠舆梁，政有常经，而或于地之势有所穷，将必有以济其穷而始有以全其政之要。今怀仁渡为南乡要冲，而日夕往来者受其病无以，余将以舟楫之利，代徒杠舆梁之成乎！"遂分官俸，伐木造舟，编列四号，每号设渡夫二名，每名按月廪食二缗，毋许另向济渡者婪索。自晨抵暮，不得斯须远去，舟败更新之。于是好义绅耆欧阳亭、罗芳、徐泮等各输千金，置田若干亩，以田赋所入司于官，给舟人廪食之需，余即存备岁修。其田亩租息载入县志公产，以备后之句稽。越岁，余又捐廉设亭于洲上，广袤若干丈，并筑土为衢路。自南城外接亭次，以便行者风晨雨夕得所息肩，遇差务借为迎送官厅，逢事亦可作演武场。自造舟给廪，至今前后计费千二百缗，并亲遣丁役董其事，五越月落成。余方幸有周道之瞻，而无匏叶之苦，或亦为政之一端乎？虽然，区区之心，敢谓知政体，庶几得人人济之，遂亦无穷期也。不然有父母斯民之责，于咫尺之区，使吾民有望洋之叹而漠焉不顾，吾未见靳尺寸之利，可与言平政者也。渡名怀仁，仍其旧也，后之抚斯土者，苟顾名而思义焉。则此义渡之永垂不朽，又岂独余之责也夫。

祷雨三应纪略

泰和当南赣之冲，东、西、南三面山远而高，厥田宜稻，资溪泉为灌溉，或不急于雨。其田近坡阜，或平旷而水不能周，势微高，畛微远，旬日不雨，水且易涸。其播种收获之期，较他郡又早，每夏四五月间，民情望雨最殷。余自甲申秋视篆是邑，明年首夏，晴未半月，农人即以旱告。其时骄阳方盛，亲履田间，见夫良苗怀新而田或龟坼，心为惄焉。归即设坛于城隍祠，拟以诘朝虔祷。中夜彷皇，起视星斗参横，盖略无雨意，兀坐待旦，亟诣坛所。甫出署，倏有雨飘然从东来，拈香礼成，雨骤至。次日又雨，又次日又雨。时在四月既望，其年秋获颇稔，人咸以之归功。余曰："此偶然耳，未可一再试矣。"

丙戌四月，旱如前，遂以下旬二日设坛，不崇朝而雨，雨或数阵即止，四乡虽未沾足，亦非急不可待者。端月之初，游手好事之徒，聚而喧于县，日三、四至，几不可以理喻。余仍虔祷于坛，午节前二日，自申至亥，大雨如注，次日又雨，乃撤坛。时适米值骤昂，舆情皇然。不旬日，无业之民复借荒以为辞。余为急所先务，申请开常平仓出粜，即召赁舂者昕夕从事。又捐廉买米，并谕殷绅户口醵钱飞挽以济。复于旬有九日，设坛如四月，默祷城隍神，占签诗有"佛说淘沙始见金"之句，余以为先难后获之应也。更诣三顾山，窘步峭石巉崖，浥取龙湫泉水，徇俗所谓接龙者。并延三峰观羽士于坛，步罡礼斗，盖求所以能致雨者，亦殚厥心矣。然而乡愚不自谅，舁其木魅土鬼，鸣锣喧嚣，白衣草屦，以布蒙首，径至公廨，号曰"祈雨速"。官一出拜，以为得意，盖狃于积习久矣。且恃其人众，或索香资、索米谷、索酒食，肆诸不法状，此得优而柔之乎？则纵其所求，六乡七十二都之众，肩摩踵接而至，挟县官如土偶，左之右之，驰之骤之，方将惟命是从。事体既乖，礼先失矣，何以言治！抑竟法以惩之乎？则官一发声，役未用命，而蚩蚩之众，盈庭啸聚，将哄堂塞署，犯门掷块之争，吾安知出于不意者之靡所底止也。汹汹之情，不堪言状。虽然民愚，亦何至此也！

先是月之望，前虔地枭匪闯云江之芙蓉卡，顺下县属蜀口洲，滋事无状。曾经会营弁、募乡勇，亲撄其锋，擒其渠数辈，获盐数万斤，余党五六百人皆鸟兽窜。此时或潜迹众中，借旱煽惑，几无复有三尺。是匪等故怀其私，以激我愚民，而欲官坠其术中，民无知者，遂亦身罹重典而不之悟，哀哉。《易》曰："小人用壮，君子用罔。"《书》曰："强弗友刚克。"余姑静以镇之，术以止之，始得系其倡首者，众乃委所舁之木魅土鬼以遁，此月之二十五日也。当纷扰时，家人相顾失色，僮仆有闻风逃逸者。幕中友议论纷出，有谓宜请兵于吉安营以资弹压，是将以兵戕吾民也，激也；有谓集同城师儒晓以大义，是未可以语言文字化也，迂也。余比年来有造于此邦，不惟自信当不昧公论，无已则晋省面请诸大宪，陈地方情形，俾飘然脱屣归，遂夙昔看山之愿，亦安往不得者。因束装备舟，以俟次日之启行也。既乃静摄终宵，黎明即起，念夫民方待哺，既请出粜，而弃此以行，谁与为发粟者？至轻离职守之咎，又其次耳。时门下陈生月秋为占之，得小畜上爻曰："既雨既处。"又曰："君子征凶。"言未可往也。意乃决戒，行装缓发。凡简牍、白事当道者，亦姑置之。是日中午赤曦行天，绝无阴翳，乡之愚众由城西关喧嚷来者，至县前或渐却。余以焦劳假寐，司阍持柬诣曰："有都人士郭光洛者匍匐来城，持锦函以献，其中有物，云可致雨，愿一见焉。"余嘱尉冯兰坡出应客，及反命，谓所献者为鲊答。忆前见罗二尹手持素蓮书《西域见闻》一则，载札答可祈雨事。郭某所献，疑即此物。余起视所谓鲊答者，大如绿豆，数得十余粒；小如黍米，得二十余粒，状若佛家言舍利子，色类泥金，因悟"佛说见金"诗或者妙应在此。然郭姓呈鲊答者，亦未详用法，乃敦促罗二尹持蓮来署，如法置之瓷盆，沃以净水，羃以柳条，设香案于壶春别馆之半月池前。时日在未正，甫一炊许，忽闻客言："此云当有雨。"余蹶然起，急登署后煤坡高望，东南子瑶山，向拟双阙、竦峙云端者，已为雨气笼罩矣。顷刻之际，风阵驱云，檐溜如瀑，澎湃驰骤，倾盆盈池。酉戌间得满车水，已而滂沱达旦，四野沾足，欢声雷动。于是撤坛酬神，旬日焦思，幸得稍慰。鲊答祈雨之用，真神矣哉！然余之得鲊答也，邑神若告我于数日之前，野老竟献诚于昕夕之际，不可谓偶然焉。自去夏至今，一岁之间祷雨三应，心虽竭诚，敢自必乎？斯亦幸矣。鲊答另有记，并附于左。

鲊答记

鲊答见《本草》及《辍耕录》，又《西域见闻》作"札答"，俱言生牛马腹中，可用祈雨。本朝《清语翻绎》以"札答"训"宝"，而《本草注》亦载番僧见之曰"此至宝也"。西昌有散职郭名光洛者，以丙戌五月旱，有司祈雨，方急持以献，题其函曰："此宝名札答，可祈雨，亦可疗病。职父得之北方，在乾隆甲午岁。藏箱箧中，已五十余年，亦几泛泛置之。职母年九十，检以付，命之曰：'天不雨，米贵如珠，地方抢窃滋事，邑侯忧旱焦劳，其以此抒献曝之诚可也。'"计三十余粒，大如豆，小如黍，不甚圆匀，非石非骨，色类泥金。是日如《本草》法试之，果效，然则鲊答之为宝，昭昭也。二尹罗君芝田因更述所见，诚创闻矣。谓其尊人一峰翁任江夏之山陂司，以乾隆壬寅春三日晋郡，道出子方地段，见有聚观如堵者，询所以，则曰："适有椎骡者，于骡腹中得一石，为异事。"嘱持以观，圆径七八寸，鳞皴膨亨，状如陈年橘柚，有八爪文围捧其半，显然如绘，二大爪对绕，略为模糊。顶间围圆二寸许，低一二分，平黝若镜，可以烛物，权其轻重，得六十两。初莫名其宝也，姑计石出骡腹，为物甚奇，供为近玩，亦颇不恶。问可售否，曰"愿之"。其意瞷官欲之也，乞赏白金，然未谂所用，遂笑却之。椎骡者因持此赴郡，遍走质库，人无知者。乃持诣求售，遂以钱六缗购得，传观诧异。时芝田有弟，方孩稚，捧视向若镜者，顾影嬉笑，就以齿啮之，微凹，见二痕，叹惋以为可惜。至次晨齿痕复平，皎然如初。是时守武昌者为永太尊，名谦，其太夫人则大学士阿公女弟，好闻新异事，遂有向太夫人述之者，因索观，既曰："此未省何名，真赝莫辨，且不知作何用，愿返之罗君可耳。"永太尊顾谓行将乞养归矣，或辇毂下定有识者，他日持向京师以求物色，苟得用，当毋相忘，曷转售可乎？不得已付永太守以去，未几太守果乞养，阅一岁，太守归道山，此宝更不知流落何所矣。言次不胜追惜。

余惟《本草》言鲊答大者如鸡卵，此又疑鲊答之至大者，其宝贵更何如也。至于用能致雨，亦自有说，而《本草》列于牛黄狗宝间，有未尽然者。夫牛感疫而有黄，狗以癞而成宝，若鲊答则疑为龙种。夫神龙变化莫测，往往散其精气于水草间，诸兽感之，皆能成孕，且龙以卵生，龙卵不可见，鲊答或即龙卵欤？以龙卵致雨，如桴鼓相应，理有固然，又无足怪。此说或亦发前人所未发者，因并记之，以质当世博雅君子云。

纪祷雨一事中间插叙缉枭、平粜、劝捐以及为政之大体、应变之权宜，皆卓然可法可传，至文章得昌黎之雄直，柳州之清峭，王、曾之雅洁，其浑厚如庐陵，超劲如眉山，而处处换笔换墨，前后起伏，则又善学《檀弓》《左传》《国策》能泯其痕迹者。遂安毛凤纪读

偏于人所难叙处叙得详明简括，此笔不易得也。仙源

丙戌夏季水灾抚恤事宜

（附录方伯赠诗 又附泰和绅耆胪列实政呈方伯批）

自入夏以来，天时亢旱，米骤贵，舆情皇然。余既捐廉运米赈济，并开常平仓平粜，又虔诚祈祷，幸得及时降甘，登谷尝新，已庆有秋矣。讵意季夏之末，蛟水自永新河骤发，漫浸六、七、八都沿河村庄，其地距城四五十里而遥，民间未及报灾。余闻风驰诣，骤涨甫消，烈日方盛，淤湿熏蒸，徒步履勘，被水之村大小七十余处，淹毙男妇七口，器具牲畜，多漂没盖藏，半入泥淤，渐以萌芽，告哀者环集。余蒿目心伤，而仓卒为计，择其老者、幼者，量先赈给，淹毙者给棺殓之。周巡三日，散给洋银三百。回县，随驰报各大宪，村民乃呈灾状，有乞路引为逃荒计者，余谕之曰："天灾流行有待赈，无逃亡也。尔民顾轻去乡耶？且早禾登场，田亩并未冲刷，例难报灾。至倾坍房屋，疲困饥民，予愿自捐俸廉登尔衽席矣，其少安无躁。"民有涕零感激去者。时吉安府属莲花、永新之灾较重，安福、庐陵次之。郡伯铭太尊先诣莲花、永新，以次来勘，于八月初次石头山，余已先期驰往，督饬胥徒，

确查造册，被坍房屋千有余间，极次贫民四千余口，一一抚恤如例，前后给千五百金。郡伯复查无异，以为办理得宜。时大吏轸念民瘼，新藩宪继莲龛方伯亲莅吉安郡，查勘被灾情形，行辕驻郡半月，各邑纷纷告灾。泰和以业经抚恤，舆情帖然。余晋谒时，方伯特加青盼，赠以诗章。而泰和绅耆有胪陈实政、联名颂德者，余闻之滋愧矣。自夏徂秋，先旱后水，身膺民社，昕夕靡安，自怜其拙，惟尽此心，初非邀誉于民，求通于上也。而感以无心获以有道，岂亦拙者之效与？爰志其端末于右。

附录方伯赠诗：

口碑争颂宰官贤，贤宰心期可告天。试听谭言真娓娓，就论丰度亦翩翩。轻车立救哀鸿苦，广厦先从病鹤怜。栽培寒士极多。我却与君同此志，平生不肯负青毡。

又附泰和绅耆胪列实政呈方伯批：

泰和县徐令政声卓越，本司素所深知。据称该令为政及民，确有实征，具见爱戴悃忱，誉非虚语，殊堪嘉尚，第据呈以入告，格成例而难行，各绅耆当亦有闻也。丙戌九月十四日批，邑绅陈月秋录呈。

《琴余笔铎》弁言

按《周礼》：大司徒月吉悬书，凡比闾族党，使之相赒相救，任恤之政与孝友睦姻并重。休哉，何风之隆欤！今人坐拥仓箱，遇里党告急，闭而弗纳，甚且居奇掊克，无所不为，古风日远，虽习尚固然，亦为之牧者未尝明示以吉凶消长之机也。夫世之享富贵寿考者，皆其祖若宗积德累仁所致，苟不及时行善以扩充其源，则倾覆之象即寓诸富厚之时。是犹焚膏而遏其光，种木而剪其根也。予家自聘君贞晦公讫先君子，累世仗义好善，凡捐赈平粜及周急济危之事，行于乡者久矣。惠仰承先志，幸备一官，因思惠民之政，莫急于备荒，拟广辑先贤事迹，手录一编以劝同志。适检故箧得高安相国《广惠编》及黎川陈果堂中翰《广惠编续》，喜其征引故事与先贤劝诫之言，语语肫切，足以发人乐善之心。爰是重加校辑,汇列《笔铎》,期于家喻户晓,积善降祥。吾知泰和翔洽之风,今不异于古所云矣。

寿张太师母八十序

夫瑶水千年之华,非种之核者不能羞其实;琼窟万户之树,非蟠之根者不能荫其香。故昆仑之图,降于神羽;空峒之瓞,衍自灵瓜。我太师母太孺人,珠润娥江,兰生芎阜,班昭翠箨之诫,口咀其芬;刘政彤珥之编,手搴其实。然而名闺握研,争似纺砖;邃阁披蒲,何如苕帚。故其相我太夫子也,臼畔随鸿,车前挽鹿,筐无纡锦,笥不衣金。谢新婚青绫之幛,愈华鲍君之布裙也;樊夫人素琼之盘,益钦孟光之木案也。且太夫子家本儒素,既乏绵上原田,智拟居陶端借计然远策。太孺人则嗣粮以杼治具维筐,客至无铄釜之声,宾游有鬻环之雅。杜陵扑枣,旁许邻家;晋国翳桑,时怜困者。是故家生英物,天降奇珍,玉燕投怀,文凤符梦。胎教既肃,膝课愈严,鸡已唱而后昏,乌未啼而先曙。青蒲频缀,案角挑镫;黄卷罢窥,机身落剪。而且温敷重席,敬待高轩;吟钵才敲,清茗已具。谈蹄未脱,嘉馔频供,虽儿同刘澹,不薄袁羊;若友非范逵,安成陶侃。

盖其嗣则我夫子姬苑先生也,文如夙构,弱岁知名;试辄冠军,髫年脱颖。早登虎榜,望重楚金;旋绾铜符,花开桃县,度尚神明之号,桑梓曾传;张谭父母之称,和宁媲美,亮其懿训,广自慈帏。而乃兰为香祖,桐有灵孙。半分荀氏之龙,先鸣柳家之凤。长参鹾政,臣亦和羹,继皆隽材,儿能拜饮。且也灵芬四叶,连接曾元,垂裕一堂,叠森兰玉,是盖负岱之干,多生凌霄之花。而结汉之根,必透惊雷之箨也。今者庆流远润,慈曜高辉,开八纪之灵图,荷三锡之宝命。固可瑞聆仙乐,甘斟琼觞。而太孺人则金舆罕设,玉御希陈,手绽霞衣,身苴星履。雕居非素营,太璞为宁栖;珍饮非和馔,至虚为上食。福苗滋乎瑞叶,寿实长于元根。蕃厘之媪,夸其鸿眉;清虚之娥,艳其曼齿。迪惠忆昔执经,亲承绛幔;欣今祝嘏,惭隔华筵。镂山不足为瑞,网海不足为珍。以何瑶言,用增宝算,煌兮仙籍,烂兮天章。

地理元文序

地理一道,有形气,有理气。气,天地二气,是天地二五五行气。山川有此气,五行有形有此气。五行有理有气,有形有理,山川可指而言,形、气、理三者是一。余与同年端木太鹤谈《元文》,而深知其然矣。郭氏《葬书》四势行气,八龙施生;杨氏《撼龙》《疑龙经》言龙皆言星,言龙星皆言祖宗父母。盖天地五行,一本所生,乃乾父坤母,生气五行。不知合此气,形非形;不知合此气,理非理,此而能知,杨、曾书宗枝体用,无不明矣。太鹤葬亲,讲杨、曾书;余葬亲,讲杨、曾书。杨、曾书《天玉》等篇,自华亭蒋氏辨正立说,前贤宗法尽弃,独任阴阳一端,空谈眩人。于杨、曾书本法,种种妄认。太鹤病其如此,期与余廓而明之,谓葬《天机》不出《周易》,以所得《易》生死之说,阴阳奇偶可布之罗经上者,尽以授余。

太鹤为闲官霅上,有暇覃思,余以风尘吏走江西,力余作《天机元学》一编,而太鹤已注有《元文》四册,所注杨、曾、郭氏、邱氏来古书,奥旨隐语,互证互发,亦皆注尽。又作《周易葬说》,杨、曾书中不可说,亦皆说尽。其书全是易八卦定吉凶法,杨、曾挨星学,终始究尽,谓之"元文"诚哉,其为千金元文也。余以《天机元学》质之太鹤,岂能有出于《元文》,太鹤竟取其中能相发明者附《元文》后,余《元学》遂可不存,亟定《元文》付梓示天下人。《元文》天玉等注,足以纠正蒋氏,而蒋氏书中所隐藏者,不能发露使了然,天下人又谁暇辨?于是太鹤据《辨正》作图,余据图作《辨正图说》,亦附《元文》后,天下人观《辨正》一书,知太鹤图不妄,知余《辨正图说》亦不妄,即知《元文》于杨、曾法一一不妄。地理法门杂出,《元文》皆杨、曾理气大根源,于他法门根源不在《元文》不言,不可下执细末,上议《元文》。学者诚于此熟思形气、理气一,五行气自然而明。是故余谓峦头者,有形之理气也,体也;理气者,无形之峦头也,用也。而《元文》于体用尽之矣。杨、曾书以后如《元文》者，未有其书，是则天地间又乌可少乎哉？

附：《地理辨证图说序》[1]

蒋氏《辨证》称其地学秘要授自无极子，凡书之合秘要者为真，不合秘要者为伪。又称其传有诀无书，作《辨正》及《天元五歌》外，别无秘本。其时三吴两浙已伪撰有《辨证》诀法，蒋氏是以有辨伪文。今蒋氏口诀，竟无传于世，传者类皆伪书，于《辨正》本说各各不合，尚何言辨正与《天玉》是非？太鹤氏既作《元文》，又据《辨正》坤壬乙条例作《蒋氏挨星图》，按图辨正，一书如指诸掌。于是余不惮举其中之秘要各为之说，而并列其是非，著太鹤图于前，各以为之说者，系之成一卷，名之曰《地理辨正图说》。徐迪惠鹿苑氏识。

彗星说

彗星，除旧布新之象也。眹兆既形，当各因其时、其地、其星之所主而测之，亦《洪范》“念用庶征”“明用稽疑”之一端耳。乙酉八月既望，彗星见于降娄之次，分野隶徐州，由天仓、天庾星次，上拂奎、娄之间，奎十六星为天之府库，又应主沟渎。娄有三星，其占为聚众之象，娄之右为胃星，《经》云“天之厨藏，五谷之仓”，动则为输运之事。其属星有天廪、天囷、天船，盖皆为天储正供之象。按本年黄水淤浅，以致漕艘碍于趱行，诏下各督抚悉心筹议，中外大臣有改行海运及暂行折色，或本折兼收、仍收本色等议。前后陈奏，上廑宵旰，下矢公忠，实时政之至难至要者。兹彗星之见，适在降娄之次，所谓除旧布新者，宜应在淮、徐一带。现在运道阻滞，为东南紧要处所，岂天意示变将改河运为海运乎？漕标统辖，兵弁于聚众之义，亦为切合，而星芒偏指奎宿度内，奎在娄左，有附路、王良、天驷等星。附路者，别道也。王良为御车之官，前四星曰天驷，后一星曰王良，亦曰王梁。客星守，

---

[1] 见端木国瑚编注《杨曾地理元文》，《象洞山房文诗稿》未收此篇，因内容相关，附录于此供参考。

主桥梁不通，岂因川涂窒滞而有陆车重运之应乎？抑有西塞边警兵车等事乎？苍穹已昭然垂象矣。前阅树琴相国奏筹漕河全局酌量变通一疏，首引宋儒程子之说，谓治道为从事，而言大变之大益，小变之小益，盖天下事穷则变，变则通，通则久。若狃于固然而畏难因循，似非权时达变之论。孔子云"一张一弛，文武之道"，其即穷变通久之意乎？某幼读百家甘石之书，自愧学芜识浅，今膺一邑民社之任，岂敢位卑言高。第验之于星，权之以时，测之以地，似可凿凿指陈，用是不揣固陋，为扣槃扪烛之谈，当亦博雅闳达者所不弃云。

罗文庄公《困知记》序

为文庄传易，序《困知记》难。文庄功业文章，炳耀史册，秉笔者不难铺张其辞，为炳炳烺烺者，俾传于世。至于心性之学，盖有深焉，漫不测其涯际，而以意相拟。于是摭拾朱陆，较量异同，纷无折衷。或因《困知》名篇也。遂袭高明沉潜之说，谓有明一代言心性者，文成以悟入，文庄以学成，俱不足以尽之。夫唐虞传心，十六字耳，《汤诰》始言性，至孔氏之门，高明如端木氏亦曰："夫子之言性与天道，不可得而闻也。"性固难言之乎？然所谓率性、复性、存性、尽性者，俱不言所以然。要其所以然，则无非学者，学亦无不困者。何以知之？孔子生知者也，十五志学，必又十五年始立，又十年不惑，又十年而知天命。然则孔子之学，亦未有不困也。至耳顺矣，从心不逾矩矣。殆即率性、复性、存性、尽性者乎？总之，非学无由悟，非悟无由学，高明沉潜，二而一者也。此篇言简不支，自有以防曲学；言正不阿，自无以角门户，所谓致广大而尽精微，极高明而道中庸者非欤？余往读先儒语录，及姚江蕺山诸文集，管窥蠡测，有所参考，拟订"明体""达用"二编。乃读《困知记》，余所欲言者，文庄已先余言之，相诏于数百年以前，不可谓非余之厚幸。因不揣其陋，而更序之，益令景仰不置矣，不然使铺张其辞，是又为文庄作传，抑又何谓哉。

读周纪善先生《刍荛集》序

士有三不朽,而立德独推太上,立功、立言次之。泰和称文献忠义之邦,名臣硕儒,史不绝书。有明一代相业莫盛于东里,理学莫粹于整庵。杨、罗二公之立功立言,皆本于德也。而吾谓以德自立,先杨、罗而昭垂不朽者,允推纪善周先生。先生少孤贫,以学问自振;心坦易,以礼义自持。年四十膺明经,聘甫释褐,即能见知于创业非常之主,不负藩府,不负朝廷,至国事仓皇,临难不苟,金川失守,经阁投缳,非达天德者,其孰能与于此?迄今读《衣带铭》,俨然文信国成仁取义之赞也;读《贤王》《修己》诸箴,俨然韦彭城致冰匪霜之讽也;读《述怀》《感遇》诸篇,俨然阮嗣宗黄鹄四海之志也。解学士称先生有曰:"颜色整齐,如凛秋峻壁;语言真确,如利刃清霜。"后之论世者,亦可于此而想见其为人,想见其为德矣。夫东里际会风云,勋业彪炳于仁宣之世。德固不以功掩,然东里终以功著也。整庵擢巍科,位冢宰,徒以璁萼用事,慨然有志于道,成《困知记》于山林暮景,非欲以立言自命者乎?先生官不过纪善,匡襄藩王,陈善纳诲,以功言,称厥职矣。预翰林纂修,数论国家大计,指斥用事者误国,亦敢谏直言士也。然考其出处不诡于道,及临大节而毅然授命若先生者,正不必以功见,不必以言见,而独以德见者也。

惠自甲申承乏西昌,春秋时祀谒杨、罗诸公祠,必释奠于先生,为问前哲后裔,克光久远者几人乎?惟先生济济云礽,代起人文,裔孙梦岩学政,诵世德之清芬,焕《刍荛》之旧集,属其族弟诸生作沛、作湘致书于惠,俾列一序,惠不文,乌能序先生之文?惟以先生之德立不朽,故能垂裕后昆,源远而流长也。韩子云:"根之茂者,其实遂;膏之沃者,其光烁。仁义之人,其言蔼如。"此即先生之德之文也夫!

重修常平仓碑记

贮谷以备荒,均籴以平价,详见于《平准》《食货》诸书。有谈经济者，起亦不过谓法诚良、意诚美，赖良有司经理调剂之，俾勿亏虚移蚀已耳，是诚何足记。而泰和之常平仓宜记，而余之重修常平仓更宜记。泰和地当南赣之冲，上流雨集，江波泛滥，邻境之水，逼决为壑。且地少支流，即山水偶涨，亦无所分归，易成溃浸之患。米肆因之而居奇，廪积因之而闭籴。茕茕者家无儋石储，仰屋枵腹谋升斗而不可得，嗟乎困矣！夫有沟洫以节旱潦，以地利而胜天时；有常平以备旱潦，以人事而回天意。丙戌夏旱，米骤贵，舆情汹惑，余捐廉运赈，并开仓平粜，昂者抑，危者安。甘雨沛，谷有秋，不然殆矣。盖岁未成灾，例不报灾，赈恤之典，格而难行。惟此常平，可以均贵贱，济缓急，新陈相易，出纳以时，谷不加减，民受其赐于乎。

余今而知古人设法之良，立意之美，其为民瘼国计熟筹深虑者，有若是其详且密也。仓在白下驿南县治仪门东，厫十六以贮谷，厅一以坐会计者。瓦桷窳朽，墙板湿蠹，风雨漂摇，大为储备患，不葺，势且圮。余出俸经营之，规制仍其旧，栋宇完固，谷石丰满，可以为久远计矣。虽然，后之人能视为民命所关，而实心经理之乎？抑视官舍为传舍，功令为具文，而任其颓废、漫不经心乎？皆非余之所能逆计者也。邑之人佥曰：是宜记。故记之。其他谷石之额，出纳之法，琐屑凌杂而难记，抑亦可以不必记。

《柳溪陈氏文献录目类编》序

文献何？训诂家谓典籍也，贤也。《谥法》："经纬天地曰文，聪明睿哲曰献。"文献亦綦难矣。泰和号忠义文献之邦，柳溪陈氏尤多掇科名、称乡先生者，其子孙不忘先德，述焉务详，以旧时邑志多所遗佚，遂于家乘外有《进士题名录》，继为《积庆图》，继又为《文献题名图》，今改为《文献录目类编》而请序于余。余惟孔子殷人也，于殷之文献有慨乎言之，然于《书》得《微子》一册，于《诗》得《猗那》五篇。《诗》《书》所载，或即所谓"文献录"欤？第念六经手订，而《易》阙《归藏》；窃比老彭，而述而不作。陈氏子孙知此意也，可以释然于旧志之所以未能尽载矣。且陈氏亦勉于数典不忘,象贤克肖,则所谓文也,献也,典籍也,贤也。其克永世也已。

祭陶汇翁文

呜呼!缅延年之作诔,于靖节为宜;来孺子之束刍,惟林宗不愧。重以情联桑梓,十年深道义之交;更当义附茑萝,三党在尊亲之列。人以逍遥欲赋,忽听鹏飞;客当徙倚化仙,怅随鹤吊。维我伯岳大人吉庵先生,浔阳世胄,越水名宗,宅喜三迁,溯家声于芝本;泽承奕叶,述祖德于醴泉。缅红杏之声称,居第识尚书之旧;顾黄垆之褒宠,易名膺祀典之荣。开蕊榜于春秋,继登髦士;绍华簪如弓冶,代著传人。至先生大父以文学起家,德积于身,更裕贻孙之谷;文堪问世,偏怀抱璞之贞。暨至尊人,式宏骏业,乃缘明德,更产达人。

先生智原夙具,仁以性成。陆橘融梨,都无间于孝友;杨梅孔雀,曾何让于灵明。弱诵诗书,悉明大义;童游钓弋,亦泯机心。占飞鸟以凶,遂藏弓而不试;先生自述童年曾弹雀,既感雀雏悲鸣,因痛悔不复弹。笑毛锥焉用,爰束锦以来游。鹤偶跨于扬州,缠讵矜乎万贯;鹢竞浮于章水,志克遂乎四方。王粲《登楼》,遽倒中郎之屣;齐威府海,遂陈管子之书。时大中丞何公鉴藻人伦,论精盐铁,顾鹾务以借筹,得先生为分荚。于是通商裕课,万灶皆清,为看煮海佐勋,一时无偶。款诚万寿,备方物于辑瑞之余;望幸五台,奉属车于清尘之末。以是名邀天听,恩以日新,先生由正郎而晋秩,荐方面以监司,授卜式以散官,旌次公以异数。性先分定,爰受宠以不惊;道与时熙,复持盈而不溢。风神内照,而气量深沉;仪表外明,而堂基巩厚。石仲容伟丽,并著时名;赵元叔魁梧,咸瞻丰采。诺成季布,信不易于千金;识借荆州,声顿增于十倍。缟纻之投赠无虚,缙绅之缔交不绝。井多投辖,家风留陶侃之宾;铗不歌鱼,门下遍田文之客。庇之大厦,则堂构式成;出以心裁,则园亭特盛。一花一石,皆小具经纶;半瓦半椽,亦别开丘壑。蓄群书以万卷,不数黄标;延名士于四方,独舒青眼。重以皋比特设，矢忠敬于名师；爰深燕翼宏谋，事栽培于令器。顾子孙于灵运，凤定非凡；稽兄弟于慈明，龙皆利见。萃英流为同砚，真如联玉笋之班；攻利错于他山，相继蔚青云之望。嗣君松君太史，笔授江淹，年当贾傅，听鹿鸣于桂苑，早膺选以贤能。聆凤哕于梧冈，庆思皇之蔼吉。前喜玉堂归省，春风侍筇杖之游；兹欣秘阁校书，爱日视花砖之度。适又秀征群季，并挹芹香，应知庆溢高年，益深蔗境。

先生齿越甲轮，荣看子舍，享木天之清俸，就禄养为饴含，顾学士之缬袍，即宫衣为彩舞。宜积纪椿之岁，从此八千；更邻杖国之年，明当七十矣。讵以舟壑潜移，龙蛇竟厄，薤闻北里，倏然曳杖而歌；星纪东维，遽尔乘箕以返，时道光丙戌六月五日也。其来有自，知关河岳之灵；其去有因，定指蓬瀛之路。遍伤心于行道，相不闻舂；感流涕于知交，邻堪听笛。某忝属葭莩，夙依桥梓，学制锦以频年，耳熟绪余之益；幸登龙之未晚，迹当筮仕之初。重以蹇修，门下厕南容之列；乍膺民社，宦途勖庞统之才。恐意气之过刚，授之韦佩；当有无之暂济，偿以官缗。特具铜盘，时宠牛心之炙；自筹金碗，生崇马鬣之封。知末技有兼长，嘱抽郭璞青囊之秘；卜佳城于白日，得观滕公石椁之铭。忆惟今岁之春，犹遂省门之谒。方瞻矍铄，乐情话之周详；蒙许廉能，志别情之珍重。分邺侯之架，无待借以一瓻；拟米老之船，何幸载之四壁。顿使拥来南面，荣胜百城。于时旋返西昌，轻回一棹，来鳞去翼，不隔澄江；惨绿愁红，倏逢朱夏。爰惭俗吏，徒旁午以趋公，适缉私商，集团丁以用武。拟有陈于当事，远望南车；荷裁答以来函，遂成绝笔。距返道山之日，仅以一旬；从深恨海之情，于焉千古。言私不尽，系诔攸宜。其辞曰：

神物致云，不依浅渚。乔林垂阴，不植硗土。端本厚源，世德是树。卜邻利迁，种柳敦处。章江衍派，于越肇绪。绳继奕叶，爰大厥宗。朱轮丹组，后先追踪。儒门悬矩，高阀鸣钟。显祖嗣声，鸿文振镛。培基启后，再世聿隆。先生亭然，秉训是起。称孝称弟，陶氏有子。聚顺酿和，家督就理。六树荆联，敷荣竞美。太翁骑箕，弱弟髫齿。教之诲之，式相好矣。顾念悬孤，毅然投笔。冠盖逢迎，风雨沐栉。锦驷联镳，公卿平揖。遂拓宏规，基由创立。海波润深，于焉寄迹。爰来爰止，实惟章门。交游日广，锦簇峰屯。下南州榻，开北海樽。缟纻纷结，车马骈喧。大人先生，九鼎征言。先生欿然，此心如水。逞才不矜，聆善若始。识烛先机，理范前轨，投艰任巨，公慎是矢。历襄盛典，竭诚至敬。圣寿祝厘，西巡行庆。微末涓埃，得际隆盛。小臣名闻，恭承天听。承之庸之，衮衣黹章。执盈入虚，守真养望。积书必大，积善余庆。一经教子，燕山义方。名师益友，琢磨匡襄。达材成德，金门玉堂。令子后起，克迪前光。倏然杖履，不就板舆。寻览山水，穷青乌书。瑕邱可乐，幽宫早储。知生知死，绰然宽余。观化以达，触舟以虚。贞石自泐，大梦顿蘧。令德寿考，生荣殁哀。近识怃臆，远士怆怀。于野于寝，行哭纷来。某于先生，乡情增重。婚姻以申，(罄)[謦]欬陪从。惩忿克刚，良规是讽。袜线诩长，牛刀莞用。回首谆训，山阳感恸。先期旬日，来书有辞。宿疾少愈，日犹强支。往复肫切，言公及私。家门顺境，顾念来兹。馆试闻捷，爰归凤池。少者爰怜，勉掇芹枝。为意差强，聆者解颐。讵尔风烛，哲人其萎。呜呼哀哉！只鸡绵酒，非以致诚。素车白马，非以言情。德薄泽长，后昆英英。龙章凤诰，永锡荣名。千秋无斁，用奠两楹。呜呼哀哉，尚飨。

重修先农坛碑记

天地阴阳之气，上交下孚，浑浑沦沦，冲和温穆，育谷食以养元元。泰和滨大江，环绝巘，和气充积，蟠郁于其中。旧产有嘉禾，《图经》因之以名邑。我国家重熙累洽，大有屡丰。急本图重穑务功，令立先农坛。岁仲春亥日，有司致祭以祈年，甚盛典也。然而今昔异时，变通异势，古之良有司先富而后教，今之良有司易教而难富，惟泰和尤甚。其富民操泉布之利，贸易于皖、襄、粤、蜀，不知为农也；其俊民操笔砚之利，研练于帖括、举业，不知为农也；其艺民、游民操锥刀笔箧之利，谋事于百工胥吏，不知为农也。其为农而力田者，率皆无业贫民，佃富民之田以为田，岁穰则仅获籽粒之羡，岁歉则徒供胼胝之劳。甚且园林田畴，早售券于富民，而户口未改，粮额如旧，有司有催科之责，不得不按户督赋，而力愈竭，逋愈积，课愈缺。盖富民之租急于公家之赋也久矣。且以寸壤尺土之利，既纳其私租，又输其公赋，民将何以堪。是虽雨旸时，寒燠齐，两歧五穗，瑞不绝书，若有阴佑之而默相之者，而欲力田者之富也，其可得乎？且夫富民不耕而获，既坐收其利，而国家维正之供，犹嫁名于贫民，而隐匿其户，俾有司敲朴棰楚，索赋于无田之贫民，而己反萧然于事外，稍有人心者，吾知其有所未安也。

於乎！薄戾之气长，而中和之气塞。旱涝频兴，时令乖序，先农不汝佑矣。夫崇明祀，端本务，返积习，除锢弊，为宰者事也。邑有坛已圮，余葺而新之，将欲清户册，厘田赋，以毋重困吾力穑之民，以答先农之赐，而无负国家劝稼明农之至意。且日望俗之厚，年之丰，和气充积，蟠郁于其中，融融然于变而时雍也。故记其岁月如左，祀典有雩祭，祈晴雨与祈谷并重。旧无坛，祭于先农之坛，附记之，以镌于石，是为记。

泰和捐置乡会试盘费田碑记

国家养士，至优极渥矣。即一邑间，师儒俸斋廪饩及宾兴、科举、旗额、台盏、公车、水脚等费，皆支给于正款士生，其间沐浴膏泽，咸蒸然日上，其志切观光者，亦于是乎日盛。泰和称文献巨邦，登春秋榜者踵相接，每秋试应举，多且二百余人，少亦百数十人，其中寒畯，盖十居七八焉。道光四年，余视事兹邑，喜其士习彬彬，有可造就，思所以培植之，因是有捐增书院膏火之举。明年乙酉乡试，大吏拟聘余分校，时方以奏销急切辞焉，因与此邦士无复关防嫌疑者。公暇进与论文，及赴试普赠卷资。次年赴礼部试者，复加厚赠之，计捐廉四百余金。群以为前此所未有也，余因是有念于后此者矣。

夫一日之举，不能必后之踵行，不为久远计，似亦难为继。遂积清俸，置田二百七十余亩，计银八千二百八十余金。岁收租粒，核漕斛四百七十九石有奇。除完国课并脚价经费外，岁存漕斛谷三百石。年逢大比，约得九百石，以谷易钱，计千贯左右，分给士子乡、会试盘费之需，较乙酉科所捐数倍，而于以垂于无穷。虽然，余尤厚望于后此司事者矣。闲尝考《县志》所载各项捐田，问有存焉者乎？曰：间亦有之也，其无存者，或豪强侵占矣，或私去其籍干没无考矣。立法之初，既有未善，而官如传舍，后之人视之，不甚惜。此侵占干没者从而生心也。若一念当时创之不易，则后之人顾有不尽心者乎？兹凡田亩、土名、耕户及征租、存、贮给发之款，细立章程，另列于石，而记其端末于此。庶几后此者允念，上以推广皇仁，下以培植士气，并无负创始者区区之意也可。

敕封太安人王母李太安人墓志铭代戴相国可庭作

王母李太安人，泰和王鲁斋封翁讳敬曾少府之元配，今翰林院庶常、改官知县名昺昆季之贤母也。以子贵，恭遇覃恩，加级封太安人，系出直隶蔚州处士李宣烈公次女，其先高曾渭湄尚书，煊亨庶常，高华门第，冠于一时。安人生而聪慧，得大家体。少即侍母夫人倚西宁舅氏季葆贞先生家居焉。舅氏钟爱之如己女，女红之暇，兼涉吟咏，偶参佛偈，皆具夙悟。遇事决机，揆义辄中，舅氏奇之。为慎于择婿，时鲁斋封翁适以需次客西宁幕，葆贞先生钦其品，谓诚悫敦笃，可妻也。遂设甥馆，以安人归焉。未几，鲁斋赴部铨，脂秣之外，为家计薪水者，仅青蚨数贯。安人勤俭操作，亦复裕如，不贻鲁斋以内顾忧。

岁辛卯，鲁斋铨授巡检之官湖南，将挈眷，安人眷恋母氏，以为吾不及事姑嫜矣，请偕吾母行，得所禀承焉，遂同抵湖南任。闲曹清俸，仅供饘粥，安人黾勉佐助，淡泊自将，豆瓣菜根，怡然也，而奉母至孝。母疾恒衣不解带，一切洗牏涤器，必躬亲之，母殁尽哀尽礼。及后岁时家宴，每对案泫然，谓今兹多品，曾不及曩日烹一鸡奉吾母食之美也。孝不以已嫁衰，亦且终身如一日云。鲁斋寻调署善地，安人淡素如故。抚二子二女，备极劬劳。驭下庄莅，而慈畜之，竖须臧获，感恩畏威，内外咸井井。至于课子则甚严，稍不如礼，必加诃责，晨夕必令问安视膳，谓吾非爱此虚文，使习与性成耳。子或从名师游，爱购书籍，则又甚喜，时制衣履馈师于岁修之外。或脱簪珥，佐子以购书之资，每举张茂先《励志诗》、崔子玉《座右铭》以为训。故鲁斋之于子也，无待督过，而安然有以观其成矣。后鲁斋罢官，寄居湖南，亲串中有来相倚者，至三十年之久。岁歉不自给，一切服食必分使均，皆出安人手定之。至凡周人之急，力行之，无德色。年近八旬，犹手针纫不辍，子妇辈劝以少休，曰："吾固习劳，不疲也。"子昺谒春官屡踬，岁己卯，安人祀于灶，手制一帻，冠之曰："此元魁兆也。"促使计偕北上，是科昺遂捷南宫，膺馆选。旋假归省，安人诫之曰："毋以一第置胸中，科名之重人与？人之重科名也，尚其勉旃。"安人识大体又如此，乌乎贤矣哉！及昺以知县改官山左，未及期而安人遽尔弃养，享年八十，可谓令德寿考者矣。越一年，昺率叒扶榇归里，拟卜葬于泰和南富村之凤凰岭。适浙中名孝廉徐君鹿苑宰泰和，精形家言，昺遂乞徐君定其窆，并捧状丐余志丽牲之碑。余己卯知礼闱贡举，昺为所录士，知其家世特详，按安人生年月，殁年月，子某、某，某官，娶某氏，孙几人，女孙几人，字某，遂系之以铭。

铭曰：幽燕诞秀，托根渭阳。锜筥佐奠，荐蘋湖湘。离丽正而坤含章，综严慈以义方。行版舆御，是胡遽归宅兆于梓桑。岭云纠缦兮集凤凰，千秋万祀兮应鸣归昌。

上赣州府汪孟棠太守书

制徐某叩首上孟棠太尊：

大人阁下。自去夏叩送鹢辕荣莅岩郡，旋即驱驰北上，往返京邸。秋冬半载跋涉山河，既随同钦差相度吉地，国事甫蒇，又奉讳南旋，安厝先慈，苫块余生。复以西昌交务，匍匐来江，微贱劳苦，实时命使然，亦复何言。盖寸丹敬仰如太尊大人，经纶在抱，宏济巨川，衡鉴时流，无爽毫发。某仅时悬心目之间，不及泐寸，禀以颂新猷，以申近状者亦忽忽载余，况瘁可知矣。

自念去岁身历诸境，季春闻母病，告养之意已坚，因同乡吾令印结未到，是以暂止回县，顺邑绅耆请，为老母祝嘏，接办县试。继以上忙征解，公事稍停，即拟勇退。讵知奉召北上，借得假道归省。所异者先慈沉疴呻吟床箦间，时以诰轴未到为恚。而某于滕王江渚揖别寅好及郊饯绅耆，方欲解缆，京诰忽至。又先慈血枯筋缩之病，床卧不能起坐者自春徂秋，忽于七夕次午，昼梦呓语曰："闻诗，幼字。汝来乎？"绕床诸妇女孙辈伺疾者详问，则曰："汝伯已回家矣，捧诰而奉我矣。为我易衣，我起坐以待。"自后，日必一再起，诸妇辈以为沈疾中恍惚语耳。孰知某于十一之起灯时抵舍，得见慈颜于堂户间，跪捧双膝，悲喜交乘，展诰慰亲，欢容若戚。次日即痛别长行，犹冀公蒇而返，将母有期。

迨中秋抵京，军机禀到，传谕禧某供给小住一旬，随同钦差禧、耆、敬、奕、容诸大臣往易州泰陵红桩内，百里而遥，相度形势，讵意禧、耆两位才住五日，即奉召回京，秉衡者敬也。某矢寸诚，指出吉穴西正峪、岳合庄、回龙三所，敬皆置之冰阁。其入奏之大湾峪、六道湾等形势俱假，某亦各抒所见，不敢苟同。十月初旬于红桩外相度数处，某又指陈莲花山十全完美，大地正结，亦不见信。盖同事之戴、张于夏间由外省督抚保举，一派在耆，一派在敬，俱有先入之见。某之保荐，闻自那制军，逮既奉命，那已置之局外，宜其格不相投也。然敬公初奏之地，虽某所不取，闻列名在内。及十月望日某回邸寓，接到家书，惊悉先慈去世，报丁母艰，禧尚书面奏，传谕回籍治丧。某于十月底出都，至十一月望前，皇上派禧、耆、敬复勘，随行者戴、张、端木三员，而敬初奏之三所，开验者皆黑砂顽石，坚不可锄；端木乃荐老龙潭一穴，其地某于前勘时亦同拟次取，具说在案，却以奏请回籍，未便列名。今春皇上钦定龙泉峪为吉地，某因复奏无名，是以未获恩叙。

京友来信，似将来服阕进京，得蒙当道题及，或仍可邀议叙。惟念机缘屡左，马齿日增，进取之思，退然自阻。要之去春希卓异而未能，告终养而不果，幸邀意外之召，借得假道归省。十年游宦，幸见慈亲于垂尽之时，即此已拜皇恩浩荡于无既矣。至于随同相度，从事五旬，三公四友，靡所适从，直道事人之难，有非笔墨所能悉陈者。幸于去夏叩送钧颜，谨奉谆训，和不苟同，矜不固执。所拟真穴，荐而不争；若辈妄指，辞不与闻。今得置身事外，亦安知非福也。退一步想，心平气和，拙者所安，如斯而已。

兹于立秋之前，行抵豫章，舟过鄱阳湖，巨浸汪洋，哀鸿满野，读礼闲员，不胜蒿目时艰之感。弥幸赣南吉宁诸州岁书大有，非除暴安良，福星普照，感召天和，乌能得此。某为被灾地方，诸令闵其劳；愈为蔽芾甘棠，召伯颂其德也。某到省垣，正值秋试，小住省仓，为设泰和宾兴试馆，意在力成此事，卸任之官，妄希广厦以庇寒毡，难免旁观迂阔之笑，而拙者甘之，亦各行其志而已。拟望后抵吉郡，核算交务，得能抽身，当趋谒铃辕，面聆椠训，亦未知克如愿否？严缨山回浙，某于玉山舟次把晤数语，渠感鸿慈，非可言喻，并此鸣谢，恭请升祺。辛卯孟秋

家常情事，纤悉必举，而在朝言朝，尤不阿不激，想见胸中无所不有。仙源

粟布相容说

丙申季春自游四明山，谒白岩太始祖墓。回寓等慈寺，看儿辈县试，胸中更无挂碍，竟可作带发僧，得有一二妥伴，任我浪迹山川，将游于方之外矣。闻同胞手足有瞋我者，若罔闻知；有膜视我者，我亦悉听；或有念我者，我亦无可如何，力不能再竭矣。

去秋西江之游，大半为造现在后楼起见，今正北上中止，犹是为鼎梅读书未遇哲师耳。兹或人心不死，得有润屋之资，我于杖锡寺作伏魔禅师矣。天假之年，得能教子成人，我于雪窦寺作应梦兴师矣。

花甲已周,得失悲欢,悉成幻景,所不愧不怍者,俯仰人天,此心可质诸鬼神无疑。百世俟圣人不惑耳。顷闻弟辈有自求多福者,青云有路,当强仕之年,何不努力前程;有延师课子者,旭日临门,羡亲枝在膝,正宜培植后来。即此知吾家新迁吉壤,钟毓有人,我辈平旦天良,牿亡未尽,问之此中自安,弗计外来物议,果能立人达人,何必己田己地。孟子曰:"万物皆备于我。强恕而行,求仁莫近,反身而诚,乐莫大焉。"《大学》十章"所恶于上,毋以使下"云云,所谓絜矩之道,此人人所读之书,我不能苦心作文,尚记得数句,并书之,以为有造化者,庆前修之独厚,勉后福之无尽焉。丙申莫春可仙呓语。

追远记略

始迁管乡一世祖,其六府君之墓蔚然在里溪山,自右而上,名挂灯穴,有太始祖考教授公九八府君、朝奉郎曾九府君两世并葬之墓,或以为此召魂虚冢耳。存水源木本之心者,必诣联山,谒太始祖坟焉。

丙申之春,迪惠花甲已周,用矢追远之诚,于三月初吉抵奉化之白岩,主宗盟者曰德崇翁,其从弟德佩明经,明经长嗣庠生尔玉,次嗣守备尔昌,其余在庠序者约四五人,名不悉载。查白岩宗谱,茫无证据,询吾管溪太始祖墓,亦未详何处。而白岩宗祠有"江汉朝宗"匾额,管溪自明初至本朝乾隆间,族先科第名目汇录于匾上。又百云公馆选有玉堂仙史专额,盖迪惠之曾祖得一公先修宗谱,次主宗盟,闻有白岩祭祖之举,"江汉朝宗"匾额想尔时所上。次日佩翁等备筵笙歌,迪惠于宗祠行奠献礼,又谒大墓山,即后门山,古冢累累,德崇翁等先以为泰八公之墓,而泰八公谱无其名,白岩之谱借吾管溪之宗谱外编,有联山世系表牒数纸,于本朝始造谱,又假手于村塾外姓,故传会无征。而大墓山中脉正穴,形势完美,的是发祥吉地。惟白虎臂外有离乡砂收来龙,将军峰后帐血脉水,是以元明之近,在白岩守墓子姓,俱湮没无名。而光远有耀,独发迁徙在下管者,于堪舆家言有明征焉。查《宗谱外编》，以泰十侍郎讳徽言，《宋史》列传第二百六卷《忠义》有专传。为由衢州府西安县首迁奉化联山之始祖，大墓山中脉数穴其为一世户部侍郎泰十公、二世郎中四六公、三世谏议千四公、四世知州万十六公数世祖茔无疑矣。至于五世教授公九八府君，查管溪谱牒载明葬里溪山，六世曾九府君祔葬父茔，盖即始祖，其六府君坟右挂灯穴，是以每年祭始祖坟，先祭太始祖坟，世守族规，至今不爽。且按之万历壬午参政五桥公谱序明言，其六府君奉父曾九府君，讳天祐。自奉川之锦溪即白岩。逾鄞之亭子岭四十里置路馆，经嵊之梨洲六十里置箩篁田，为往来展墓供顿之需，僦居四明之宦(墈)[磡]头，与梁衖相近。置产择配，已有年所，复以其地嚣杂，难于拓基。闻教授君曾道经管溪乐山水之胜，遂逾大岭，抵虞之管乡，始奠居焉。则知九八府君、曾九府君两代，太始祖实葬在里溪山，初非召魂虚冢也。是以凤山公谱系辨疑自叙"十一代孙希明百拜书"，从教授君排世系也。今以其六府君为始祖者，卜居管溪，实始于其六府君。按五桥公传称"奉父轻资，自锦溪之宦磡头已有年，所知奉朝君实同居宦(墈)[磡]头，复以嚣杂，闻教授君曾乐管乡山川之胜，遂奠居焉"。则不特教授君未故于管溪，朝奉君似亦非故于管溪者。盖初则浮殡于故里，及卜居管乡，始定窆里溪山耳。查《外编》，教授君生卒年月失载，葬则明载里溪，兄一，名铱。侄三，名失载。子一。名天祐，即朝奉郎。曾九公生卒年月，配王，子一，祔葬父茔，俱详载。若太始祖墓是召魂虚冢，《外编》必明载"葬联山"或"宦(墈)[磡]头"矣。

管乡自其六公卜居伊始，元季明初，家业日隆。人文代起如教授君、朝奉君，坟在白岩，必明定章程，岁派子姓祭墓，岂听子孙之便，能追远如双溪聘君者或一再至，余则罕闻乎？即元末明初时，有管乡子姓往白岩祭墓，万历间修宗谱时，五桥公撰其六府君列传，凤山公作谱系辨疑，尔时族运大隆，四真竞发，念大宗、昌二公支下式微，其坟墓在管乡，就近者犹必捐产，设祭扫墓，岂教授君、朝奉君两代坟墓在联山，嫡派子姓俱在管乡，仅祭虚冢了事，不明立章程，每岁必遣人往白岩祭太始祖两代真墓，为久远防护计与？迪惠是以知里溪高穴教授君、朝奉君两代，太始祖实葬于此，白岩大墓山中脉节节所葬，系泰、四、千、万累世祖坟在此，故白岩宗姓人称之曰大墓山。管乡子姓前代之往白岩祭祖者，祭泰、四、千、万历代太祖也。以有守墓子姓近在白岩，是以管溪子姓或去或不去，听子姓之便，不明定章程耳。而吾征野十二叔于嘉庆壬戌年间修谱，往白岩采访，曰太始祖坟在某某等处，皆影响之言，难以为据，因记端末于此。道光丙申夏四月吉旦裔孙迪惠百拜谨识。

心诚则灵，识真则确，追远之举，关系匪浅，钦佩之至。仙源

《一家言》重编记略并言

缅惟康成笺《诗》，先序《诗谱》，风有正变，雅亦分焉。良以诗道甚大，考得失，验盛衰，足以观感兴起，此教之有关于邦国天下也。而一人一家之言，安敢语此。吾族管乡，僻在虞南，地近四明山心，“四明山心”，汉隶书四大字镌在杖锡寺山石壁上，系刘纲樊夫人成仙处，名升仙山，即《县志》升相山，为管乡来龙发脉之所。夙称小蓬莱，人多直节，家有传书，在前明中叶，科名称盛于一乡。自明季至国初，山寇啸聚，遭兵燹后，前人遗集几荡然矣。惠幸得宗吟汇录名《一家言》，原编无完本，所抄传者于名下书字号、科名、官职而已。续编则系以小序，而语多复沓。原编诗不多载，率皆真本；续编掇移裒益，纷错难稽。惠以先哲清芬湮没是惧，商于家之星伯学政，思定善本，留示后人。星伯以先集仅存，不宜多芟是属。数载以来更订四五，兹得维扬阮相国前定《浙士輶轩录》所云“以人存诗，诗在所略；以诗存人，诗在所详”，扩充其意，凡宗吟之有合于风雅者，梓以问世，其平易无奇而事关家族流传者，仍存而弗削。先哲中行谊过人、名载史乘者，小序外必一一详采，遵《輶轩录》成式，亦仿郑氏笺《诗》，先序《诗谱》之意，此“一家言”之所以重辑也。至如续编之掇移裒益，有原编可查者，仍归本集；无可查者，阙疑而已。有续编失载而散见各书者，补录良多，小序之烦琐

者，淘汰不少。又原、续编俱以世系编诗，吾族自元明至今，支派日繁，祖孙曾玄同时族处，往往百年以前之人，世系卑者置在百年以后，殊失诵诗论世之义。兹查宗谱，以生年之先后编诗，以昭穆之尊卑序世，庶几赠答唱和各当其时，至吾宗由管乡迁徙各处，以能诗行世者，有谱可查，编以世系；得自传闻而谱失载者，约其时地编入补录；其有裒然成集，一人而各体毕具，或歌戚悲愉，前后错出者，以先编五七古，次编五七律，次编五七绝，例不能一一纷更也，观者谅诸。若夫诗之工拙，惠非深与诗者，不敢妄陈，况其为先世之绪余乎？还希大雅君子览是编者，采其所长，祛其所短，务别淄渑，而加评点，俾一人一家之言，得示正法眼藏。迪惠幸甚，先哲幸甚。

伏念吾徐自桂岩公卜筑以来，借是编而知前世之养晦林泉，咏歌自适，德培后起者若而贤；蜚声甲第，表节岩廊，名垂史乘者若而贤。或一得自鸣，或一长自奏，或处困而发其抑郁无聊，或遭变而志其流离感慨，合五百年来一十余世，百数十人，成一家言，汇而录之，全集之散佚者，得见一斑；片羽之偶存者，亦觇梗概。后之有志者，读前人之诗，若者可以存心而养性，若者可以博学而励才，若者可以思患而预防，若者可以贞鼎钟而壮河岳。即吾先之消长穷通，淑身淑世，观感兴起，善继而善承之，此教之有关于一家一族，庶几其垂之无穷也，是为序。

道光乙未中秋吉旦，第十六代裔孙迪惠敬述。

孙贺谷翁《咏怀》叠韵诗序

昔陈白沙讲学岭南，多示人以无言之教，世以著述劝先生。及诗集一出，人以是求先生之学，论者谓非具九方皋之目，而能得神骏于骊黄牝牡之外者，亦寡矣。余自管水移居蠡城，既遂看山之愿，复殷求友之情。郡有尚齿会，皆弥性纯嘏，夙学耆儒，每月一叙，谈诗文，评翰墨，间及时事，思敦风俗，务正人心，盖有合于古乡饮酒之礼，不仅仿九老耆英娱暮景已也。乙未秋，余花甲甫周，吴渼陂封翁、王月槎年友邀余附于座末，因得奉教篔谷孙翁。翁学古人，官抱济世才，屡秉铎岩疆，拥皋比座，能得士心。邑有巨案，宰必咨询于翁，往往化险为夷，以是秉铎所至及卸任时，同官及门下士攀留不忍遽释。而翁当服政之年，即起归舟之想，飘然解组，啸咏东篱，课其群英，登贤荐秀，含饴种玉，绕膝绳绳。盖其家事克治，井然有条，兼之济困扶危，宅心厥善，是以臞其貌者肥其家，清其神者绵其寿。观翁之言论丰采，知其胸之所养者裕矣。余以性近于墨，动有摩顶放踵之累，既苦翳身乏术，每晋谒于翁，得其绪余，以为圭臬。兹读翁《感怀》叠韵诸什，知种德深远，处事详明，益征福履康强，子孙逢吉，光远弥耀焉。聿稽吴康斋高弟、娄克贞先生分教成都，寻告归，以著书造就后学为事。所著《日录》词朴理纯。姚江年十七过信，晋谒文成之学，实发端于先生。余有志于学，年少于翁十有余岁，而齿发早衰，处事不耐烦碎，秉性过于刚直，遇拂意事，辗转含忍，未能顿释。读翁《感怀》诸咏，向往益深矣。辛丑仲冬。

王母徐太孺人传

太孺人王母者，惠之从姑母，粤东澄海县尉家志尹伯祖之长女，国学生王我函公之继室也。秉性端淑，饫闻庭训，伯祖爱之，相攸綦慎。时妹字人，弟授室，惟我从姑，筮占屯二；依依膝下，年及三旬，宗族见之，咸肃且敬曰："他日光吾门楣者，必此君也。"时有同邑王我函上舍者，居履卮平冈，耕读世其家，原配氏叶以暴疾卒，遗子女各二，上舍痛不复娶。厥母氏梁抚幼孤泣曰："不娶，谁为字藐诸孤者？"访我从姑贤，乃委贽焉，于归之后，妇德冲和，奉迈姑以敬萱堂，得其欢心，相夫子以顺琴案，为之静好。爱养诸孤，一如己出。我函公课子女或过于严，孺人随时劝解，慈以济威。得有甘旨，奉迈姑夫子，有余以与诸孤，而己辄甘藜藿，缘是王之戚族人无闲言。越三载，长子朝栋病，求神择医，皇皇无虚日，而卒弗疗。孺人撄心抱痛，若无以对前室者。梁姑与我函公交慰之曰："儿不成长命也，何自伤乃尔。"次年梁姑又病，佐我函公视汤药，晨夕不离侧，既剧，梁姑嘱曰："我向有忏，助先人一愿，今不及偿矣。若辈其为我酬之。"既卒，疲于丧葬，愿久弗偿，孺人乘间言曰："姑言犹在耳，置之若何？请以簪珥佐君，乃偿姑愿。"时逢岁旱，四乡禾尽枯而孺人所值公田得倍获。其后每遇输值，公田秋获必大稔，亦一异也。于归十年，生女三，尚未举子。既娠，而我函公病，竭诚罔效，誓以身代，我函公亟怜而止之曰："是必男。卿恤人之孤，鬼神鉴之矣。"既卒，果遗腹生男，命名朝元。时前室所出次子朝相已婚，而次女未嫁，孺人事无巨细，身任其劳，既殚厥心，井然就理。次女适嵊之童姓，家贫，竭力拯济，摒挡称贷，置奁田以赠之。教朝元以义方，年舞象勺，孺人慎于择配，弗结高亲，知吾从妹贤淑如己，文定厥祥，奠雁亲迎。王于吾徐，不啻朱陈世戚焉。既娶侄姒，为两子析居，产业维均，教以恭俭，毋坠先业。朝元敬奉母训，与吾从妹俱娴礼法，克慎克勤，业隆隆起。孺人喜子妇之能世其业也，年逾六旬，即委家政，习静楼居，不问琐碎，非祭祀不下楼。素性好洁，所居躬自洒扫无纤尘，子妇女孙晨昏定省俨然，净室中礼古佛焉。年七十有二，微疾而逝，今子孙绳绳，能自树立，既振家声，克昌厥后矣。惠以中表子侄，幼值孺人归宁，亦尝亲炙芳型丰采。比长，于孺人之嘉言懿行，亦既闻之，熟而知之稔矣。余生长管乡，覆卮峙于西南坤位，晨夕仰瞻，讵违咫尺。然越岭攀跻，登堂拜母，几于天云可望而不可即，比尝一再登陟，仰止高山，景行宛在，而鸾鹤杳然。孺人子若孙谆谆属曰："至戚若公，弗传吾祖吾母，潜德何日彰乎？"爰濡笔志之，以备輶轩者之采择焉。辛丑仲夏。

先君子庠贡生敕赠文林郎允斋府君、先慈宗谥孝恭敕赐太孺人张太孺人行述

《记》曰："先祖无美而称之，是诬也；有善而忽之，不仁也。"迪惠不敢蹈诬，其敢蹈不仁之咎乎？顾先君子逝世二十四年，先慈逝世亦十有五年，迪惠年及七旬，发白齿落，耳渐聋，心健忘，及今不述，罪且

莫逭，用敢濡墨和泪，述所闻所见，以告后起孙、曾，勉敦孝友睦姻，克绍前修于弗替焉。

先君子讳世勋，字琛贡，号允斋，世居虞南下管乡，忠孝节廉，人文代起，自宋至今，史不绝书，无烦悉数。祖庠生得一公，具才略，起家勤俭，祖妣氏张、继祖妣氏陈；父庠生贻赠文林郎石麟公，妣贻赠孺人氏唐；本生父国学生贻赠文林郎西峰公，妣氏钱，贻赠孺人。石麟公初艰于嗣，西峰公于乾隆甲戌正月既望举次子，即先君子得一公，命出嗣于石麟公。是年冬，石麟公副室氏某，生先叔勉斋公。丁亥，副室氏贺，生季叔德轩公。先君子幼而岐嶷，趋侍重庆左右，应对进退，髫龄俨若成人，能得祖父母、嗣父母欢心，读书明大义，不屑屑于章句，性敏达，能襄事，见义勇为，逢人告急，必婉陈于堂帏以拯济之。既冠，授室先妣，敕封孺人氏张，系出虞南望族，得一公之外孙女也。秉性淑慎，于归后奉侍重帏，兼隆孝敬，相先君子，修内行，勤学业，弗愆于仪。石麟公年五十二，于癸巳夏猝疾逝世，先君子当大事，既戚且易，弗致大父母过恸，抚二弟成立，人无闲言。丁酉之秋，大母陈太孺人病，先君子侍疾尝药，卒殓视含，必诚必信，弗致有悔，尽礼如前。已而唐太孺人病，先慈割股佐药，感及娣姒，而疾弗瘳，殓殡亦尽礼如前，人更以孝思不匮称之。服阕，先君子应院试，既报罢，与族友同舟回。晚饭于客铺中，暗室半间有饮泣者，询之走卒曰："店主某，负重逋，开张小铺营生，望府院两试，获蝇头以偿蚊负。试事已竣，而索逋者猬集，将卖妻以偿负，午夜生离矣。"闻之悯然，命仆取随身衣箧付质库，而数不敷，则属同舟者先出城，夜向所知戚友暂易，如数偿之，以完饮泣之夫妇。归告孺人，孺人捐奁以给先君子义需，是年中秋前迪惠生。戊戌岁试，彭云楣太宗师按临越郡，先君子采芹虞庠，力图进取，顾以大父得一公年迈，主宗盟，族务繁重，命先君子襄理，培植阴阳两山、列代坟荫、各庙祀典，事无巨细，咸借处置。族有雀角之争，先君子以大化小，以小化无，是以得一公主宗盟久，族规整饬，族人无哗于县庭者。先君子睦姻任恤，情谊交孚也。

得一公桑榆暮景，患痰疾，性素严急，侍奉稍疏，往往痰决。诸孙媳辈析居别室，莫敢近侍。先孺人视于无形，听于无声，饮食寒燠，就养无方。冬日昼寒，欲息荫于时旸，则设小床，晨膳后移置寝门外，午膳毕移置明堂，夕阳斜照则移置厅事东偏隙地，随阳光而安寝之。既昏就寝，于枕旁置竹柝，先慈闻柝声，则举灯下厢楼，问所欲而敬进之，衣被或垢，则敬易之，数年如一日焉。得一公念孺人贤孝，于膳田拨若干亩，付以左券。中有龃龉者，佃不得赁，得一公闻之恚甚，先君子属孺人慰之，曰："已得租矣。"初，得一公勉诸孙勤学，置田二十亩曰"秀才田"，有先入武庠者，纳田租数岁。先君子入文庠，及分租其田，已售外姓，置弗与争，亦不敢告知于祖前。其不得于将伯之助，而弥缝于寸衷者类如此。丙午夏秋，得一公与西峰公相继逝世，先君子承重殓，时宗族戚友踵至，事繁于前，克协于礼，盖先君子与先慈侍大父母、嗣父母、本生父母，生则重庆，没则重丧。加以昆季娣姒之多而能始终无间，内外交修。难乎，其为孝友矣！

得一公去世后，续主宗盟者咸借先君子襄成族政。远近戚友有衅端，必延先君子为之解纷，是以闻望达于州郡，遐迩翕然承风。初，同堂侄百云编修主试湖南，回绍省亲，诣管祭祖，百云公见先君子襄理族政，勤敏任事，及督学皖江，邀先君子偕行。适丁重服，抵皖綦迟，百云公留任皖学，以前任阅卷，友多皖人，关防非易，属先君子于越州虞邑延品学兼优士阅卷，而以总理属先君子。学政送行时，礼恭意重，归乃敦请诸友，约次春开印前行。至灯节，有皖人拔贡生程某者，其人颀而长，携二仆黑而胖，抵管，叩谒折柬，称晚学生，盖附于学政门下者。既见，询客何来，则曰："有至戚贸易甬东，道出虞城，特来叩谒。"乃具鸡黍，命惠捧壶款客，席罢详询，知挟重资而夤缘试事者，呈京折二，一书黄白珍玩款目，一书选拔廪增名姓。先君子色惊讶，然曰："我亦观场傀儡也。即有志未逮，延师课儿辈读，敢以寒士科名为利薮乎？君亦藐视仆矣。"程曰："公盛德可敬，然却，某远来于敝省寒士有裨，曷敢固请，不却，某远来于敝省寒士无损，而于太师叔有禅。且全人为父兄,念切子弟,意在速成,事亦三善皆得,似智者从权之所宜也。且折内所登珍物,已在北新关外,无已,则请益其值而酌取其人。”先君子曰:“吾家世传清白,舍侄视学贵省,素矢靖共,君真乌有先生哉?”程以前次阅卷,友舞弊多端,覙缕悉陈,先君子却顾曰:“有是哉!丧,不如速贫之为愈也。且关防不慎,彼负国恩,我曷敢蹈从前覆辙,尤而效之乎?”程乃屈膝跪请,以不远千数百里来,事不谐,无以对戚友,伏而不起,乃强掖之曰:“明日再商。”既入,次晨命惠出陪,程问翁何在,则以一蚤出门告。时惠年十二,程语音不能悉审,第见程与二仆絮语生瞋,非昨到时情状。至暮,程属代雇舆夫,次日饭罢,先君子出见,程复跪辞,汗颜无地曰:“某冒昧获罪多矣,幸勿以此来告知百云师,某以陈巡抚之戚,得附师门,事泄,无以见师,又何颜以见陈乎?”二仆先行,程舆出境,二仆努目麾程下舆,匍匐同行,一路喧嚷而去。知二仆者,徽之富商也。

己酉,先君子以庠贡生就北闱乡试,又不得志于有司,百云学政属曰:“叔之才非老于山林者,盍留京另图进取。”先君子以数世浮厝,未获吉地,且儿辈学业未成,留京力难兼顾,乃归,延师课惠等读书学文,务在穷经立身,必先敦本。勤勤恳恳,晨夕无间,兼访堪舆师为妥先计,礼意周至。与延师等每有所指,必妥购是山,资皆己出,不分取于叔仲,讵意屡得屡失,未获吉土。知俗眼之鱼目混珠,难得真穴也。乃夜则披图观书,昼则登山覆旧,竭力专心,意在必得真地。丙辰春,仁庙登极,诏举孝廉方正,百云学政读礼在籍,劝先君子膺聘,曰:“时不可失。”先君子以名不副实,愧辞。时邑宰詹祉堂师于乙卯县试取惠第一,亦劝膺聘,名详大宪,以司房费力不能给,竟不咨部。归安张兰渚公,学政之馆甥也,与先君子有金兰之雅,以翰林任山西雁平府,渡江谒学政,邀先君子同往雁平,先君子亦以妥先未定婉辞。其冬联得周村、塔岭并乌石陇诸吉地,次第定窆,详审精密。惠侍奉左右而襄成之,若有神明之阴佑其间者,事不悉述。

戊午秋,惠幸登乡荐,先君子怜惠孱弱,翼上燕京。试毕报罢,南旋，训勉力学如初，不使分劳家务。旋以食指日烦，生业日促，乃于癸酉之秋，命惠兄弟八人析爨，各给田三亩、屋三椽。时庶弟三人皆幼，先君子携居李溪之东，课力辈垦山种苞粟，栽松栗，以供衣食不给。丁丑之秋，惠捧檄筮仕西江，旋里省亲，谆训事上治民，务在实心实政，勿以一官一邑，自菲厥躬。以惠秉性过刚，则曰："奔竞时趋，脂韦从事，知汝不为。然刚而能柔，直而能逊，在汝自勉。"戊寅秋，惠摄义宁州帘篆，未几署清江县事，太孺人先莅豫章，先君子携幼弟辈续莅清江，见惠问案宜民，喜形于色。未几以交务难接，新任突来，予回省寓，接长子应衡物故信，痛不能舍。先君子以丧明之痛昔贤不免，而我白发二人暨一家男妇幼稚，非汝孰为支持者，泪涔涔下。惠乃忍痛趋公，以补缺需时，先君子携幼弟辈回里。己卯春，盐道胡研农观察委往九江查盐，甫竣，补署进贤，先慈迎养莅署，随时训勉有加。莅事载半，舆颂翕然，卸篆钟陵，绅耆纷纷郊饯，赠以诗章。惠之无忝官箴，本于慈训者多矣。抵省，上宪特加青盼，复以访办要案，再署清江，遣戚友迎养。先君子以迭遭歉岁，筹款平粜，事多掣肘，与其就养来江，孰若输银赡族。特属诸弟等来江襄理一切。惠于访查要案获犯晋省时，遇陶松君姻友回绍，贷白镪数提，供先君子卒岁之需。讵意先君子在籍筹款平粜，心力焦劳，忽患癃闭证，庸医误药，呻吟在床，陶信到时顾左右曰："族无义仓，猝遇荒歉，赈济实难，余以利人增燃眉急，致摩顶放踵之危，为我告迪惠曰：他日得偿吾愿，吾其瞑目九泉矣。"一病不起。

先君子生于乾隆甲戌正月十六日(1754 年 2 月 7 日)寅时，卒于道光辛巳十一月廿八日(1821 年 12 月 22 日)吉时，享年六十有八。讣到西江，惠已卸清江篆，寓居省垣，痛何可言。又以交务羁留，壬春遣十弟等妥送先慈回籍。惠于交务清结，夏季回里，经营丧事，卜葬先君子于朱林桥之董家山，并营先慈生矿[圹]于左。读礼在籍，倏忽三年。甲申夏五服阕，行将需次西江，敦请先慈再莅豫章，先慈以在家怡养安康，不愿远行，勉惠及时报国。惠到江，于九月间抵吉安府泰和县任，先清漕弊，迭办会匪盐枭，鼓励士习民风，极疲之地任事，一一就理。竹报时通，先慈喜慰，较前迎养进贤，清江时有加无已。惠于办公之余筹寄千金，兴族义仓，慰先君子夙愿，先慈闻之，更增欢忭。己丑之冬，先慈春秋高，患血枯筋缩病，长卧床席，时以京诰未至为念。惠于庚春三月有告养回籍之请，大宪留禀未发，庚寅六月既望接廷寄："朕闻江西泰和县知县徐迪惠通晓堪舆，仰抚臣吴光悦即传该县到省，饬令来京，务于中秋前后赶到，钦此。"惠于滕王江渚揖别寅好及郊饯绅耆，方欲解缆，京诰忽至，取道浙江，回籍省母，先慈自冬徂秋，病卧不能起坐，忽于七夕次午昼梦呓语曰："闻诗，幼字。汝来乎？"绕床诸妇女孙辈伺疾者详问，则曰："汝伯已回家矣！捧诰而奉我矣。为我易衣，我起坐以待。"自后日必一再起。孰知惠于十一日之起灯时抵家，得见慈颜，于堂户间跪捧双膝，展诰慰亲。次日即痛别长行，中秋抵京。军机禀到，旋同钦差大臣前往易州泰陵红桩内，百里而遥，相度形势，拟出吉地四五处，及公竣回邸寓，接到家书，惊悉先慈于八月二十二日逝世，惠未及引见，星奔回籍，匍匐治丧，于是年腊月十六日吉时合葬太孺人于董家山允斋府君之墓。呜呼痛哉！太孺人生于乾隆壬申五月二十九日（1752 年 7 月 10 日）未时，卒于道光庚寅八月二十二日（1830 年 10 月 8 日）丑时，享年七十有九。迪惠苫块余生，自痛罔极，深恩未酬万一，服阕以后不复出山，兹谨述先君子、先太孺人志行，和泪书之，以为后世子孙克敦六行者劝。癸卯年述。

附录进贤绅耆郊饯诗序

昔魏用晦令吴县，去之日，或绘山川以送魏，属序于友人，为纪其事。岂不以芳草多情，垂杨增感，空桑一宿，履印低徊；流水再弹，琴徽往复。行者之恋恋于居人，亦犹居人之恋恋于行者乎？

明府鹿苑徐公，青毡业旧，赤牒符新，以玉堂之才，作钟陵之吏。己卯首夏，署篆是邦，鲁恭之莅中牟，野留驯雉；王乔之居邺水，阙有仙凫。甫及期年,翕然就理,迫于瓜代,遽尔言旋,行旌移乎花县,祖帐盛于荒郊。别泪盈怀,离情满幅,棠歌蔽芾,芨憩之遗爱犹存;桑咏阿难,感戴之深心若揭。故民之爱之如父母焉。麟以柏棠之契,倡为河梁之篇,一时属和者,异口同声,争先恐后,抽其翰藻,发为词华,不数日得诗若干首,梓以进呈,明府亦留诗四章而去。迢迢琴鹤,是赵抃之行装;叠叠缣缃,亦吴山之故事。他日仁风载扇,甘雨随车,儿童竹马之迎,父老杖钱之赠,其以此为嚆矢也。夫道光庚辰季夏,进邑训导黄麟撰。

又录泰和绅耆郊饯诗序

缅维阳关送客,愁听三叠之歌;灞岸停骖,空指长堤之柳。地虽两隔,情实一般。而况甘棠蔽芾,召公之遗爱堪思;白雪流传,慈父之真情如见。宜乎浚仪立陆云之社,临淮攀侯霸之辕也哉。

邑侯鹿苑徐大父师,南州世系,东海名流,领鹿宴于青年,试牛刀于白下。本经术为治术,学道爱人;以民心为己心,厚生正德。问俗则嚣风先静,循畦则甘雨遍施。舟济怀仁之渡,慈航咸登;谷储乐义之仓,穷檐永赖。而且置田亩以树人材,重兴三载宾贤之典;捐廉资以修省馆,欣咏千间广厦之诗。庭有悬鱼,冰心一片;村无吠犬,生佛万家。记善人之布治,幸有七年;知蔀屋之铭恩,直周永世。乃德政覃敷,勋既登于黄阁,而堪舆通晓,诏复下于丹墀。及瓜期迫,莫驻凫旌,折柳情牵,且留鸿制。阳春传出,应知和者之稀;父老送行,争洒潸焉之泪。球夙沾德水,素被仁风,愧无徐孺之才,偏下陈蕃之榻,方冀福星永照,谁知化雨无常,降纶音于御苑,喜报莺迁;盛祖饯于旗亭,怕听骊曲。第天姥峰高,犹牵别憾;澄江水静,尚带离声。敢竭鄙诚,写深情于尺素,敬依原韵,合众咏为一编。道光庚寅季夏,泰和拔贡生袁怀球拜撰。

哭亡儿端人文

呜呼端人！吾离汝甫一载余，而汝竟舍我而没也。我年四十三矣，汝多弟妹，皆生而不育，汝已成人，婚娶将及两载；髫龄课读，勤苦几二十年。行己无愆，文理粗就，方望汝进取有基，克昌厥后，不谓天夺之速，一病不起，捐馆京邸，事遭不测，惨至于此，尚何言哉！

汝生于丙辰之十二月哉，生魄日方出海，时余在云梯书屋，闻汝母分娩，归而见汝玉质端颜，贺者纷至，汝十二再叔谓前夕梦汝高、曾二祖，肃衣冠，由厅门至老屋拜神，及黎明闻汝母坐褥，以为必生男，且非常物。吾亦喜汝母之妊汝也。汝母曾梦坐船至一庙，见送子姆神旁，多抱子者，有老媪抱一红兜赤子，汝母方顾，媪曰："爱则与之。"即抱于怀而归。及汝在母腹，偶送女宾过堂下，新燕翔集于汝母之髻，予在楼窗见之，以为燕翼之兆。及汝生之前月，予同胡表兄仁甫游凤鸣山祠，持筶问兆，有"许汝子必得"之诗，汝生与梦兆俱应。余亦有无穷之望，而不谓汝之秀而不实也。呜呼痛哉！

汝质本弱，幼讷于言，及长，而貌方形短，人谓五短相，无妨贵寿，而孰知其年之不永耶。呜呼，端人自幼至长，未闻一轻薄之语，戏谑之词，见长者温温恭敬，所谓入孝出弟，泛爱亲仁之道，汝皆有之。自五岁读书，未尝废业，旁及他务，师长宗族无不爱者。吾计偕在京，汝读线订书，皆二伯父闻兰庠生课汝，及少长，吾课以诗文、制艺、排律，俱辛勤苦读，盈箱累牍，无一日之闲。初作文词，苦未发越，吾不善教汝，多欲速过责，甚至诟詈频加，汝无一毫怨色，止自恨赋质之钝。勤勤恳恳，而不敢舍。吾初见汝文，无条达之气，亦虑汝之不寿，见汝刻苦自勉，则复以愚必明、弱必强望之。丙子夏秋，文艺日进，以监生应顺天乡试，三场完善而未得售。于是年十月为汝娶妇旅邸，送汝入赘，尺缕寸丝，皆吾筹画，吁亦备甚矣。次年春，予抱疾应南宫试，数月之间，未能课汝，及予报罢而大挑前行，试用江西，以九上南宫，未得一第之恨，深有望于汝之得伸我志，而不谓其至于此也。呜呼痛哉！

自癸酉冬，汝母病殁，汝寝苫枕块，痛不欲生。吾属汝毁不灭性，汝勉从节哀尽礼。吾于甲戌二月初北上试罢以后，踉跄燕赵间，稍有栖枝，念汝在家孤苦，不忍一日舍汝远游，故谋汝北上。及汝抵京，教诲顾复，依依膝下数年，父子两人，形影相对。丁丑五月捧檄出都门，吾决意携汝夫妇回南方，乃卒舍汝而来者，非吾难却汝岳之悭留不舍，曾自予不忘好名之念，望汝北闱应试，壮岁早成，乃一念之差，竟至抱无穷之戚也。夏五炎午，资斧粗备，检点衣服、书籍应付汝收藏外，捆载上车出正阳门，夕阳在山，燥风骤起，汝送我至正阳桥，满面尘土，予速之归寓，惨不忍别，然孰意其终不得见也。呜呼痛哉！

吾顺道回家，省祖父母，设措行囊。抵豫章，执手版谒各宪，事上择交，习理民事，一载以来，尚觉妥顺，然无日不心在长安。自去冬及今岁春夏，接汝手书所作近日制艺，并汝自道读书甘苦，喜汝学之日进，方谓后起有人。乃于秋间，予初摄篆义宁，未几而委署清江，又未几而复卸篆，跋涉受累，苦难言状。正望汝乡试捷音，而不谓其至于此也。呜呼痛哉！

汝立志上进而名未成，居心行事无浮薄相，而年早夭，此非汝之不才薄德所致，实吾凉德，不能培植大成，远到以光显吾门，尚何言哉？吾赋性耿介，崇礼义廉耻，不免嫉恶太甚，处世待人以诚，而失之急，肃杀之气多，而和蔼之意少。爱交直谅多闻之友，而不能相与有成；慕古忠孝道德之贤，而不能于道日进。多言急性，自知非福，屡悔而不能改。有怜贫敬老之心，而不能博济于众；有义不苟取之志，而不能无见小欲速之心，此皆予之不德。回顾于汝，皆无此病，而乃不幸于汝身，此吾之折汝也，悔可及乎！又难言者，余生平言命多中，汝命虽弱，以运论之，将交好运而丧其命。择汝妇，亦因命吉委贽，乃皆大谬不然？予性耽山水，堪舆之学不让古人，因家道坎壈，思得吉壤，以厚其基，前所阡者，无论俱美，葬汝母于月山之阳，龙穴格局，既的且大，虽石脉奇峻，人皆畏之，而予外察形势，内观生气，用古人衔柴法葬而不疑者，盖实有确见焉。而不谓竟折汝年，使予扪心而不可解者，其殆犯造物之忌耶？呜呼痛哉！

吾得汝殁之信，七旬于兹矣。如痴如梦，行不举足，哀不能言，血泪横枕，欲解末由，吾弱且病，际此沉痛，尚何有意于人世乎？乃因大父母垂暮之年，一家嗷嗷众口，无一退步可想，强食强行，以听天命。然一念及于汝，生意飒然而不能自已者，未知古圣贤处此，又有何道而使其无入不自得也。吾于富贵利达之见，早已看淡，所未释然者，生死关耳。乙亥冬间，抱疾旅馆，汝与吾俱病剧，时自疑欲脱，以汝在前，而吾不甚系恋；今之痛汝，实有不能代汝之恨，汝知之乎？吾数月来发白过半，百事俱付之流水，乃犹然作傀儡登场者，实欲解去而未能也。

呜呼端人！自汝上学成童以来，吾家拮据日甚，汝为窭人子二十余年矣。然家虽空乏，而汝行诚实。口虽珍错之未尝，而饱饫乎经史之味；衣虽文绣之未加，而无暇于洁白之体，名虽显扬之未及，自宗族姻戚以及都中执友贤士大夫，无不赋诗挥涕，而痛芝兰之摧折者。汝年虽短，而抱璞自完，其亦无罪于天地矣。

呜呼端人！穷通寿夭似续，盛衰皆定于天，非人可强。作恶而寿，寿亦夭也；修德而夭，夭亦寿也。贵至公卿，富列王侯，无德及人，数十易寒暑，亦与草木同腐矣；绕膝云礽，盈庭珠玉，无善可称，一再传而后，数典而忘其祖矣。吾今而后齐物我、等彭殇，学晋人之诙谐。天假之年，砥厉廉隅，及身修德，达则利人，穷则独善，以完吾贞，此则吾之所以慰汝者而暂以自慰也。汝妇方盛年，能矢志守贞，吾将接以归家，俟汝从弟得子后，为汝之继，吾善养之，倘或未能，则听其他适，亦免汝牵挂，不必强也。汝知之乎？呜呼痛哉！吾于明春，谋归汝柩，以尽狐首之仁，汝得见汝母于九泉之下，偕尔弟尔妹以盘桓也，知亦无异于人世矣。呜呼端人！汝若有知，今读书而未成名，修德而不获报，以轮回之说推之，汝将转而为饱学宿儒，拾科第如拾芥矣；转而为富贵寿考，享盛名而食美报矣。若念吾痛汝之诚，不以路人视吾，魂兮归来，仍为吾作贤子孙，则吾之痛其亦可以少解矣吁！戊寅季冬书于九江舟次。

诗 稿

象洞白鹿篇

四明产灵芝，咽咀仙崖鹿。鹿性秉驯和，霜毫应图录。遨游象洞山，呦呦出深谷。几上黄金台，长抱荆岩璞。俯仰宇宙宽，凭高纵遐瞩。斑龙雾隐深，有时露头角。

管溪即景诗八首

宝盖松涛

宝盖压苍翠，对门多古松。长风一吹动，涛响落前峰。秋老人招鹤，山寒夜啸龙。江湖舟楫意，吟兴入扶筇。

黯湫龙树

此地龙为宅，岩泉汩汩鸣。山川有神物，霜雨及苍生。云近三潭冷，秋先六月清。昨宵甘澍足，已慰老农情。

中塘观莲

南风吹客袂，去去问中塘。爱此荷花色，来寻水国凉。云铺千叶影，山抱一池香。采采将谁赠，还家学制裳。

上庄看竹

看竹上庄去，绿阴凉上衣。山寒日色薄，村小人语稀。临水字千个，移家云一扉。此君素无俗，相对息尘机。

禅寺闻钟

路入白云冷，寺藏修竹深。一钟催落叶，万籁息空林。响促幽人梦，禅清老衲心。几回乌石上，独把远公寻。

缨亭听雨

尚有孤亭在，当年号濯缨。溪流喷石碎，山雨滴花轻。瓦暗跳珠急，窗虚落枕清。试来同剪烛，绝胜听泉声。

石室丹炉

未到丹成日，神仙偶寄身。神仙今已去，石室更无人。洞口花犹发，山中草自春。何当骑鹤返，一讯旧时邻。

钓台古迹

一片逃名石，山隅更水隈。昔年曾下钓，有客独登台。不信鱼何乐，尚余花乱开。葛仙翁在否？我亦把竿来。

山寺对雪

几夜寒山寺，今晨雪骤逢。棋枰僧影瘦，玉戏梵宫浓。鹿水迷花影，丹山隐豹踪。后凋谁解悟，远瞩在高松。

登结草庵追悼汉官学士

学士今何在，庵留结草名。缁衣存命服，祝发谢浮生。忠孝全非易，艰危节自贞。劫灰烧不尽，北岭郁峥嵘。

松桥石质松章广可四五尺，长约二丈许，在栖禅寺山下半里溪口

本是参天质，何年化石桥。老龙留异骨，曲涧束横腰。不作朝家栋，闲迎谷口樵。怕乘风雨夜，飞去广陵潮。

印石亦在栖禅寺山下半里溪中，下有石盘，上蹲一石，方正如印，其地名乌石陇

四围山作匣，一点石蹲空。印大疑悬斗，泉鸣想佩铜。篆添秋藓碧，鹊绕野花红。借问谁能用，摩挲古涧中。

石　笋

牙笋挺清溪，峭石二千丈。洗尽泥途痕，巧越班输匠。箨解锦龙

鳞，剑插青蛇样。云霞绕四围，迴出丹崖上。凌厉地势雄，崋屼天柱壮。助我神气豪，吓破妖魔状。

象鼻风和

吸得东湖水渐干，番身直入报平安。吹嘘造化回春意，吻起元和破岁寒。翠色半含霜石表，祥光长透白云端。冰清玉润成良璧，留与高人著眼看。

凤鸣山瀑布歌

凤鸣之山何险巇，嵌空玲珑势出奇。山顶瀑布劈山下，银河倒泻天风吹。巨石当崖压欲堕，两峰双夹危乎危。中通一线漏日月，照见匹练从天垂。初疑白龙飞欲去，排山倒峡先下窥。又似龙飞不得出，五丁拔尾相争持。青山滴髓石喷沫，神穿鬼凿何年为。昔闻西汉降仙女，翩然跨凤来迟迟。泉声戛石杂风响，铿锵环佩交参差。至今鸣凤归碧落，山中剩有仙女祠。世间人巧不到处，天工假手皆相宜。我行足迹半天下，探岩寻壑无告疲。北走黄河登泰岱，名山收拾囊中诗。故乡灵秘今始见，仰观俯瞩情为移。暮随流水出山去，一声野鸟烟迷离。

庚申腊月北上车中口占

客行先鸟起，身倦醒还睡。遥遥即长途，满地铃声碎。灯影闪林间，浓霜在马背。

宿州过大石梁歌

客行夜半鸡未鸣，登车寂坐数邮更。忽然马上车不上，蹄滑犹如冰上行。仆夫加鞭作马气，迸力一上金石争。百钧战鼓四围击，洛钟西堕铜山崩。雷霆精锐挟风雨，春蚕自缚空自惊。顾问仆夫语未详，恍惚宿迁大石梁。跨海鲸鲵翻金背，到此一落千丈强。王尊叱驭愁无术，朔风拂面寒羁客。两眼朦胧若醉眠，红光忽透扶桑日。

过绎山谒孟庙

山随客路行，路平山不平。客车傍山转，车停山未停。邹鲁百里间，岞崿多奇形。既断势复振，怪石何嶙嶙。望气墨云黑，春风吹不青。旁有亚圣祠，山立垂典型。可望不可即，岩岩气象呈。

浙江乡祠邸寓，同端木鹤田言诚斋王笠舫作

秋风秋雨漏沉沉，四壁虫声伴客吟。瓶养菊花人共瘦，杯擎竹叶酒同斟。青灯重话三生约，白发先愁两鬓侵。夜起床头摩宝剑，未应埋没到如今。

送座主南汇吴夫子南回

鹤发瀛洲旧侍臣，祝厘来此拜枫宸。咸钦北斗昌黎望，再见东山谢傅身。金鉴书传元老度，玉鸠杖载太和春。江南文物争如昨，巨手亲扶大雅轮。

忆昔星轺驻武林，高悬冰鉴锁闱深。网提秋海珊枝秀，麈拂春风玉树森。赢得陆公为举主，愧非徐孺有知音。驽骀幸得孙阳顾，肯负栽培一片心。

辛勤十载琢磨功，干佛名经荐屡空。霜鬓丝丝亲染雪，青袍点点客啼红。那堪春鲤潜鳞日，更在秋鲈忆脍中。契阔门墙今已久，瓣香时切奉南丰。

秋来雁信动征旗，问字侯芭喜可知。刚拟程门堪立雪，忽听祖道又歌骊。龙门望重膺扬体，南汇名高北海师。此去云间同洛社，愿从绛帐快追随。

南旋过梁山题古城旅壁

春山草未青，冬山草又落。一岁再经过，山色浑如昨。卧梦山笑

人,往来何数数。黄金马蹄尽,青衫衣袖薄。文章不遇时,知音终寥落。孤鸿独去来,羽毛何萧索。我亦笑空山,块然尔徒若。枯石蹲道旁,轮蹄惊籍凿。艳无莺与花,高逊岱与岳。空送行人归,仰止安所托。虎变会有时,恐尔终未觉。沉沉梦未终,村鸡声膈膊。

车上口占

策马向南行,北风扫前尘。嗟尔道旁瘠,拾粪如拾金。矫矫云中鹤,济世轻琼英。男儿自有志,不信终陆沉。

高邮州中除夕次端木鹤田韵

落日帆收古渡前,天涯同客并堪怜。雁行不寄南来信,人语齐停北去船。午夜灯花思故国,他乡爆竹送残年。敢云李郭真仙侣,梦逐淮流思渺然。

偕鹤田游秦园

春风滞征帆,小住毗陵驿。愿作惠泉游,扁舟面山入。古木夹道旁,修竹环四壁。山疑园中生,冬泉皎霜雪。精舍净无尘,牙签罗宝笈。壁上右军书,字字珍珠密。不闻钟磬声,如入芝兰室。

明季南都乐府八首

南渡叹

九鼎尽沉神鬼泣,锦城将染黄巢血。天潢分下一支来,收拾江山开半壁。半壁江山未克家,君王只爱玉楼花。不闻庙社勤恢复,但聚歌台舞榭相喧哗。朝弦暮唱声未歇,渔阳鼙鼓震地脉。扬州一破江南倾,尘土蔽天宗嗣绝。吁嗟乎!九庙业,忠义风,都付优伶杂伎中。不立潞王立昏主,嗟尔在廷诸臣何蒙蒙。

马阮奸

中兴衰,奸党肆。声色迷君心,复社丧士气。买官鬻爵饱私藏,一十八州如鼎沸。横征使，妙选音，苏松会稽日相寻。不除奸党贼不平，左军洵擅良将名。传檄四方除凶恶，嗟尔诸逆实寒心。胜则东走败则囚，忍死不顺宁南侯。可怜方游平城下，骈斩东市逆首投。呜呼马阮实庸夫，似道湖上今岂殊。半间堂，春灯书，两逆臣，若相符。

四镇怨

淮扬杰，瓜洲卢，得功良佐亦丈夫。四镇唇齿障京都，据关守险真良图。自相攻占何为乎？劳师病民几千里，淮阳不胜鼓声死。若非元吉解贻书，少卿监军峙战垒。噫嘻！将佐相争，大事去矣。师克在和，请先复此。

扬州哀

炮车轰轰城阙开，师如虓虎四门来。血奏请救俱不报，从此江山化作灰。当时辅臣相凭恃，只顾上游兵四起。大声疾呼若罔闻，空使忠良恨枉死。恨枉死，死无惭，太息未诛在朝奸。一代兴亡归气数，千秋庙貌傍江山。须知身死心逾苦，忠心犹著一(坏)[抔]土，终古皆知史阁部。

复社狱

文人厄运竟至此，东林才罢复社起。迂儒讲学无异议，反云不杀不足谢先帝。雷周老臣俱放逐，锻炼周内无隐伏。朝宁方将大狱兴，奸臣已为市曹戮。

宁南悲

贺家戮，曹家死，良玉健将无与比。既杀贼，复纵贼，养寇自封真可惜。一战玛瑙山，再战怀庆府。飞而食肉真将军，十万雄兵耀貔虎。夜半朱仙镇上行，半世英名沦灰土。入武昌，扫疆场，三军兢缟素，一哭为先皇。孰料南朝多奸贼，引兵东下清君侧。诸将喧哗事不行，九江烽火惊惨烈。吁嗟名将不读书，智谋不足勇有余。君不见汉李广，唐哥舒。

王之明

怀宗崩，大都徙。高阳有妄人，冒称皇太子。问讲读不知，仿字句忘之。询东宫,立何地,但云谁是吴昌时。严鞠下狱事纷纷,众口不知实贻讥。惜乎真伪无明验,何不引周家公主使相见。

入宫恨

美人遇我相见湾,临行占喜赠宜男。京师失陷不能顾,相思芳草盈江南。江南虽好美人远,万里奔驰空偃蹇。不辞跋涉践佳期,翻遇幽囚辱婉娈。入宫日月明如此,相离情事书一纸。可奈君王舍旧恩,落花总是为情死。金陵繁丽经几春,夜夜秋风吹白蘋。九重天子犹背盟,自应贻笑朱买臣。

题竹实山房

剧怜山色静,蹑屐几攀游。深谷缭而曲,清泉咽以流。地开莲座迴,宇结鹿场幽。相对情忘倦,闲云竟日留。

竹实山房雨宿

薄暮寻幽渡小溪,湿云荏苒压峰低。夜来卧枕空林雨,声拥波涛万顷飞。

春日感怀

身偕春色共沉浮,云敛晴空夙雨收。新燕唤归偏解语,桃花含笑不知愁。姓名岂屑因人著,风雅殊难与俗侔。西阁开烟初眺望,远山红带夕阳留。

殷勤面目问庐山,才薄敢嗟我命慳。楼静乍惊风意闹,心忙转觉雨声闲。蝇头笔误成新墨,颊上毫添失故颜。剩有低枝红杏在,春晴犹带露痕斑。

今宵懊恼梦频萦,漫向闲云过一生。花为迎人多著意,交因疏我不知名。书宽眼界穷今古,诗入山川写性情。却喜晴明天气好,布衣蔬食莫相轻。

前村闲倚绿杨汀,到处耒横庚子经。客里不辞杯饮白,逢人难得眼留青。书因翻旧初占甲，竹亦生孙可计丁。最是夜阑人静后，月随花影上疏棂。

斋居即事

无计奈春何，临风纵浩歌。气能吞碧海，心想挽银河。溪壑因胸绘，烟霞带墨磨。疏狂随处见，莫惹俗人诃。

百尺元龙卧，登高四望空。村贫花尚富，人俭貌偏丰。鸡黍田家具，诗书我业同。遥看荷锄者，归去影匆匆。

杂　咏

刺虎除蛟显赫灵，剑光犹带血光腥。尚嫌未斩奸雄首，贾赵依然辅阙庭。周处

赋托鹪鹩尚惹灾，天星半夜坼中台。贤愚不识徒縻禄，笑尔空怀博物才。张华

玄圃珠光自不群，华亭鹤唳更难闻。建春已负擒王罪，空把词华属使君。陆机

群鸡鹤立孰能俦，戮力三军志未休。昏主犹怜余血在，知公忠义格千秋。嵇绍

首夏即事

读罢《离骚》步四隅，闲看择木鸟将雏。巢钩危燕编藤护，蠹柱斜枝倩竹扶。

题桃源图

世外乾坤别有天，白云千载无尘缘。中有一人，绿蓑青笠，飘然独往如神仙。朝观洞外花，暮饮洞里泉。羲皇同啸傲，樵牧相随肩。源之奇兮等琅环福地，源之深兮类九重神渊。上有云山突兀，拂霞隐雾五层之仙居；下有美池桑竹，阡陌交通万顷之琼田。凿开太极混沌

窍，推出元气鸿蒙前。有时携仙篙，有时乘仙船。一篙直破蛟龙胆，一船直溯象帝先。象帝之先岂人世，但有三皇盘古相与为周旋。乌飞兔走，草荣木衰；金鳌崛起，玉轴转移，直置度外付云烟。蜃楼蛟室不敢近，方蓬若水相萦连。武陵渔子泛花去，小舟独引锦缆牵。却笑徐福采灵药，楼船逐浪不得穷根源。中人历有年，逍遥自在纵高眠。孤舟柔橹，苍髯白颠。荣华富贵非吾愿，但得奇界神踪相往还。鹿门长啸孟浩然，采石捉月李青莲。豪兴高迈凌沧海，游方之外洁且蠲。直可敝屣视名利，径入桃源志念坚。貌如隐，静如禅。志和辞烟波，摩诘鄙辋川。出随樵童稚子，乐观鱼跃飞鸢；醉则扣船，唱出《渔父》三阕之上调；寤则放手，挥写《游仙》七首之全篇。已得仙境相徜徉，愿与黄绮列班联。人间醇薄道既异，吾亦何乐，喔咿嚅唲与尘世相拘挛。鼓枻何凄清，披衣何翩跹。桃源之奇奇莫宣，桃源之深深莫言。此中乐趣当自领，安能为庸夫俗骨相流传。画图仿佛见形似，披衣直上翠微巅。愿得赤脚游于桃源上，狂歌一曲舞翩翩。

抵杭城遇雪

晓起推窗雪满舟，沿堤玉带绕琼楼。天工有意开诗眼，妆点江山扫客愁。

谒鄂王墓

松桧含冤夜吼风，出师未捷痛英雄。千秋勋业成三字，五国尘沙障两宫。娇女伤心知报父，相臣决意在和戎。当时亦有蕲王辈，投老骑驴柳陌中。

谒于少保墓

国已有君矣，敌奚伺隙为。金瓯全大势，铁骑镇边陲。一柱擎天久，三军裂胆披。议和君莫用，南渡鉴前兹。

雪耻今何待，偏师捣贼营。也先还故主，皇帝得家兄。大历钟初返，銮音驾复迎。君臣同涕泣，犹忆旧时情。

南内提兵日，官家仓卒中。功虽扶社稷，恨不定东宫。地罩愁云黑，柱流冤血红。凄凉遗冢在，宿草起悲风。

邱陇今芜没，江山入画图。松风吹北阙，碑雨洒西湖。石马威犹壮，云台迹已芜。一杯聊渍酒，残日送飞舻。

落叶和端木鹤田

陡将心事感华年，有客凭栏思悄然。一例摧残由数定，不因摇落受人怜。无才只合空山住，有用能将陷路填。遍地苍凉秋色老，徒留孤月照寒烟。

萍梗芦花不自持，御沟何日再题诗。眼前萧瑟徒增感，此后荣枯总未知。漂泊只缘流水急，凋零莫怨出山迟。骚人诗赋无多读，怕有伤心忆旧时。

三春回忆事全非，无复前山积翠肥。别思屡催羁客棹，怒声疑挟海潮飞。曾沾疏雨归根早，欲战西风恨力微。忽见凝烟成暮霭，牧童燃火蓼花矶。

游兰亭

茂林修竹逼山青，四十贤人姓氏馨。只为清谈无补事，至今重忆岘山亭。

从军行

玉垒阵云高，浓霜压战袍。虎头真事业，马革励英豪。日暗迷烽火，风多杂海涛。烟尘千里蔽，敢说独贤劳。

金鼓连天震，投鞭断水流。功名青史显，壮士赤心酬。白草埋精魄，苍苔洗髑髅。将军兵略重，方叔著谋猷。

蓬莱阁

人中龙合上蓬莱，杰阁端应特地开。昼静风驱骊颔湿，夜寒月捧蚌珠来。万家云树排仙仗，千里湖山对酒杯。此日登临胜员峤，寻春空上越王台。

古 树

历尽荣枯今古同，森森独立大堤东。寿高为住深山久，材大难容俗眼中。老干特标千丈铁，孤枝犹带六朝风。雄心愿作梅梁看，化得神龙跃太空。

古 砚

南唐一掷恨难禁，古砚抛残子细寻。前代江山留片石，后来文字待知音。消磨几换传经手，斑驳犹存惜墨心。望断紫云愁不尽，右军已去莫沉吟。

寿陆心兰侍御四十

秋云如锦露如珠，侍御豸冠正设弧。日暖花砖森玉笋，风清乌府肃冰壶。飞章动辄关封事，达宦依然是宿儒。惭愧金兰曾共谱，似君强仕有人无。

悼 亡

朔风惊鸿雁，凄然离其群。瑶琴断玉轸，满指流哀音。鳏泪沾穗帐，灯影淡不明。廿载同艰苦，株守何酸辛。典钗佐郎读，盥手遗母羹。夏月采新茗，深秋炊香粳。米盐琐屑事，俱赖卿经营。我复爱远游，东西奔走身。南宫已数上，献璞秘奇英。牛衣相对泣，悲泪长盈盈。卿每抚慰我，力学期大成。运蹇守青毡，时至立勋名。蛟龙遇风雨，头角露峥嵘。但作有用想，莫愁长贱贫。我乃理旧业，攻苦益殷勤。卿亦司纺绩,伴读彻三更。机声与书声,一灯青荧荧。方期成名后,与卿同安荣。讵料孟冬病,娇喘渐沉沉。和缓术已穷,参芪药无灵。回头语慈姑,妇职旷蘩蘋。侍奉多缺略,有负姑嫜心。呼郎善自爱,妾命毕今晨。愿郎持达观,妾死无伤情。呼儿善事父,进退轨范遵。青年务好学,习经无受瞋。阴风来飒飒,鬼火闪青磷。枕畔残红泣,屋角鸺鹠鸣。典卿嫁时衣,换却炉香焚。卖我琴书资,买得西山坟。膝下小儿女,哭娘声嘤嘤。我作奠妻文,悲痛何能成。生前不可想,徒劳魂梦寻。山谷愁雨来,沾湿鳏夫襟。

北上宿二十里铺,夜雨起迟,车上口占索钱小驷马,渔山二庶常和

一宵风雨旅愁添,唱断鸡声始著鞭。百里输蹄泥滑滑,几人裘马韵翩翩。饥驴半道餐枯叶,倦客斜阳拥敝毡。不是蓬瀛仙作伴,寒程双鬓益萧然。

夜过雄县赵北口,车尾书箧为匪人剪去,怅然赋之

去国飘然秋叶如,一肩行李半肩书。中郎秘枕留残简,郑氏尘囊载后车。赤水遗珠追罔象,青毡拱璧等凭虚。我难割爱尔空掠,辜负丹铅正鲁鱼。

答端木鹤田送赴河南次韵

柳外征堤伴夕阳,临歧一曲感河梁。剑逢薛烛方增价,弓到由基始挽强。晓月卢沟京国梦,秋风汴水客舟凉。剧怜判袂天涯去,惆怅鞭丝马上扬。

频年瘦马并驱驰,犹作杨朱泣路歧。花发春明增怅望,尘高燕市易分离。著书未遂同心约,卖赋偏多不遇时。闻道信陵能爱客,夷门欲去转迟疑。

答鹤田见寄

金须磨炼玉须藏，好把箪瓢学坐忘。指鹿凭人权作马，识龙有客且为羊。京尘路窄云山阔，吾道程宽岁月长。愿与同心待时会，一为搔首一商量。

法源寺壁见旧题诗

雪泥鸿爪旧天涯，一度重看一度嗟。马首风尘欺笔墨，佛坛花雨护龙蛇。蓬瀛有约神仙老，文字无灵岁月赊。却对阇黎又题句，几时王播得笼纱。

甲戌除夕抵怀柔道出昌平，谒永乐长陵

终岁无端汗漫游，时逢除夕赴檀州。驱车积雪昌平道，策杖寒山古帝邱。一代兴亡猿啸憾，半生驰逐马蹄愁。明朝大地阳回早，黍谷春生可问邹。

冬季送儿应衡入赘

弹指汝年二十春，义方经舍课殷勤。鹏抟云海羽还戢，时值秋试，荐而不售。鹊度星河驾已闻。毕娶向平酬宿愿，著书博议绍多文。怜余严父兼慈母，犊鼻鸦头检点纷。

秦女帅行

闺阁有英雄，威名震巴蜀。间气不钟男子钟巾帼，君不见石砫司女帅秦良玉。一解。玉代千乘为土司，酉阳诸军玉所治，兵名白杆，力能扶持。铁骑三千从征播，骁勇胜须眉，直攻金筑寨贼咸惮之。二解。天启元年，邦屏渡河力战死，玉统精卒，直发如矢。下报私门仇，上奉朝廷旨。大臣上书褒忠诚，表动天颜喜。三解。崇明樊龙蔑王章，高据重庆徒张皇。结援遣使来相尝，金帛如山，甘言如浆。玉曰

否否，予亦知方。狐狸可不问，先除当道豺狼。四解。杀其使，却其赂。焚其舟，阻其路。驰檄防瞿塘，攻贼人争渡。关克佛图，忧无内顾。玉功勒简书，玉心明尺素。五解。进拔红崖墩，奏捷报金门，召对平台功孰论。大凌筑，兵还镇，贼陷河南烟火屯。出没郧襄间，忧心勤至尊。六解。百姓哭矣，贼来速矣。骑簇簇矣，表里山河无可复矣。玉适还京师，陈兵兵威肃。麾下咸奋兴，相依为心腹。七解。救太平，扼巫山，悬大纛，守秦关。天上下将军，军中睹玉颜。督师谋国非胜算，恣贼相往还。前功尽弃，涕出潸潸。八解。再驰再驱，曰告邵公。以蜀为壑，瞶瞶是翁。鼙鼓动地震，烽火连天红。银河一人不可挽，兵迫城下双拳空。九解。玉自念死则死耳身何爱，国家恩义素感戴。恨斯谋之不臧，空守边塞。十解。慷慨激昂，上动彼苍。励其将士，莫敢逃亡。一人仗忠义，万夫莫可当。贼虽横决，莫能越石砫一步而猖狂。花开白奈，劫遇红羊，出师未捷身先死，使人闻之心胆伤。十一解。吁嗟乎！误国庸臣皆碌碌，七尺之躯甘臣仆。何如娘子军，心不惊荣辱。君不见石砫司女帅秦良玉。十二解。

姚江怀王文成

圣贤豪杰两承当，姓氏同昭日月光。学悟良知参格致，才兼神武重疆场。回天间道谋张永，分野占星问许璋。话到书生真事业，古来应不数汾阳。

蕺山怀刘念台

中兴已绝南图望，草莽孤臣血泪残。尧舜致君关至性，夷齐报国剩忠肝。著书百代传名易，抗疏三朝救世难。今日蕺山重吊古，荒祠萧瑟暮雅寒。

丁丑春闱报罢，筮仕江右，留别日下诸同年

霜雪吹残两鬓丝，南宫九上叹奔驰。已无刘向校书日，却比长沙

作傅时。曲罢霓裳香雨散，琴携花县夕阳迟。文章报国须公等，春色先占太液池。

剑气难冲牛斗光，当年枉折桂花香。簿书幸得修循吏，清梦何曾到玉堂。春夜红灯思旧雨，秋林黄叶怯新霜。襟怀此后凭谁寄，好赠西江水一觞。

年来漂泊任西东，半世生涯车马中。征雁惊秋疏雨冷，村灯卷地酒旗红。鹏抟沧海云垂翼，鲸击长江夜吼风。奏赋未逢杨得意，空持弹铗笑歌冯。

感谢飞觞送客呈，骊驹唱罢赋长征。不堪折柳难为别，每到临歧始动情。明月光寒京国梦，大江风涌建昌城。明朝已揽青丝辔，回首燕山云树平。

哭大儿应衡

汝母妊十二，汝身始堕地。羸弱不善啼，面目饶秀丽。三岁识之无，心中能默识。名汝曰应衡，端人乃其字。五岁进书塾，诵读不荒废。言辞无轻薄，动作无嬉戏。师长与宗族，赞汝成大器。予计偕北上，汝伯课文艺。盈箱兼累牍，程功以日计。予因期速成，教汝多责备。见汝初作文，谓无条达气。诟詈至频加，语言乏奖励。汝转无怨色，攻苦臻绝诣。愚柔能明强，望汝伸吾志。癸酉孟冬朔，汝母竟长逝。汝痛不欲生，苫块湿红泪。予嘱汝节哀，余生无捐弃。甲戌二月初，予应南宫试。屡战竟屡北，萍踪复淹滞。踉跄燕赵间，秋雨沾客袂。飞鸟无栖巢，翔集林深际。别恨沧海填，离情柳絮系。一旦得馆粟，从此绝归思。念汝守家园，辛勤难小憩。速检汝行装，随叔来幽蓟。可怜孱弱躯，远道行迢递。三年燕邸居，举业共砥砺。青灯午夜寒，形影相对峙。笔花顷刻红，挥写凌云势。丙秋应北闱，冀幸拔赵帜。鱼尾暴龙门，秋风折鹏翅。儿以监生应丙子北闱，三场完善，荐而不售。是岁届十月，黄姑促星骑。毕娶酬尚平，著书成博议。丙子冬儿入赘于京邸胡氏。犊鼻与鸦头，奁箱纷纷志。尺缕并寸丝，筹画亦云瘁。新燕栖雕梁，莲花开并蒂。平生鞠育心，于兹庶稍慰。明年踏槐阶，樗材难拔萃。清梦远玉堂，簿书修循吏。丁丑予会试报罢，即赴挑签仕江右。饮水来西江，捧檄学毛义。留汝居长安，望登青云第。可怜一念差，竟作终身累。夏五日炎五，资斧粗储积。送我出正阳，手挽青丝辔。燥风拂面来，夕阳自西坠。轮蹄听籍凿，红尘染屡屣。握手不忍别，欲语先垂涕。速汝早归寓，予行汝无记。半面隔三生，后会讵能再？扁舟抵豫章，摄篆才一载。汝书自西来，语言颇慷慨。文字多英奇，书法愈妩媚。予心窃自喜，展卷辄心醉。谁知属望深，转瞬成梦呓。清霜一何恶，摧损芳兰蕙。药石误庸医，百体生疵疠。残灯黯无色，烛影当窗碎。孤雁惊朔雪，寂然止清唳。明月沉碧海，清光一何脆。难订玉环身，空示昙花慧。凶信报西昌，予闻心惴惴。欲行足难举，欲语舌难出。汝弟妹六人，生时俱见背。黄土葬珍珠，童稚成腐胔。望汝嗣续延，一发千钧系。汝今亦奄然，予何意人世。病不抚汝床，殓不凭汝椁。悲思从中来，旅魂惊梦寐。遗箧尽飘零，楹书望谁继。行将归汝骨，以匡予不逮。狐死邱首仁，予岂安愦愦。骨肉关天性，难言作达意。彭殇齐今古，此论竟虚置。魂兮早归来，再作人中骥。

留别进贤绅士并序

己卯冬摄篆钟陵，将及载半，愧乏建树，都人顾而相安，殊深眷恋。始则绅耆具公牍告留于大宪，限于例不能行，至瓜期复以“廉明仁爱”额之堂楣，同城寅好皆置酒惜别，出郊之日，饯送纷纷，抚心自问，益滋惭负，因率成四律留别诸君子：

习尚敦庞人自恂，万家静谧接重闉。琴鸣檀石风徽远，县治在檀石山上，前明黄贞甫治绩最著，自称檀石山长，邑民肖像以祀。锋试铅刀淬厉频。敢拟玉壶冰贮洁，难邀桑亩雉来驯。行舟载得多情重，华翰清诗拱璧珍。进贤绅耆都作诗饯行。

忆昔群编卓荦初，未谙钱谷与刑书。催科不扰时形拙，滋蔓难图意恐疏。连年灾旱，予虔诚祈祷，民获有秋。进邑地界丰城、临川、东乡，窃盗充斥，一载以来悬赏缉捕，获贼二十余名，稍为敛迹。民克心臧勤土物，士循义路乐蘧庐。仔肩暂息无他累，吹袂风轻任卷舒。

闲披邑志溯前贤，武纬文经焕斗天。台鼎当年光史乘，科名今日复联翩。笙簧秋宴觇仪羽，童冠春游剧爱怜。予以"冠者五六人"题县试所取前列拔十得五生童无立锥地者，予益以膏火就学师肄业。多士欣逢师作范，寒窗不虑坐无毡。萧睦堂，庐陵名孝廉，官进邑教谕；黄杏帘，金溪拔贡，廷试选训导，丙子膺乡举，予同城称莫逆交。

湖山如画豁尘襟，尽日垂帘喜足音。泮水波澄瞻九曲，槐花香蔼列千寻。师资一字观摩善，兄事三人系念深。予与杏帘学博心性颇合，缔交至密。胶漆性情萍水迹，歧亭难解别离心。

甲申端午服阕赴江西，舟过鄱湖，即事有感

一再吴平不惮劳，那堪平处有波涛。戊寅八月署清江，九月卸篆，辛丑五月复署清江，十月卸篆，十二月闻讣丁外艰。清江一名吴平。几经浙水悲秋旱，两渡鄱湖望月遥。江阔风帆随上下，堤宽云树失低高。乔松郁郁知多少，赢得春光有柳条。

泰和县重建谯楼碑铭并序

古者都邑设立谯楼登高以望敌，义通于巢车，我国家承平数百年，城橹芜烽遂歇，于楼乎何恃？楼旧有铜漏，久而废，设钟鼓以节昏晨，邑之人日入日出准以为作息，据地理，顺天时，非壮观瞻也。余宰邑明年，整公堂，修哦松、栖凤二门，楼犹仍其旧，越三年戊子，通衢火楼毁，钟郁其声，鼓燔其形，瓦桷为薪而为尘。邑之人走相谓曰：昔之日亭壝、仓塾、祠庙各工役，曾不累丝粟。楼其废矣乎，抑将兴矣乎？呜呼，民情亦大可见矣。余出俸而经营之，鸠工庀材，仞高于前，铸钟二千斤，其声吰然冒；鼓周尺径，围得丈八，其声渊然易。保泰涵和，额曰"保合楼"，读《易》者知其义矣。是宜有词以铭之，铭曰：

天柱对山拥穹窿，澄江匹练横遥空。巍楼高拱压墙雉，直指南城泰运通。市阛衢道张翼翅，旗亭官店排要冲。窗闼四辟双丸走，金鼓大作调八风。五更六更杪刻合，夜月升白朝日红。鲸鱼奋鳍蒲劳吼，雷霆震惊声隆隆。漫声急点皆中节，不数漏竹与壶铜。我来西昌岁六易，欲起枯瘠苏疲癃。树人树谷关至计，文林初萌岁屡丰。鲊答三祷雨三应，旱魃不敢肆爞爞。斯楼独当坎之面，文明之象形势雄。撞金伐革昏复旦，俯与聋聩振愚蒙。六丁下收五酉尼，劫灰野烧光熊熊。太岁戊子纳音火，丙丁一气相感从。明照之运久抑塞，一朝炎上通离宫。文贞文庄风流在，庶几继起追高踪。悉索廉俸营土木，有皮可丹金可熔。阛门洞达峻十仞，扣钟横号挝鼓逢。阴阳家言虽小道，能补造化天无功。青鸟赤雹余读遍，斯楼屹立夸文宗。文水武水拂复绕，三顾武姆气郁葱。是何伟观雄且杰，壮哉制度森隆崇。小人道消君子长，上下交泰咸和雍。容保孚合气翔洽，敢矜抚字聊弥缝。呜呼大扣小扣鸣不已，吾谁与归其涪翁。

秋　蝶

南园风雨报秋期，蛱蝶飞来故故迟。往事经心皆似梦，旧游回首尚余痴。花丛粉褪人归后，石径香残月上时。为待春光好消息，禁寒独往傲霜枝。

秋　桑

记曾陌上趁斜晖，再到城南绿渐稀。十亩桑阴溪女路，半堆黄叶野人扉。谁家夜织相思锦，何处天寒未授衣。可笑阿侬棉搭絮，索郎酒热话依依。

呈继莲龛方伯

手版追随仰大贤，翘瞻卿月九秋天。麟游郊薮祥风洽，凤哕梧冈吉羽翩。露冕前行中泽慰，霁颜偏向小才怜。瑶章宠锡荣华衮，开府清新换旧毡。

列省开藩广德晖，灾黎饥溺自今稀。一轮皓月临茅屋，匝地浓云护石扉。只为苍生敷帝泽，从教南国被公衣。驱鸡乏术徒蒿目，斗极星明识所依。

瞻韩御李恰心期，青盼新承见未迟。到处经纶钦石画，本来面目愧书痴。鸿文赠及雕龙客，鹤俸分传集雁时。何幸铨材蒙拔擢，清阴不断碧梧枝。

丁亥腊月迎春，登舆口占，即自题小像

岁月如流节候移，知非又越二年期。半生啖蔗堪舆学，两字传薪忠恕师。明道行藏俱是易，辋川图画亦成诗。眼前景物如如在，听到泉声月上时。

和继莲龛方伯捐廉合药散给贫民原韵四首

嘉德祥和酿，如伤尚视民。偶然驱本草，随处活斯人。治本轩黄佐，功原宰相均。喜看驰檄处，董杏万家春。

遍令沉疴起，丹分万颗灵。棠阴全保赤，药树永垂青。仙吏频频遣，慈云处处停。何须搜素问，即此是丹经。

医国屏藩寄，人和政早通。民咸歌杜母，市不隐乎公。欣散千家福，虔成九转攻。禹禹瞻寿宇，布泽起群蒙。

忆昔勘灾处，轺车吉郡行。清勤期吏治，疾苦问舆情。悬肘肱三折，当碑口众评。幸蒙收药笼，小草备芳名。

送成果亭中丞开府粤东

翼轸星分节钺开，卿云才喜日边来。斗山早重儒林望，舟楫兼资将相才。锁慎北门心似水，声倾西夏耳闻雷。苍黔总慰其苏愿，肯任珠从合浦回。

铃源裘带气春容，又见纶音下九重。启戟正思留雅望，桑麻群惜

转提封。无声露已章江遍，有脚春先庾岭逢。那得心驰南雁去，下僚何限别情浓。

衡鉴堂开事甫终，秋深驿路晚霞红。天边影转三霄月，水国诗成两袖风。竞以勋名推杜父，况饶惠爱说羊公。遥知炎海雄藩地，已待欢迎节使骢。

密勿勤酬帝简心，宏纲胥赖运筹深。五云乌集升平地，六辔鸾锵雅颂音。溢路星名皆造福，隔年棠憩早成阴。瓣香特向天南祝，愿得重沾傅说霖。

成果亭中丞由粤东使节都统热河，戊子十月既望，鹢辕莅吉，正值六旬寿辰，恭赋七律四章，即用前诗原韵

调鼎梅先庾岭开，壮犹元老海南来。金瓯卜应天心简，玉案香宣命世才。管钥长城钦柱石，经纶伟望动云雷。记瞻卿月三年久，有脚春随斗柄回。

西秋飞鹢仰慈容，遥望云山隔万重。承乏槎江经数载，量移花县等虚封。岂无青盼垂当道，丙戌秋以捐廉抚恤灾黎，蒙继莲龛方伯保举，尽先调繁。剩有奇缘喜再逢。冀北骊黄瞻伯乐，艳看霜叶溢春浓。

铭勋铁券保初终，丹诏传宣映日红。虬漏待听边塞月，蜺旌飞卷节楼风。阿衡指顾推伊相，师保谟猷属召公。黼座炉烟香染袖，春明竞仰五花骢。

虔结曾香一片心，崧生岳降记时深。南山颂借庐山祝，北海欢传粤海音。鹤算添筹当吉地，霞觞醉月憩棠阴。天钟名世多眉寿，端为岩廊作傅霖。

韩三桥中丞于己丑夏阅边，舟抵泰和赋呈

都府宣风位望尊，中天一柱镇荆门。三年清饮西江水，累叶荣邀北阙恩。潞国精神真矍铄，魏公勋业动乾坤。行春又作筹边想，疾苦民间与细论。

绝域何劳久用兵，羽书前月报西平。时回疆逆匪张格尔就擒。金铙奏凯军容肃，玉节临边典礼成。一路春随车下散，万山青向马前迎。洪涛减退嘉禾植，川岳还应感至诚。

绮岁才华赋上林，频年屡沐主恩深。居官慎重名臣录，遇事慈祥古佛心。性理悟将悬镜澈，忧劳渐见鬓丝侵。姓名已入金瓯卜，伫待枫宸降玉音。

鲰生事业总迍邅，何幸春风待大贤。京国计偕将十上，槎江承乏倏三年。愧无善政能垂远，剩有心期可告天。多少欧阳门下士，高空卿月仰公圆。

季冬试泰和诸童题龙洲试院壁

龙洲试院递传呼，晓景苍茫俨画图。九上南宫成鹿梦，斯文坛坫岂犹吾。

雪席风檐屐齿寒，髫龄白发共柔翰。漫言小试浑闲事，由此鹏程九万抟。

黄卷纷如乱叶堆，请看若个是真才。权当八阵参差布，卿子冠军任意猜。泰邑八都，予每覆试草榜分作八团，至正案揭晓合一，前列始定，故借用八阵等字题壁，在望日又覆试三次出案，榜首萧光熙，系萧卿堂之子，小试微名口占偶尔，岂亦关诗谶耶。

忆昔乡邦听鼓声，翩翩小子首题名。予以县试第一获隽。那堪霜鬓今如许，笑把芙蓉百虑清。

送毛竹书之楚

此别难为别，匆匆酒一杯。人随帆影去，秋送菊花来。槎水仙舟冷，湘云雁路开。楚宫词赋重，羡尔谪仙才。

聚首三年久，回思益怅然。樱花春对酒，风雨夜题笺。敢托平生契，还期后会缘。衡峰多旅雁，莫忘锦书传。

题　枕

游仙何必借青瓷，富贵功名尽幻思。只有低头吾不惯，一条强项独君知。

登快阁[①]在泰邑，系黄山谷旧迹

忆昔曾闻快阁名，我来金碧焕新成。时方新葺，余有碑记。万峰拔地青遥送，一水横天绿倒迎。风雨不磨文字迹，江山同写古今情。但能了却公家事，不愧黄公倚晚晴。黄山谷诗云：痴儿了却公家事，快阁东西倚晚晴。

怀仁义渡落成

天堑茫茫水势宽，中流谁与挽狂澜。下车便欲师溱洧，小有乘舆济亦难。

江分冲路水迢迢，那得神鞭架石桥。刳木为舟占利涉，凭夷从此不须骄。

迎来送往仗篙工，不用朝南暮北风。好借箜篌重谱引，渡河安稳莫呼公。

生平舟楫愿如何，终恐崎岖世路多。安得慈航千百万，尽填流水截横波。

鲊答酬雨歌

国家设官重守令，祷雨祈年操政柄。精诚相感始通神，天赐珍奇苏民命。余曾筮仕宰泰和，省方问俗除烦苛。旱魃为虐芜南亩，田尽

---

① 按：《两浙輶轩续录》卷十九选本首，个别字句有异：忆昔曾闻快阁名，我来新构乍经营。万峰拔地青遥送，一水横天绿倒迎。风雨不磨文字迹，江山同写古今情。但能了却公家事，拟学黄公倚晚晴。

龟坼枯黍禾。赤曦行天阴翳开，土崩河竭为民灾。红炉鼓橐铄金石，十日并出炎风吹。西昌散职人姓郭，匍匐公门名光洛。自言鲊答可祈雨，手持小函忱献曝。开函一视宝光起，大如绿豆小稊米。泥金比色精荧荧，不数佛家舍利子。神物变化法未详，《本草》披检义益彰。云是龙精发光怪，迷离五色森星芒。深山雨过土痕碧，牛触马踶贪润泽。阳精入腹凝不化，酝酿龙漦成异石。二尹罗君持箑至，祈雨真传法宜试。一盂净水置瓷盆，柳条重幂千丝细。半月池边祷未终，千山烟罩云蒙蒙。倒挽黄河向天泻，甘霖一沛焦土丰。西江一日运河塞，千艘万夫空竭力。输将未得赴京畿，大臣忧劳心如结。特取鲊答置水中，冯夷鼓舞雷霆叱。顷刻艅艎鼓棹飞，凿山疏海无其匹。四境邻邑尽知名，每遇旱干物色殷。风阵驱云甘泽降，农夫桑妇乐春耕。庚寅之夏又患旱，祷于城隍救灾暵。更将鲊答置神前，清泉饱斟歆器满。老僧不识此珍错，举杯一挥葬沟壑。神龙见首不见尾，俗眼争求空摸索。余于是岁奉召行，邑中耆老难忘情。知音一去神物化，造物原自秘奇英。我闻鲊答出西方，番儿岁晚无糗粮。屠牛宰马充饥渴，剖腹得珠喜欲狂。冷泉濯魄光难磨，黄金色射双瞳波。碧眼西僧持密咒，风雷往往生摩挲。又闻一峰罗君语，道过晋郡子方路。贫民椎骡得一石，左右聚观人如堵。金镜平黝堪烛物，鳞皱膨亨龙爪护。径圆八寸含神光，冰涎触手喷云雾。尹公当日征伊犁，瘴漠烟尘沙砾飞。匈奴绝我水泉道，军民悲惨驴马嘶。耿恭拜井神不佑，我军大旱望云霓。公于帐前祈鲊答，倾盆雨泻欢声齐。惜哉此石非其时，道旁委弃无人知。至宝虽为天下秘，灵物终应化葛陂。书称鲊答如鸡卵，罗君所见非虚诞。倘能博物遇张华，牛黄狗宝无庸算。爰作长歌同载笔，见闻自昔来西国。安得此宝留人间，长为苍生施霖泽。

庚寅季夏奉召入都留别泰和绅耆

中枢捧诏出皇州，直指西昌异数优。名达圣听真大幸，期颁令节值中秋。堪舆通晓传天语，筑室纷更廛庙筹。高厚浓恩何以报，敢云俟驾暂淹留。

七载槎江骤别离，焚香心事有天知。不尝一勺贪泉水，长诵千间广厦诗。大吏曾将贤宰许，此心原与古人期。称觞祖道殷勤甚，惭愧桐乡去后思。

岩疆风静讼庭清，次第经营望有成。一旦抛离挥别泪，暂停部署话余情。力田须念皇恩重，干禄休将天爵轻。此地由来文献盛，莫教后进坠先声。

佳谶龙洲自昔年，琴堂长住玉堂仙。涪翁遗泽怀前美，稚子能文看后缘。每抚流风登快阁，漫江术数笑青田。吾家清直由来旧，父老何须选大钱。

重过滕王阁

薄宦江头再问津，客中光景眼中新。云山北去瞻天上，台阁秋高倚水滨。一代繁华思帝子，千秋骚雅属才人。帆行不假长风助，已愧微名动紫宸。

娄妃墓

故国埋香恨未平，江流呜咽只吞声。骄王不省诗中谏，雨后担樵滑处行。

谒王文成公祠

勋业垂天壤，文章阐古今。直将豪杰气，并作圣贤心。兵速收功易，官轻虑患深。良知真学识，吾道重儒林。

辛卯夏以交务抵西江，舟泊桐江谒曾宾谷中丞灵輀，恭挽四律

桐庐山碧江水清，一叶扁舟带雨停。千里芙城云忽拥，廿年绛帐露遥零。那堪泣血怀慈母，又值心丧诔考亭。耆旧凋伤悲邂逅，生刍

一束荐芳馨。去冬哭蒋砺堂相国于茌平驿，今夏哭中丞于桐庐舟次。

南丰奕叶绍南城，弱冠羽仪蔚上京。一代词臣瞻华岳，半生筹国秉权衡。屏藩东粤海氛静，开府黔阳吏治清。予告养亲真不匮，萱堂晨夕补陔笙。

题襟仙馆久飘萧，问字侯芭捧檄迢。为护灵萱邀福地，因招野鹤问仙桥。戊寅春，师属惠觅太夫人寿域，惠于是秋摄义宁州帘篆，舟过泊槎村，卜横梁燕形穴，后有仙桥脉。泊槎庐墓三年易，握节维扬一水遥。鹾政久疲良策尽，臣心如水客心焦。

微臣奉召上方游，王事驰驱易水州。相度方竣悲陟屺，块苫慈顾话松楸。殷勤为卜佳城吉，会晤相期今岁秋。白鸟忽栖千里月，朅来端为素心酬。

菘园乐

菘园乐，最堪数，试看春夏与秋冬，历遍四时皆乐土。人生白发渐垂垂，便当令结香山侣。有时或对楸枰弹，有时或对焦琴鼓。有时或看辋川图，有时或揭渊明谱。有时杖履小山阿，有时壶榼瀛亭坞。风花草，入座香，好鸟数声爱日长。青青菱荷堪制服，南薰一榻傲羲皇。东篱秋菊呈佳色，明月万籁生微凉。醉咏琼瑶占丰兆，更喜墙梅浅澹妆。吟肩高耸逸兴发，美酒数杯诗数章。从今寻乐满百岁，焉知天地兮茫茫。

玩　月

青天净无痕，月挂一钩小。松影怯霜朝，竹阴破春晓。光摇银汉青，冷浸碧波俏。醉跨鸾凤游，笑看玉山倒。

题宋刘荀《明本释》

文肃有文孙，没世名不朽。东明宋世刘，务本得天授。修德立根基，凡事明先后。好学贵研经，明伦得禄寿。治平先修齐，中和致悠久。卓哉道日新,晨夕追二酉。

题梅溪韵玉定本

蚁穿九曲珠,仙到万花谷。悠游滋味长,乐趣满胸腹。如入水晶宫,中有黄金屋。髫龄韵学通,玩好胜珠玉。

钟孝女诗

娥江舜井古虞封,清淑门延孝义钟。有明宪纪养中公,方领矩步世堪风。吾徐先进忠孝宗,清芬歌咏表芳踪。至行今传钟女躬,女年孱弱未成童。上有严君初斋翁,肇牵远服孝养丰。无何积疾关鬲拥,二竖膏肓不可攻。尾闾禁遏药难通,命在垂危一线中。和缓束手巫术穷,女伺涕泣悲填胸。恍惚若梦天牖衷,救苦力竭逐臭佣。爱亲不恶腥与红,屏气鲸吸江水空。忽然锢疾奏奇功,绝复苏兮体渐充。季女芳名播管彤,翁今周甲览揆逢。女軿霞江乐意融,一腔热性感苍穹,从此椿萱眉寿崇。寄语鄙夫甘吮痈,辱身舐痔如玩蒙。等茹荼苦分污隆,割股剖肝芳烈同。猗欤季女永誉终,祥云锦护百楼风。百楼峰庄在钟孝义门对面。

寄包慎伯

我于乙未岁,五次抵江州。小寓阳明寺,飘然若浮鸥。旧友纷纷至,新交折柬投。上江老名士,声气同应求。一见相恨晚,双双新白头。我时年六十,翁长一岁周。我到西江岁,翁迟十六秋。班荆约昆弟,谆属勖前游。出硎新宝剑,雪鬓炯双眸。我亦忘老至,约再春明游。谁知尘网绊,一别十年稠。翁亦见即伏,几月新畲侯。治谱满胸臆,时运如孟邹。翁今年七十,绛帐悬江楼。骥子将门将,弓治绍箕裘。想见词锋锐,能翻鹦鹉洲。梦梦十年我,贫病身尚留。雪泥鸿爪印,拟放大江舟。既睡中夜起,口占代书邮。

阅《宋史·陈希夷传》

近患健忘疾，掩卷竟茫然。偶检《希夷传》，春风自在眠。孝义先隐逸，烈女续名贤。一读一击节，继复泪双缠。自问何为者，人老力不坚。德功言三者，薄植望谁延。朱笔从前点，子墨今复宣。居非愚公谷，醉读刘伶篇。开径望三益，眷恋旧青毡。忘忧复忘食，青囊颠倒颠。

壬辰春季授儿鼎梅《左氏春秋传》并《国语》，赋此勉之

《左》《国》斯文在，麟经豹管全。弱龄能饱读，华发慰青毡。杜预专成癖，韦昭注再研。阿翁无限意，万卷望儿传。

乙未中元节后至豫章，舟抵富阳有感

片舟西上富春江，南北清风揖两旁。吴越岩疆天险设，会稽雄镇地维扬。朝宗众水咸趋海，拱极微星自向阳。大德曰生谟训在，位仁财义自无疆。

和冯株帆广文尚齿会诗，即步原韵

画图宛转镜中人，华发芝颜满座春。大隐依然留小隐，逸民难得并天民。蓬莱风袭珊珊骨，冰雪姿含奕奕神。恣意四明游屐久，千载翘首步芳尘。

夙昔青云志岂空，序传曲水忆王融。名经几绣金光佛，雅集增筹玉局翁。别有古欢娱化日，怡然长乐醉春风。嘤嘤好鸟枝头唤，无限飞花舞槛中。

和任怀峰见赠诗

久晴怀旧雨，暂息复寻游。难得忘年友，能消俗虑忧。诗筒名句赠，吟屐好山留。菊酒椒浆佐，小春禊事修。

辛丑陶丈信来，知文孙三凤齐鸣，赋此志喜

大造抟黄土，植此林总民。秀灵所得厚，独异其陶钧。山川复孕育，积累醇乎醇。上垂三不朽，次亦列缙绅。缅怀庄敏公，勋业迈陈循。桂枝折第一，早为观国宾。曲江簪吉燕，连抚不淹旬。景熙与文僖，翩翩皆凤麟。其孙曰允淳，春榜与父均。卓哉家世盛，隆隆而溱溱。支派衍累代，笃生我丈人。丈人秉祖德，家居镜水滨。读书兼读律，存心必以仁。英英诸内兄，积学可致身。一官虽匏系，门庭罗儒珍。诸孙皆瑶珥，一笑贱玞珉。占籍南昌郡，文采何彬彬。去年入鼓箧，次孙引翠纶。今年文炳蔚，舒锦跃双鳞。冢孙与三孙，玉笋出风尘。有志事竟成，蠖屈一朝伸。始知不羁马，逸足迅麒麟。驾轻就熟者，岁试超等伦。巍然擢居首，天禄可养亲。声名既鹊起，荣遇冀虞臣。如此赏心事，酌酒合千巡。虔为丈人贺，敢向丈人陈。修德必获报，守道不忧贫。天心隐符契，佳壤入选抡。重逢不世材，上进乃侁侁。丈人昔梅福，贱子非富春。宅相望魏舒，习经常受瞋。翘企西山云，瑞霭庆纷纶。天地人三者，会合事事纯。

哭端木鹤田

欲赋招魂泪已垂，括苍云树惨生悲。无多知己偏深我，剩有遗书可富儿。回忆公车伤往事，翻疑来札属讹辞。仁王自卜千秋宅，鹤田自卜生圹于仁王山。怕上青山奠一卮。

对月忆故友鹤田

对月怀故友，偶占涩吟口。可怜马相如，空擅雕龙手。

读《公孙宏传》

公孙五十读《春秋》，策试贤良第一筹。西汉当年风教盛，平津儒士竟封侯。

辛丑冬月英夷滋扰甬东口占四绝

古虞云树隔江滨，梦里青山华里人。回首管溪桑梓里，那堪遮断马头尘。

庚夏辛冬岁月流，舟车络绎舜江头。公卿屈指谁无愧，可惜林翁上汴州。

鉴湖落日气苍茫，东上城楼望故乡。贺监仙居延庆寺，徐行缓步且徜徉。

旦夕纷更话不清，菘园雪霁朔风惊。请看一曲《桃花扇》，能识纲常是燕莺。

癸卯秋季同端木小鹤抵吴兴仁王山，小鹤嘱题易堂访旧遗照因成

太鹤奇钟乾一峰，五车渔猎超群雄。齿芬牙慧净冰雪，临风清唳凡鸟空。忆昔长安亲光霁，午科同谱金兰契。君临浮玉振镎于，我在西江赋匏系。庚寅六月飞天诏，通晓堪舆同奉召。万年吉地卜真龙，相度西陵窥管豹。五旬聚首返春明，我接家书千里惊。萱摧读礼星奔速，君送临歧交泪横。从此庚辛历乙丙，君游凤阁我萍梗。邮寄频颁易指成，归老名山思接境。太鹤信寄解组归里，拟迁于越，我所得吉穴属留指一所云云。丁夏传来书数行，抵杭倏忽归括苍。秋风落月思颜色，文星夜堕天无光。嗟君夙擅雕龙手，五十学《易》参奇偶。黄金山积君不闻，相印斗大君不受。皆著《易》藤花书屋，时来书云云。昔曾约我仁王游，仁王山，太鹤秉铎归安学斋时自卜生圹，喆嗣小鹤恪遵遗命，定窆于此。翩翩小鹤仪羽留。今来苕霅瞻松楸，山光缭绕接寸眸。鹤鸣子和深堪羡，凤凰台上莺百啭。仁王山上石坪，名凤凰台。天不变兮道不变，易堂仰止高山弁。弁山在湖州府南境，为府治。来龙祖峰近结即仁王寺山。

登楼有感

丹台手种珊瑚树，铁网生笼双脱兔。都讲当年咏絮才，鉴湖潋滟绕蓬莱。有时晓起听鸣鸟，杰阁重新青未了。孺子桑榆此著书，窗前带草近何如。花县五迁十余载，即今剩有须眉在，红日亭亭上沧海。

题七进士图

忆昔有明中叶盛，文章海内颂明圣。舜水虞山毓秀多，科名更著吾宗姓。当时画图传七贤，鞭丝帽影俱翩翩。闻是杏林赴春宴，马蹄踏碎芳草烟。此图流传三百载，须眉仿佛见前辈。展幅高悬书室中，宛与先贤时晤对。图中居五龙川公，直谏名垂青史中。分宜窃柄公抗疏，于今想象留英风。中有一人第四位，回身背面据鞍辔。此是吾祖号五桥，盛世循良垂吏治。前则罍山并禹川，两公俱为陈氏贤。葛公讳桷字安甫，安贫励节更好古。第六诗人谢海门，白鸥庄住湖上村。最后红袍独居殿，丹峰先哲邦家彦。一代文名重典型，三边武略通权变。图成人数符竹林，盛世当年传至今。丹青手笔出谁氏，飒爽精神尚满纸。摹绘此幅藏吾家，累代犹将人瑞夸。平昔读书思尚友，降生不碍前人后。水木渊源桑梓情，愿作长歌垂不朽。

春日舟行鉴湖

春水绿无边，舟移镜碧天。岸花藏钓艇，村竹带炊烟。过雨莺声滑，当风柳絮颠。方知狂客隐，快意足当年。

塞下曲

秋老桑干木叶稀，征人北走雁南飞。汉时关塞秦时月，马上乡心泪湿衣。

菘园偶成

拓地重新筑短垣，小桥横岸水环园。老人不种闲花草，风味田家属菜根。

题 画

山远夕阳低，江阔茅亭小。片帆天际归，长波正渺渺。

人从渡口归，船向江心去。隔树见楼台，却在山凹处。

春 柳

不辨千丝更万丝，东风摇漾绿参差。一年好景春如许，莫唱河桥送别诗。

江北江南画里描，唐宫眉黛楚宫腰。谁家玉笛翻新曲，吹澈声声折柳条。

种 梅

河阳桃李旧繁华，管领春风一万家。今日归来学和靖，小园锄雪种梅花。

位置安排近水涯，一枝整闲一枝斜。高人品格仙人骨，压倒春风后起花。

移得灵根爱惜加，一弓新地拓烟霞。留心待结调羹果，落日徘徊恋此花。

世外神仙萼绿华，肯来池馆避尘哗。东风一夜传消息，泄漏天心数点花。

雪后清香分外加，枝枝清白属吾家。栽培不负山人力，领袖能魁万种花。

墙角亭边古干斜，城中亦自有山家。虚心寄语平安竹，只合低头拜此花。

看　竹

爱此园中竹，闲来倚仗看。绿连僧院静，园外即延庆寺。青压钓池寒。日暮烟逾密，人稀鸟更欢。果然风节好，只令集鹓鸾。

观　鱼

何必寻濠上，瀛亭俯赤栏。客能知我乐，鱼可共君看。细雨吹清浪，春流逐浅滩。天机同活泼，稚子漫投竿。

栽　蔬

雅取菘园号，栽蔬课圃师。绿添春雨后，黄爱菜花时。世味膏粱淡，家餐俭朴宜。咬根同一饱，辛苦几人知。

插　秧

颇得田家乐，重赓十亩歌。一犁耕好雨，四月插新禾。风叶生机早，烟苗绿意多。劝农曾下令，自劝更如何。

七十自寿

万事无涯生有涯，放翁句。桑榆晚景夕阳斜。空山泉石名心淡，下吏风尘老眼花。十载清怀盟吉水，廿年残梦恋京华。余南宫九上不第，后赴挑，筮仕江右。归来久作陶潜隐，柳外西风噪暮鸦。

浮生何必问诸天，投老菘园学赋闲。眼底湖山三楚画，脚根风月九州烟。余游览名胜，历九华、登泰岱、过洞庭，足迹半天下。龙颔珠焕青囊奥，凤阁云飞丹诏宣。余幼年习青乌家言，于庚寅奉召，有通晓堪舆之旨。往事自传还自慰，聊将诗句谱琴仙。

卜居新整旧园林，松菊犹存三径深。余移住越城稽山门内，家条甫学政之菘园，即明尚书亮生公旧宅。春夜笙歌名士酒，夕阳楼阁美人琴。袁子才前辈游菘园时，与王笠舫联诗，有“白头对酒丝丝雪，红袖歌春翦翦花”之句，余新造座楼即亮生公孙女昭华都讲青未了阁遗址，都讲咏诗、弹琴，常居此阁。千家山郭排青嶂，万叠云烟护绿阴。幸得古稀天赐我，风光重向鉴湖寻。

养性嵇康懒莫医，寸心原与古人期。琴思静好添弦续，余原室刘早逝，遂继娶陶。花费栽培接木移。余嫡男之楷已夭，因继侄孙瑞芬为孙，复继侄鼎梅为子。竹影随身扶病体，书声隔院听佳儿。百年欲把期颐待，花史应传续命丝。

东隅难返鲁阳戈，宛作人间春梦婆。话旧关心同辈少，余旧友如端木鹤田、言诚斋、王笠舫辈皆先后去世，即今九老会中存者亦寥寥矣，读书有味健忘多。好山几折春游屐，余癖嗜地理，购佳城不下数十。寒士长赓广厦歌。余捐置上虞经正书院公车路费一百二十亩。今日床头重抚剑，年来豪气未消磨。

自赋新诗感白头，半生踪迹等浮鸥。名花簪髻樽前雪，霜鬓临风镜里秋。一枕黄粱新饭熟，满庭丹桂异香留。余生于丙申八月十四日。老夫事事都忘却，感谢仙家代计筹。余生辰，诸亲友称觞赋诗，如孙少楼念祖、余晓云承普尤佳。

后 跋

余宗自元季迁上虞管溪，文章事业代有人闻，著作流传，汗牛充栋，每念先人志节，以未能继述一二为憾。曩日奉檄豫章，闻是乡故老于先祖泰和公治邑轶事，无不津津乐道，足征当日入人之深，以至于此。惟诗文稿虽镌板印刷，无多兵燹旋毁。儿子鄂藏有完本，弟文若谋重付剞劂，走笺相告，并征跋语，是固芬蕴蓄有年而未遑为者。夫文以载道，文之不存，道将焉附？况际兹欧风东渐，文字革命，若不自为保护，必日就澌灭，其何以传文苑而存国粹？文若此举，岂仅区区为光家乘计哉？率书数语，却寄付梓，至先祖事业文章具见大人先生诸序跋，不复赘。

宣统纪元葭月，孙瑞芬志于金沙盐署。

先大父原名肄三，嘉庆戊午亚魁，九赴春闱不售，应大挑以知县用，分发江西，历任义宁、清江、进贤、泰和等州县，文章事业有稿刊行。焕章早年曾得一册，因攻举业，不及诵读。后浙学潘文宗峄琴作《輶轩续录》，此稿携去未曾发还。深悔先人手泽，不能保守。去夏接侄梓声来书，道书箧中检有是稿，邮寄以示。焕章得之如获拱璧，朝夕观摩，恍聆謦欬。原板遭粤寇被毁，若不重梓，恐日久湮没，爰付手民以垂久远。并原稿中继方伯赠诗及泰和绅耆颂德之禀批并进、泰两邑士绅郊饯诗序亦附焉。呜呼章生也晚，训不亲承，对此遗编，益深感悼已。

宣统元年己酉仲春，孙焕章谨志。

《中国近现代稀见史料丛刊》已出书目

第一辑

莫友芝日记
汪荣宝日记
翁曾翰日记
邓华熙日记
贺葆真日记
徐兆玮杂著七种
白雨斋诗话
俞樾函札辑证
清民两代金石书画史
扶桑十旬记(外三种)

第二辑

翁斌孙日记
张佩纶日记
吴兔床日记
赵元成日记(外一种)
1934—1935中缅边界调查日记
十八国游历日记
潘德舆家书与日记(外四种)
翁同爵家书系年考
张祥河奏折
爱日精庐文稿
沈信卿先生文集
联语粹编
近代珍稀集句诗文集

第三辑

孟宪彝日记
潘道根日记
蟫庐日记(外五种)
壬癸避难日志　辛卯年日记
嘉业堂藏书日记抄
吴大澂书信四种
赵尊岳集
贺培新集
珠泉草庐师友录　珠泉草庐文录
校辑民权素诗话廿一种

第四辑

江瀚日记
英韶日记两种
胡嗣瑗日记
王振声日记
黄秉义日记
粟奉之日记
王承传日记
唐烜日记
王锺霖日记(外一种)
翁同龢家书诠释
甲午日本汉诗选录
达亭老人遗稿

第五辑

袁昶日记
吉城日记
有泰日记
额勒和布日记
孟心史日记·吴慈培日记
孙毓汶日记信稿奏折（外一种）
高等考试锁闱日录
东游考察学校记
翁同书手札系年考
辜鸿铭信札辑证
郭则沄自订年谱
庚子事变史料四种（外一种）
《申报》所见晚清书院课题课案汇录
近现代"忆语"汇编

第六辑

江标日记
高心夔日记
何宗逊日记
黄尊三日记
周腾虎日记
沈锡庆日记
潘钟瑞日记
吴云函札辑释
新见近现代名贤尺牍五种
稀见淮安史料四种
杨懋建集
叶恭绰全集
孙凤云集
贺又新张度诗文集
王东培笔记二种

第七辑

豫敬日记　洗俗斋诗草
宗源瀚日记（外二种）
曹元弼日记
耆龄日记
恩光日记
徐乃昌日记
翟文选日记
袁崇霖日记
潘曾绶日记
常熟翁氏友朋书札
王振声诗文书信集
吴庆坻亲友手札
画话
《永安月刊》笔记萃编
浙江省文献展览会文献叙录
杨没累集

第八辑

徐敦仁日记
王际华日记
英和日记
使蜀日记　勉喜斋主人日记　浮海日记
翁曾纯日记　瀚如氏日记(外二种)
朱鄂生日记
谭正璧日记
近代女性日记五种(外一种)
阎敬铭友朋书札
海昌俞氏家集
师竹庐随笔
邵祖平文集

第九辑

姚觐元日记
俞鸿筹日记
陶存煦日记
傅肇敏日记
姚星五日记
高枬日记
钱仪吉日记书札辑存(外二种)
张人骏往来函电集
李准集
张尔耆集
夏同善年谱　王祖畬年谱(外一种)
袁士杰年谱　黄子珍年谱